中共中央宣传部新闻局 / 编

学习贯彻十八大

大型主题采访活动优秀新闻作品选

学习出版社

图书在版编目（CIP）数据

学习贯彻十八大大型主题采访活动优秀新闻作品选 / 中共中央宣传部新闻局编.
-北京：学习出版社，2013.8
ISBN 978-7-5147-0100-5

Ⅰ. ①学… Ⅱ. ①中… Ⅲ. ①新闻－作品集－中国－当代
Ⅳ. ①I253

中国版本图书馆CIP数据核字（2013）第129815号

学习贯彻十八大大型主题采访活动优秀新闻作品选
XUEXI GUANCHE SHIBADA DAXING ZHUTI CAIFANG HUODONG YOUXIU XINWEN ZUOPINXUAN
中共中央宣传部新闻局 编

责任编辑：李　岩　张　俊
技术编辑：刘　硕

出版发行：学习出版社
北京市崇外大街11号新成文化大厦B座11层（100062）
010-66063020　010-66061634
网　　址：http://www.xuexiph.cn
经　　销：新华书店
印　　刷：北京联兴盛业印刷股份有限公司

开　　本：787毫米×1092毫米　1/16
印　　张：28.25
字　　数：341千字
版次印次：2013年8月第1版　2013年8月第1次印刷

书　　号：ISBN 978-7-5147-0100-5
定　　价：69.00元

目 录 CONTENTS

中央新闻单位作品

地方新闻单位作品

中央新闻单位作品

探寻城乡一体化路径

——诸城看村不见“村”

人民日报记者　王斌来　徐锦庚　孔祥武

城市，孕生于乡村；乡村，追寻着城市。不同的风景，同样的梦想，凝聚成城乡一体化的期盼：统筹发展，让城市和乡村渐行渐近。

山东诸城，两年前，一夜之间，全市1249个建制村“消失”了，代之以208个农村社区，成为全国首个撤销全部建制村的市（县、区）。

村没了，还是农村吗？社区化了，就是城市吗？两年来，诸城的惊人之举，争议不曾间断，探索从未停歇。

2012年12月上旬，记者带着问号，又一次沉到这片看不见村牌子的农村，近距离探寻城乡一体化的路径。

公共服务均等，让生活更幸福

农民市民化，距离有多远？或许只有2公里。

一路走来，感觉既像农村又不像农村，处处是社区的标记和场所，若不是庄稼地近在眼前，几乎找不到印象中农村的痕迹。

2012年12月8日，周六，下午3点，枳沟镇乔庄社区服务中心。

村民赵中俊慢悠悠步进来，为老伴梁作英办理领取养老金手续，5分钟审核完毕。“以前办这些事儿，要到镇上去，现在走几百米就行了。”赵中俊说。

乔庄社区党委书记刘正光说：“以前的村委会以管理为主，人少事多，根本顾不上服务，社区则搭建了一个服务平台，宅基地审核、计划生育审批、合作医疗办理、职业介绍信开具等等，都可以在这里轻松搞定。”

从管理到服务，诸城把每个社区的服务半径设计为2公里。

11月29日，诸城市委全会作出决议：按照十八大报告中提出的“推动城乡发展一体化”要求，推进城乡产业发展一体化、城乡民主法治一体化、城乡文化建设一体化、城乡社会管理一体化和城乡生态文明一体化。

这五个“城乡一体化”不是没有实践的空洞口号。

换了牌子，农村还是农村，不同的是服务的方式、内容和水平。农村社区化，让更多农民实现了对美好生活的向往。

50岁的张秀莲，可是聚和苑社区的“名角”：白天恬静地经营着一家粮油店，夜晚则在社区健身舞会上大展身手，“以前村小人少没地方跳，也怕人笑话，现在社区人多广场大，爱咋跳咋跳。”

从村到社区，不只是改变名称的“物理变化”，“化学变化”也在发生。诸城市委常委、组织部长鞠进增说，过去村里选干部，是以村庄为界、以农民为圈，在几百人里“矬子里拔大个”，“现在可以在几千人里选，也避免了宗族、派系干扰。”

如今，诸城农民又有了新期待：养老待遇啥时候能跟城里一样?

平等交换要素，让发展更均衡

农业产业化，距离有多远？或许只有15公里。

15公里，是密州街道东山社区与十里社区的距离，两个社区成立联建党委后，距离归零。“两个社区攀亲，现已融为一体。”联建党委书记孙万红说。

东山社区从诸城的“第三世界”跃升为“第一梯队”，跨越的不仅仅是15公里。

十里社区地处城乡结合部，素有养殖水貂、狐狸、貉等特种动物的传统，拥有市场、技术、人才、信息等优势，但苦于没有空间。而东山社区窝在山区，山岭薄地只能看天吃饭，还有大量富余劳动力。两个社区取长补短，大森林特种动物养殖专业合作社应运而生。

通过土地流转，十里社区一批养殖户到东山建起养殖场。李凤江就是那时过来的。他告诉我们：“过去只有1.5亩养殖场，到这边扩展到了7亩，今年光水貂就卖了8000只，纯收入能过百万。”

东山人眼热了，纷纷效仿。以前卖豆芽的管清坤，依托合作社也搞起了特种动物养殖。“今年赚了40万，头一次挣这么多钱！”

现在，合作社的水貂皮已占全国三成，东山社区1168户中，养殖户有700多，户均收入从联建前的不足2万元增加到10万元以上。

孙万红说：“当我听到十八大报告提出，要促进城乡要素平等交换和公共资源均衡配置，形成以工促农、以城带乡、工农互惠、城乡一体的新型工农、城乡关系时，真是感到无比欣慰，只有亲身经历，才能体会到这句话的内涵和分量！”

瞄准全域一体、城乡统筹，诸城优化资源要素配置，加快城乡产业集聚、融合，推进城区企业向农村延伸，让农民逐步成为产业工人，已在镇街建起24个特色工业园区，入驻企业1229家，带动15万社区群众在家门口就业。

充分就业，大大缩小了城乡收入差距。2011年，诸城市农民人均工资性收入5302元，占农民人均纯收入47%。城乡居民的收入比为1.7∶1，远低于全国3.1∶1的差距。

土地流转了，劳动力解放了，农业地位并没有下降，诸城已连续4年成为全国粮食生产先进县。

环境美丽宜居，让生态更美好

农村现代化，距离有多远？或许只有一路之隔。

在辛兴社区居民楼，隔着一条马路，还有几排旧平房，与崭新楼房对比强烈。走进一户人家，主人李海清热情地把我们让到炕上坐，“看着对面的楼房就眼馋，里面暖暖和和的多好！等改造到我们这儿，不用花钱就可以上楼了！”

居住条件现代化了，生活方式却难改。

住楼房也能睡炕。这是12月6日夜访土墙社区居民杨桂福家时，我们亲眼所见。不过，这种炕可不是常见的土炕，而是改良的木制炕，通电就能加热，谓之“电炕”。杨桂福88岁的岳母就睡着这样的炕：老人家睡了一辈子炕，离开炕睡不好。

众口难调。诸城充分尊重农民的意愿，把目光放在引导上。市委书记陈汝孝说，农村社区化顺势而为，不搞一刀切。

12月7日下午，枳沟镇枳沟二村，42亩腾空的宅基地已经复耕，田野里麦苗青葱，为单调的初冬增添了丝丝绿意。84户中的81户已经入住几百米外的聚和苑楼房，剩下的只有3户。

村民李桂荣家，是其中一户。说起不搬迁，她有些失落：按规定免费给每户提供一套80平方米的房子，想住大一点的，超过部分得按每平方米1200元购买。她的大儿子前不久患重病离世，二儿子想住得宽敞一点，但钱不够。

像枳沟二村这样整体拆迁，与土地增减政策挂钩的，诸城已有6个自然村。更大的手笔在后头。市长张洪全说，全市已开工建设聚集融合区76个，可安置居民9000多户。

住上跟城里人一样的房子，还要有跟城里人一样的配套设施。诸城舍得花钱：208个农村社区全部开通客车；自来水普及率100%；农村垃圾和污水实现集中统一处理；两年时间投资2.1亿元，为农村社区配建幼儿园……

农村社区化，农民的居住方式在变，生产生活方式在变，农村的生态环境也在变。

在我们走访的诸多农村社区，放眼望去：宽敞的柏油路、整齐的绿化带、服务设施，农业园、工业厂房、崭新的居民楼……面对美丽的新农村田园，再吸上几口新鲜的空气，慢慢理解了当地人为什么从“看人家城里”的羡慕，到“感觉比城里还好”的自豪。

改革好不好，群众最有发言权。在潍坊市科学发展综合考核中，在潍坊市群众满意度测评中，诸城市这两项指标已经连续4年名列第一。

在诸城，虽说城市化率已达53%，虽说农村社区化已经破题，虽说城乡居民收入比远低于全国，但城乡一体化依然在路上。

（2012年12月1日《人民日报》）

记者感言

2010年，山东省诸城市撤销了1249个行政村，合并成立208个农村社区，此举被媒体广泛报道，也引发质疑无数，一度被推上风口浪尖。两年后，“城乡发展一体化是解决‘三农’问题的根本途径”写入党的十八大报告，新型城镇化也成为中国持续扩大内需的基本着力点。在此情势下，诸城重新跃入我们的视线。

诸城干得怎么样？还有哪些问题待解决？深入剖析诸城这只“麻雀”，或许可以为其他地方推进城乡发展一体化、新型城镇化提供借鉴。我们带着“村没了，还是农村吗？社区化了，就是城市吗？”的疑问，以夜访农户、嵌入式采访等多种形式深入调查，做到多元求证，呈现多方声音，既写新成绩、新进展，也写新期待、新问题，平衡报道，力求揭示诸城“村改居”现状，回应质疑。

写作过程数易其稿，最后又按照十八大后改进文风的新要求，狠心将成稿从4429字精心删改至2626字，被评价为“文简意丰，文风清新，表达创新，是以小见大反映‘城镇化’这一宏大主题的力作”。

南安今日不“难安”

人民日报记者　赵　鹏

假如每年上百万吨的碎石与石粉摆在你面前，每天上千吨的重金属污水流过你眼前，你能想象这样的日子该如何打发？

把这些污染放在任何一个城市，居民都会寝食难安。所以，福建省的南安市曾经很“难安”。

今日南安，不再难安，还成为福建第一个通过国家级生态市技术评估的县级市！这一变化的原因就在于：碎石、石粉、污水这些人见人厌的污染物，变身为价值不菲的原材料。

从“发展光鲜”到“左右为难”

今日的南安，天蓝、水清、云白、树绿。6公里长的西溪水穿城而过，在正午的阳光下波光粼粼。花丛中，题刻着“中国人居环境范例奖”的大石，格外显眼。

然而就在10年前，严重的污染曾是南安最大的心头之痛。

依靠20世纪90年代兴起的石材加工、水暖阀门生产两大产业，南安一跃冲入福建县域经济前三名、全国前50强。其中石材加工企业1500多家、水暖阀门企业800多家。前者进出口额占全球贸易总量四成，后者掌控全国75%以上的市场份额。

然而，在这光鲜的经济数据背后，南安的“痛”也绝对能要“人命”——石材产业背后，是每年上百万吨的碎石、石粉污染；水暖产业背后，是每天上千吨含有铜、镍、铬、锌等各种重金属的电镀污水。每当大量石粉倾入当地东溪、西溪两条河流，顿成白花花一片，人称“牛奶河”。

2001年年初，在南安市十三届人大三次会议上，40余名人大代表，念着顺口溜：“白粉满天飞，污水到处流，遍地皆废料，出入不自由……”要求市政府加大对污染治理力度。

群众有怨气，代表有意见，南安又地处晋江流域的上游，两溪的水质直接影响着泉州市400万群众的饮水安全。

南安也一直在寻找破解污染的办法。

一关了之最简单！但这一选项恐怕不行。南安是福建第一大县，户籍人口超过150万，两大行业兴起后，又吸引外来人口五六十万。一关一搬，100多万人的生存、就业如何解决？

政府投资主导治理？实践证明效果一般。首先是监管难。如此数量众多的企业，单靠政府几乎是“难以完成的任务”；其次是方法差。起先治石污的办法就俩字——填埋。可填着填着，新的问题就来了，哪有那么多的地填埋？

如果陷在这样转不出圈的死结中，南安就难以摆脱“难安”。

从“左右为难”到“上下通吃”

远远望去，一幅幅或大或小的壁画，无论风景还是人物，无不惟妙惟肖。

“这都是天然颜色，不是画出来的。”董事长刘良操着浓重的山东口音告诉记者，“你仔细看，其实全都是石材加工后余下的碎石！这样一幅‘画’市场估价5万元—10万元。”

思路决定出路。治污不能单靠一只有形的手。

10年间，历届南安市委、市政府持续探索，终于为打开这记“死结”找到了一剂有效的良药——“全封闭、大循环、再利用”，将污染物“上下通吃”。

“全封闭，就是我们规划了13个石村加工集中区，引导这1500多家石材企业和电镀企业全部进入集中区生产，每个集中区还预备10%土地，以作循环经济用地。大循环，就是污染物集中、转运、处理全程循环。再利用，就是建立科技平台，不断研发开拓废料再利用技术。”南安市经贸局副局长苏栋梁解释。

为了确保封闭，南安市对进区和不进区的企业实施差别电价，后者每年每千瓦时加0.2元；为了确保不偷排，他们委托行业协会成立专门的石粉清运公司，与企业签订清运合同；为了鼓励再利用企业能“吃干榨尽”废料，又专门让每家石材加工企业以用电量为标准，每千瓦时支付0.11元交给再利用企业。如此一来，石材加工企业用“花钱委托”方式彻底卸掉了自己治污的麻烦，治污本身也变成了一项颇具前景的赚钱产业。

陈明干的中技金谷福建公司，就是专门靠“吃”石粉为生的企业，不仅成功开发出石粉地板砖，还研制出整套房屋所需的几乎全部建材部件。今年公司已与美国、澳大利亚等13个国家签订出口13万套的合同。

如今像陈明干这样的以专吃废料为生的循环利用企业，在南安已达135家，年产值超过15亿元。由此，南安石材加工所产出的碎石、石粉利用率分别达到95%和65%。

从“上下通吃”到“招商引污”

一听说是电镀企业，许多地方招商时都唯恐避之不及，陈文格想要招的，恰是这些企业。原因就是，碎石、石粉从“废”变“宝”的转型思路，也被南安市“嫁接”到了水暖电镀产业的污染治理。

2008年，南安把原来含在一家家水暖企业的电镀车间，合并为15家专门的电镀企业，之后再整体安置于远离水源上游的集中区内。同时引入一家专门“喝”重金属污水的华源公司，对电镀企业实行集中治污，每家企业则按每吨水250元的标准，向华源交纳处理费。而陈文格就是市政府专门派驻华源公司负责监督协调的。

这并非一次简单的合并“同类项”。吸取以往的经验教训，一开始，华源公司就采取“一个镀槽一条管”的分流、分质膜处理的办法。“虽然这样设计的基础投入大，但后期运行的优势非常明显。”华源总工吴健领着记者，实地一项一项讲解。传统做法是综合处理，说白了就是把含有不同种类重金属的污水合在一起治理，但还需要二次提取。目前国际上二次提取的技术也并不成熟。华源则绕过二次提取环节，使出独家“绝招”——“树脂离子交换法”，每种同类污水分离后分别治理。

2010年正式运行，华源公司一年能从每天的2000吨污水中分别提取3万吨铜和4万吨镍。当下铜和镍市场价每吨分别达5万元和11万元。光靠“喝”污水，华源公司年净利就达2000万元。目前，华源正为他们的这套“绝技”申请国家专利。

从当年的污染重灾区迈向国家级生态市，南安的经历可谓一波数折。“只有生产生活方式文明了，才有生态的文明。”是对南安为何不再“难安”的感悟。

（2012年12月22日《人民日报》）

记者感言

发展是地方一项不可回避的重任，生态保护也同样是。当发展与生态保护发生矛盾时，到底该如何选择呢？这种矛盾真的不可调和吗？不顾生态只论发展，显然已非大势；只论生态简单地将发展一砍了之，只能图个嘴快，也不现实。能不能在发展的升级换代的同时，一举破解二者矛盾，当然是最理想的状态。

南安的实例恰是这种理想状态中一抹亮色。更引人注目的是，在破解两者相互矛盾时，南安还更采取了进一步的探索——把治污变成产业——让生态保护，不再仅仅是一种企业的自发，进而更是一种地方落实科学发展观中的自觉，而且让生态保护与发展，真正形成市场经济中的互利互惠。如此的生态建设方才可能真正持久、真正落实。

南安的实例，应该可以印证这样的一个道理：发展与生态保护二者之间，可以找到和谐共振的曲线。

上海小囡同桌的“你”

——从古北路小学看随迁子女同享义务教育阳光

人民日报记者　李泓冰　励　漪

“进了古北路小学的门，就是一家人”

2012年12月19日清晨，苏醒的上海，人流车流渐稠。

11岁的上海男孩周星宇拿着从早点摊上买的大饼油条回到家。周爸爸是残奥会举重冠军，对自理能力强的儿子很满意，一家人香甜地吃完早餐，星宇背起了书包。学校就在小区里面，他快步冲进校园，走进五（1）班的教室。

家乡在浙江嵊州的女孩牟野，则背着书包坐在爸爸的电动自行车上，目光灵动地看着街景，妈妈目送着两人远去，转身回到娄山关路的小烟纸店，准备开门迎客。

稍后，小淘气侯学强也风风火火地跑进校门。他的父母来自安徽颍上，妈妈就在学校附近的地铁二号线娄山关路站做保洁员。对贪玩的儿子她有些不放心，为了就近照顾，她宁可辞去月薪4000元的饭店服务工作，而来到收入锐减一半的新岗位。

几个孩子彼此打着招呼，走进不同教室。他们穿一样的校服，听同样的老师授课，享受同样的小班化教育。

走进上海市古北路小学，挂满各种“特色学校”、“示范学校”铜牌的不锈钢柱子迎门而立，不算太新的校舍倒也整洁、敞亮。

在这所朴实的公办小学里，美术室、音乐室、劳技室、图书室一应俱全。教室里配了空调，让冬天温暖如春。走廊里挂着学生们的大幅画作，从现实画到科幻，稚嫩中透着老练。机器人教室里摆着孩子们的杰作，陈设着国内外比赛获得的奖状、奖杯。

该小学有435名学生，其中非上海户籍的学生299人，占比达66%。周明星校长很自豪，“我们的孩子来自除了西藏和新疆全国所有省区市”，他在开学典礼上说，“进了古北路小学的门，就是一家人！”

不仅教书，还教伦理，教常识，教做人

五（3）班的语文课。班主任叶立凤在讲授第39课《一夜的工作》。大屏幕上放映着周恩来总理伏案工作的照片。

“谁能说说，我们能从周总理身上学到什么呢？”

坐在最后一排的侯学强说：“妈妈很辛苦，我要好好读书，将来孝顺妈妈。”

老师循循善诱，不仅教课文，还教伦理。

美术教室。徐苏彬老师在教三年级小朋友“画画自己的手”。家境困难的学生可以免费取用学校的彩笔和颜料。

“现在大家拿起放大镜，看看自己和旁边同学的手，能看到些什么呀？”

“有一条一条粗粗细细的皱纹！”

“这不叫皱纹，叫纹理。”

老师不仅教美术，还教常识。

操场上，体育老师金仁杰带着二年级的孩子们玩沙包，孩子们玩得不亦乐乎。

“刚才有同学摔跤了，稍微不小心就会被踩到。”金老师提醒孩子们，“别光顾自己玩，要把摔倒的同学先扶起来。”

老师不仅教体育，还教做人。

“教育是一种根雕效应，每个学生都独特而出色”

古北路小学周围有两个菜市场，旁边的一条马路上肩挨肩地开着众多五花八门的小店。许多孩子父母就在那里工作。

周校长和教师们开玩笑说，这些孩子是我们的衣食父母。由于动迁工程，小学周边很多居民都搬走了，生源逐年下降，开学时只有几十个沪籍学生报到。开门办学后，古北路小学又红红火火了。

非沪籍的孩子们，淳朴，又能吃苦，自理能力强。像五（3）班的牟野，功课好、乐于助人，经常给低年级学生当小老师，因此获得“上海小先生”的称号。两年前，才8岁的牟野，就敢独自换乘几趟公交车去逛世博会，至今小姑娘还在为此得意。

但是，非沪籍孩子也存在家庭教育缺失、未接受学前教育等特点，生活习惯也与上海小孩差异较大。

周校长还记得，接收第一批随迁子女入学后，他在校门口迎候，能隐约闻到一股鱼虾味。一些孩子的眼神里还有敌意。而上海孩子的家长，也不无担心，外地生源多了，校风会不会受影响?

冯贤飞老师至今还记得，在常规卫生抽查中，不少学生被查出经常不洗澡，最长的3周没洗过澡，不勤换衣服、不剪指甲。

“我们教孩子，首先要做个文明人，然后做可爱的新上海人”周校长说，“教育是一种根雕效应，每个学生都是独特的，也是出色的，就看你怎么去雕琢。”

外面的世界很精彩，也有无奈

四（2）班的林旭珍是二年级从河南转学过来的，她由衷地喜欢新学校，“这么好，还全免费！”更多的孩子，像牟野和侯学强，生在上海、长在上海，对家乡的印象全然模糊不清。还有个女孩子，被问到家乡在哪里时，自豪地说，“我是新上海人！”

按上海的政策，只要父母工作在本区域一年以上，可以证明身份以及和子女关系的（五证齐全），孩子就可以就近入学。从2010年秋季开学起，上海已实现所有随迁子女全部在公办学校或政府委托民办小学免费就读。随迁子女占上海全市义务教育阶段学生数的比例已超过40％。2012年义务教育阶段公办学校接收随迁子女超过40万人，比2011年增加3.4万人，比2007年增加20万人，翻了一番。

而上海为此的投入也逐年加大。2012年，上海市教育投入700亿元，其中基础教育约473亿元，包括重点推进城乡基础教育一体化建设，以及对招收进城农民工随迁子女的民办小学给予办学补贴。按40%生源来自随迁子女计算，上海每年花在非沪籍生源孩子上的教育经费可能超过百亿元。

周校长发现，上海的优质义务教育成为吸引越来越多外省市人群入沪的重要因素，从前是父母先来上海工作，再接孩子来上学。现在不少家长索性先带着孩子过来上学，再找工作。

外来务工者深知孩子的未来还充满不确定性。

“上海小先生”牟野在每学期的联欢会上都是主力，古筝已考到8级。牟野的父母1994年就从浙江嵊州来上海打工。慢慢地，他们开了一家小店，还在小店对街的小区买了房子。

“如果牟野初中毕业回去读书，我只好陪她回去，这家店不知还能不能开下去。”牟野的妈妈徐亚妃有几分无奈。

现在她每天都盯着电视和网络，看有没有出台新政策的细则。因为她听说，上海即将实行居住证积分制，非沪籍人士可根据自身情况累积分值，积分达到规定分值的，其子女可在上海参加中考、高考。

牟野和妈妈对此充满期待。

（2012年12月24日《人民日报》）

记者感言

上海以博大的胸襟接纳了50万名随迁农民工子女，这可能是一项最大的善政，它带来了亲情、优质教育与来自城市的善意，足以温暖50万颗幼小的心灵以及他们未来的人生。但同时也给上海基础教育带来相当沉重的压力，以至于不得不赶紧补救性地在城郊结合建设更多的中小学。

建校容易，融入难。当生活背景与家庭环境天差地别的两个儿童群体成为“同桌”，彼此的不适应与各种冲突也可以想见。因此，承受压力的不光是上海的基础教育，还有上海户籍儿童及其家长。怎样缓解这份压力，柔性沟通两个群体，兼顾不同的利益诉求，是善政能否可持续发展不得不面对的挑战。在一个多元化的群体中，体验多元化的教育元素，不管对城市儿童还是随迁农村儿童的成长都是积极的因素。当“同桌的你”长大以后，曾经存在于成年鲁迅与成年闰土之间的鸿沟，就算难以填平，也会因为这份同桌情谊和相同教育经历，有了一个沟通的渠道。这对中国未来的意义，怎么估量都不过分。

破破“酒规矩”，丢开讲话稿

——从领导干部“管好嘴”看作风建设

新华社记者　黄小希　凌军辉　孟昭丽
毛一竹　何丰伦

“酒桌上张口大吃大喝，会场上脱稿哑口无言。”针对一些领导干部作风上的不良表现，有网友直言，干部作风怎样，看看他的一张嘴就知道。

党的十八大报告提出坚持艰苦奋斗、勤俭节约，下决心改进文风会风，着力整治庸懒散奢等不良风气，坚决克服形式主义、官僚主义，以优良党风凝聚党心民心、带动政风民风。中央政治局会议提出改进工作作风、密切联系群众的八项规定。新一届中央领导集体率先垂范，以简朴务实作风开创新局面。

新风之下，领导干部如何管好自己的一张嘴？新华社记者奔走广东、广西、福建、江苏等地，通过采访基层干部群众，感受八项规定带来的变化、思考与期待。

真诚并非“一口闷”

“说心里话，如果不是为了工作，我一杯酒都不想喝。”江苏北部某县一位镇长感慨。36岁的他由于长期喝酒，已经有严重的脂肪肝和胃病。

中央三令五申，群众广为诟病，大吃大喝却总是屡见不鲜。“主陪三杯副陪三杯”“感情深一口闷，感情浅舔一舔”……这些各地所谓的喝酒规矩，将一些干部牢牢地“捆”在酒桌旁。负责接待的怕喝少了客人不尽兴，客人担心不“入乡随俗”会惹得主人不高兴。

江苏某市级机关办公室副主任直言，不仅老百姓对官员吃喝反感，很多干部对接待中的吃喝也很头疼，既伤身费时，又造成浪费。但在平时的接待中，又不得不如此。

处于基层的干部说自己很无奈，不敢怠慢、得罪上级，而被接待的领导也感到身不由己。那么治理吃喝“顽疾”的关键在哪里？中共中央党校党史教研部副主任谢春涛认为，还是在于上级领导带头以身作则、严于律己，这样才能刹住吃喝风。

广东佛山一名公务员告诉记者，八项规定让他有了“减负”的感觉。“以前别人请吃饭总觉得不好推辞。今年应酬明显少了，省下来的时间可以看看书，陪陪家人，不像以前那么累了。”

真干实事开会才能丢开“一张纸”

广东省佛山市市委组织部副部长陈少浩说，领导干部的个人价值，就体现在为老百姓做实事，如果你对自己所做的工作有思考、很了解，开会发言就不需要拿着讲话稿照本宣科。

记者通过采访多地基层干部了解到，开会时“台上的领导照着讲话稿念、台下的参会者照着讲话稿看”的做法，不仅浪费时间，使会议流于形式，更使会议失去了“群策群力，凝聚共识”的作用。

福建省福州大学公共管理学院教授郗永勤认为，会议过多、讲话稿内容空洞，都是形式主义的表现。尽管我们不能对讲话稿一棍子打死，但中央提出开短会、讲短话，力戒空话、套话，就是“倒逼”领导干部有思考，干实事，不搞形式主义，不走过场。

“不管是开短会还是脱稿发言，最终目的都是为提高开会的实效。”广西南宁的一位机关干部说，只要发言有实际内容，能够反映真实情况，提出的建议有针对性，就能够受到大家的欢迎。

让体制机制保证转变作风不成“一阵风”

岁末年初，本来是红地毯的销售旺季。但广西桂林的一位地毯经销商唐先生却发现，最近三个星期，他一米红地毯也没卖出去。

“2011年12月以来的红地毯销售是最近10年来最为‘惨淡’的一次。”唐先生说，虽然政府部门的作风新规可能让他少赚了钱，“但作为老百姓，如果真能坚持下去，我还是要竖起大拇指”。

记者在基层走访发现，最近一段时间，从轻车简从、开会不念稿子，到要求少讲客套话，新一届中央领导集体简朴务实的作风，对一些地方的党政部门产生了积极影响。

江苏某市一位机关办公室副主任告诉记者，八项规定很好，关键还在落实。“改进干部作风，要防止各地执行起来走样、变形。一是需要领导干部带头执行，倡导新风，上行下效；二是要加强社会各界监督，形成舆论震慑。对于严重违反八项规定的，纪检部门应追究相关责任，尤其是领导的责任。”

谢春涛认为，让转变作风不成为“一阵风”，离不开体制机制的改革和创新。要通过改革建立一种新机制，使干部必须密切联系群众，不敢庸懒散奢。

（新华社北京2013年1月5日电）

记者感言

中共中央政治局关于改进工作作风的八项规定出台后，基层有哪些思考和期待？2013年年初，记者在广东、广西、福建、江苏等地采访了多位干部群众，以广受诟病的“吃喝风”“开会念讲稿”两个典型现象为切入口，请采访对象谈了对于领导干部如何“管住嘴”的看法。

《破破“酒规矩”，丢开讲话稿——从领导干部“管好嘴”看作风建设》这篇稿件罗列的诸多现象和感受，在日常生活中并不陌生，但落于纸面上，依然在读者中产生了强烈反响。稿件播出后，有读者给记者打来电话，表达了自己的观点。此外，这篇稿件是“奋进中国·党建篇”采访小分队所采写的系列稿件中的一篇，“接地气”的采访，让稿件的文风清新平易，增强了可读性。

夜访农家话小康

新华社记者　余晓洁　邓华宁

党的十八大开启了2020年全面建成小康社会“倒计时”，江苏省正瞄准2015年实现省定全面小康指标“千日冲刺”。这个“率先”小康能否不含水分、被百姓认可、如期实现？

临近岁末，记者冒着冬雨“扎进”苏北沭阳县农村采访。

老汉的小康“梦”

来到庙头镇时已是傍晚。一条三四米宽的小道将我们带进赶埠村，冰冷的雨水夹着泥土的芬芳扑面而来。

“嘀……嘀……”一位大爷骑着电瓶车从身后驶来，“你们找哪家？”

听我们说明来意，老汉哈哈一笑，操着浓浓的苏北口音说：“小康啊？老百姓一肚子话说。走，上家去！”

进村不过百米，一块在农家外墙上刷黑做成的黑板报夺人眼球——上面用工整的小楷写着“学习贯彻十八大”和“双百”目标。

“到了。”老人腰板挺直，利索地下了车，走进屋。

大爷名叫李怀义，86岁，62年党龄，离休前是镇上组织委员。村头那块黑板报就是他办的。1982年离休后李怀义开始出黑板报，每月两期，30载未间断。

“这期就是讲小康，告诉大家党在带领群众为建成小康努力奋斗。”李怀义说，十八大提出的小康，是全面的、全体大众的小康。

“一户半户不算富，家家富裕才是富，苏南苏北要一起富。光富还不行，要‘五位一体’。我看，就是人人奋进、丰衣足食、环境美好。”

农家的收入“账”

寒冬时节，本已农闲。几个村民却刚下工，也应邀加入了讨论。

“沭阳曾是江苏最大的穷县，180万人口一半没活干。这几年不同了，收入翻了几番。”47岁的沈卫芹是村里的活泛人。近年他生产的水泥预制板不愁销路，一年少说20万元净收入。

“村里现有水泥板厂15个、木板厂3个、木粉厂2个。木粉厂效益最好，一年能赚七八十万元。还有养猪大户4个、养鱼大户4个、苗木花卉专业户12个。

专业户收入也较高。”村会计张子兵掰着手指说。

李怀义一边听着，一边不时插话：“那是少数，全面小康要看村里的大多数。全村425户1795人，800多个劳动力，收入主要靠打工和种田。”

“就说我大儿子，他一家三代六口人，四个大人两个娃娃。儿子儿媳种12亩地。今年花生收成好，3块5一斤，8亩1万6，昨天钱卖到手了。小麦收入大约1万出头。孙子孙媳在镇上卖服装和水果，一年六七万元。不算不知道，一家有小10万块呢！”李大爷说。

“这算中等偏上，村里平均一户四口人。两个劳力打工一年能挣五六万元，这是普遍水平。”张子兵说，“现在乡镇企业越来越多，村民就近打工。镇上纺织厂普通工人两千多块一个月。”

“庙头镇在全县排名第16位，属中等水平。我们对实现全面小康和2017年收入翻番很有信心。”庙头镇镇长张晓炎说，2011年镇人均纯收入8300元，达到了人均8000元的指标。

堂屋里铺砖的地板吐着寒气，电线横扯竖拉地连着白炽灯、冰箱，没空调，也没生火。可小康的话题，把大伙的心头聊得火热。

清晰的小康“路”

江苏省把全面建成小康社会的目标具化为经济发展、生活水平、社会发展、生态环境四大类25个单项指标。细到农村人均钢筋、砖木结构住房面积和行政村通灰黑公路。

“你们心目中的小康社会是啥样？”记者抛出问题。

“小康是老百姓看得见、摸得着、感觉得到的吃穿住用行的殷实便利，人人愿意创造、人人共享创造的幸福感。”沈卫芹说。

“村里原来是土路，晴天一身灰，雨天一身泥。现在水泥路通到家门口。老人要去县城，乘公交免费，身体好的骑电瓶车。逢年过节，年轻人一回来，村里要多出百十辆小轿车。”李怀义说，“最大的变化还是精神头足了，人心思进。以前过年喜欢聚在一起打牌，现在个个都是大忙人。”

张会计说，以前农民最怕因病返贫。今年大病医疗报销八成，异地看病也能报销，的确减轻了农民不少负担。今年庄上有人得了白血病，大病医疗给报了八成多。希望以后能覆盖更多的常见大病。

“小康不仅要有收入增长，还要有好的发展机会。”陈建树打算开春搞苗木经营，“我回乡看重两点，一是创业环境，有扶持政策我就更敢干了；二是精神世界社会气象，现在村里的人都想创业。”

不知不觉过去了4个小时，记者走出赶埠村，路过沭阳城，看着夜幕中高耸的厂房、整洁的街道，这里的人们已进入甜美的小康梦乡。

（新华社南京2012年12月7日电）

记者感言

2012年岁末，参加“学习贯彻十八大”大型主题报道。

选择到苏北访小康费了番思量。党的十八大开启了2020年全面建成小康社会“倒计时”，江苏省正瞄准2015年实现省定全面小康指标“千日冲刺”。一省之内苏南苏北不平衡，一定维度上折射出全国的区域、城乡不平衡。我们冒着冬雨“扎进”沭阳“解剖麻雀”。

采访中，86岁老组织委员李怀义30年来坚持踩着小板凳出黑板报宣传党的路线方针让我们感动；村民们畅谈新型城镇化道路、掰着手指算“收入账”，让“小康”的梦想照进现实。

那个没暖气的水泥墙吐着寒气，但小康的话题使得大伙心头聊得火热的夜晚清晰如昨。

重建利益新平衡

——来自基层的中国改革报告

新华社记者　李柯勇　谭　飞　沈锡权　詹奕嘉

最新消息，浙江温岭“最牛钉子户”罗保根的小楼已于12月1日早晨被拆除，而拆除的前提是“依法”和“协商”。

一个百姓和一级政府平等地坐在谈判桌前，个人利益得到尊重——看似尴尬的窘境，折射出民生和社会管理领域改革的进步理念。

党的十八大报告明确要求统筹各方面利益关系，特别强调要协调、保障群众切身利益，畅通和规范诉求表达渠道。这些论述，无不体现了现阶段深化改革的一个关键指向：调整利益格局，促进社会公平正义。

记者在基层调查发现，当前各地经济社会发展出现的各种矛盾问题，多数源于利益失衡。改革开放30多年来，一些地方偏重利益创造，忽视利益的合理分配与畅通表达，在一定范围内导致了利益冲突。事实证明，利益失衡的发展不是可持续的发展。

珠三角，我国经济发展的前沿，也是社会矛盾多发之地，特别是因劳资纠纷引发的上访、群体性事件屡见不鲜。自2010年起，广东尝试建立“劳资协商制”，在企业老板、中层管理者、广大一线员工之间搭建常设性利益沟通平台，从根本上预防和治理劳资纠纷，取得了实效。

参与创立这一机制的深圳市委组织部处长姚文胜形象地比喻说，利益好比一个人的血液，如果分布均匀，就会气通脉顺。什么地方血液过度集中，血管会破裂；什么地方严重失血，肌肉会坏死。要保持身体健康，必须完善免疫系统，那就是利益均衡机制。

在物质生活日趋富足的今天重建利益平衡，不能仅限于经济领域，保障民

重建利益新平衡

众政治、文化、精神等各方面权益是应有之义。

近日，为期7天的《广州市社会医疗保险条例》网上立法听证会正在举行。这次全国首例网上立法听证会，不仅是要满足各种利益群体的期待，而且希望借助现代化手段，在保障民众民主权利方面先行先试。

广州外语外贸大学法学院本科生黄翠英，被选为听证会18名陈述人之一。这个20岁的女孩提出“凡广州户籍城乡居民都应强制参加社会医疗保险”的建议，并和网友们持续互动。她认为：“提升公民知情权和参与权，体现了国家权力走向公开透明的改革趋势。”

在改革“深水区”重建利益平衡，必然要触动既得利益，阻力是可以想见的。调整利益格局的“攻坚战”能否推进，在很大程度上要看领导层的胆识和决心。

安徽铜陵是记者所见公车改革最彻底的地方之一，连市委宣传部常务副部长都是自驾私家车带我们采访。这个部门的公车数量已从5辆减为1辆，行政成本明显下降。这位副部长说，改革之初非议也很多，市领导力排众议，在公众认可的前提下大胆制订鼓励政策，“用私车办公事”就成了风气。

浙江嘉善县委“公开晒权”、广东顺德大部制和行政审批改革、四川白庙“裸账乡”、深圳公务员改革……记者在采访中看到，但凡进展显著的改革，都显示出了一种“自我革命”的精神。明哲保身占了上风，改革便裹足不前；敢于担当成了主流，改革就迎难而上。

然而，仅有勇气是不够的，调整利益格局的改革关键是要从实际出发，妥善处理增量利益与存量利益的关系。

2012年7月，广东省中山市率先取消城乡户籍差别，为本地所有市民、农民统一换发“中山居民”户口本，从而成为全国户籍制度改革的“急先锋”。

不少农民喜忧参半：能和城里人享受均等的公共服务当然好，可是农村计划生育政策相对宽松，每年还能从集体企业得到上万元分红，这些会不会也改没了呢？为此，中山制定了“变”与“不变”相结合的改革方案，在增量利益做“加法”的同时，稳妥推进存量利益优化，减轻了农民的担忧。

调整利益格局需要大局观。实践证明，只有通过科学的设计、公平的规则，让人们看到短期阵痛之后，可以有长远的、更大的利益预期，才能凝聚改革共识，减少改革阻力。

2010年深圳全面推行公务员分类管理改革，计划把全市60％的公务员转向一线行政执法和专业技术岗位。起初并不顺利，很多人不愿离开“官本位”的升职老路。

但是，深圳实施了职务、职级和薪级相对分离的改革方案。在老体制下，“千军万马挤独木桥”，领导岗位少，很多人一辈子也熬不到副处级，待遇自然也上不去；而根据新办法，只要你考核合格，薪级将定期晋升，一个普通职员升到最高薪级，工资可能比局长还高。那些想当“官”的人，仍有公开竞聘等上升通道，只是比以前严格很多。

算开了这个账，大家慢慢就接受了。如今，这项覆盖4万多人的改革基本已全部推行到位。

“其实改革对大部分人来说是没问题的，阻力来自少数人。”深圳市人力资源和社会保障局局长王敏这样判断。记者在基层采访的观感是，在现阶段通过深化改革建立更高层次的利益平衡，推动发展，维护稳定，有必要，有条件，有空间，也有可能。

（新华社杭州2012年12月1日电）

记者感言

改革难，既难在要触动既有利益格局，打破既有利益平衡，更难在建立更公平的利益均衡新机制和更好的利益新预期。

党的十八大召开后，记者在珠三角、长三角和中西部地区探访一批改革先行者后发现，新一轮改革在注重“破”的同时也更加注重“立”——重建利益新平衡格局。改革先行者的种种探索证明，通过深化改革建立更高层次的利益平衡，有必要，有条件，有空间，也有可能。

记者在调查中发现，无论是户口、公车、公务员等改革，还是劳资协商、网上立法听证等改革，改革探索中的利益“加减法”，无不是从积弊处下手突破，通过科学设计、制定公平规则，让人们在看到短期阵痛之后，也能清晰看见更长远和更大的利益预期。改革先行者的种种探索证明，通过深化改革重建利益新平衡格局，能够凝聚改革共识，减少改革阻力。

莫高窟：寻找保护和开放的平衡点

光明日报记者　吴　娜
通　讯　员　宋喜群

走进甘肃敦煌莫高窟，在为精妙绝伦的壁画和塑像惊叹之余，记者还注意到在每个洞窟里，都安放着小型收音机大小的白色盒子，上面还有一根短短的天线。

在讲解员的介绍下，记者的疑惑得到了解答。

原来，这是用来进行洞窟环境监测的传感器。它所监测的温度、湿度、二氧化碳含量等数据，可以直接传到敦煌研究院院长樊锦诗和其他管理者的办公室。如果数据超过了正常值，红灯就会变亮，这就说明进入洞窟参观的人数过多，需要加以控制。

樊锦诗说："莫高窟是世界文化遗产，历史悠久，独特珍贵。祖先留下了这个宝，我们就要把它保护好，留给子孙。据估算，莫高窟每天最大的承载量是3000人左右，超过这个量，就会对洞窟内的文物造成破坏。这个数字是科学实验的结果。”

“保护、研究、弘扬”，“寓保护于研究之中”，多年来，敦煌研究院一直以科学的态度守护着莫高窟。

依托于敦煌研究院成立的国家古代壁画保护工程技术研究中心，自2009年成立以来，始终致力于用“科技的手段保护艺术的价值”。其成果在国内外同类机构中，得到广泛应用。

为了永久保存莫高窟珍贵的文化遗产，敦煌研究院展开了利用计算机技术保存壁画信息的研究，形成了一套壁画数字化技术流程，并制定了技术规范。于2006年成立的敦煌研究院数字中心，已利用数字技术对莫高窟中147个洞窟的文物资源施行了抢救性储存。

这些工作，都弥足珍贵。

然而，每到旅游旺季，樊锦诗还是坐不住。随着慕名而来的旅游人数不断增多，如何既保护好文物，又为广大游客提供优质的文化体验成为困扰她的“两难”。她说：“保护和开放不是不可协调的，要从中找到平衡点，将二者结合起来。”

在距离敦煌机场和火车站不远处，记者见到了在建的莫高窟游客服务中心。这里建好后，游客在进入洞窟参观前，可以先观看用数字技术打造的球幕电影，身临其境地欣赏和了解莫高窟。这不仅可以科学地控制和分流人群，还可以让人们了解更多的历史文化知识，增添更有价值的文化体验。

樊锦诗说：“十八大报告非常重视生态文明建设。文物和生态一样，都是一次性、不可恢复的。因此我们要像保护生态一样保护莫高窟，保护敦煌。”

（2013年1月8日《光明日报》）

记者感言

很多老记者都说，基层是新闻的富矿。这一次，我深有体会。

2012年年底，我前往已有近70年历史的敦煌研究院，见到院长樊锦诗和其他一些工作人员。通过参观采访，我深深为这群远离繁华、为莫高窟保护付出不懈努力的研究人员的工作状态而感动，为他们取得的丰硕科研成果而惊叹。

用樊院长的话说，敦煌研究院有一群“想做点事儿”的人。他们的很多学术研究和管理工作不仅在国内处于一流水平，还得到了国际同行的认可。在这群人身上，我感受到了一股“实干兴邦”的精神。

这次“走基层”，“走”出了我的莫高窟情结。之后，我和敦煌研究院建立起了良好的联系，又陆续采写了几篇报道。樊院长笑称我快变成了“敦煌研究院驻光明日报工作人员”。我则希望能通过自己的报道，让更多的人了解他们的付出和努力。

“海燕”翱翔

——湖南省常德市农村演艺见闻

光明日报记者　唐湘岳　徐虹雨

2012年12月9日，天刚蒙蒙亮，湖南省常德市海燕歌舞团团长李海华便起床了。西洞庭湖管理区有一个酒店开业，他们要赶过去演出，路上有一个多小时的车程。6点30分，演出车在晨曦中出发了……

在后台，李海华笑着对记者说：“我们这些农村演艺团，丰富了农村的文化活动，还宣传了党的方针政策。围绕十八大精神，我们的作品有歌唱美丽家园的歌舞《故土情》，有倡导廉政建设的小品《把柄》，还有歌颂基层干部一心为民的渔鼓《选乡长》。”

正说着，歌舞团专职经纪人赵雪华的手机响了。12月14日鼎城区周家店镇想请“海燕”前去演出。赵雪华请示李海华去不去。李海华拿出一个安排表，演出计划已排到2013年2月19日。李海华决定，将演出信息告知其他艺术团。

“我们信息共享。前不久，市里举办农村演出经纪人培训班，把我们这些农村演艺团连得更紧了。”李海华说。

1990年，李海华创办了海燕歌舞团。1992年，他们率先在全市农村演出团队中聘请了专职经纪人赵雪华，负责扩展业务市场。

“1992年以前，我们的市场很窄，演出场次也不多。到了那年年底，情况就不一样了，经纪人在前面跑市场，湖北市场打开了。1993年，又攻下了云南市场。就这样一步步稳打稳扎，我们已经攻下了全国20多个省市的市场。”李海华兴奋地说。现在“海燕”每年演出场次超过了300场，最多的一年达到340场。

“海燕”的成功起飞，既是全体演职人员努力的结果，也得益于政府的政策扶持。

2006年起，常德市财政每年拿出100万元扶持20个示范乡镇文化站建设，采取“以奖代投”的形式鼓励20个优秀民间艺术团体，通过举办民间艺术赛事，推荐民间演艺团体登上大雅之堂。2012年对文化建设的扶持资金更是达到了7000万元。这些措施有力推动了农村演艺事业发展。目前，该市共有各类农村演艺团体2000多家，从业人员达10万人，年演出超过15万场，经营收入5.9亿元。

常德市委常委、宣传部长刘进能告诉记者：“农村演出经纪人以农民为主，整体文化和业务素质有待提高；部分演出经纪人市场观念不强，活动范围局限在本地。我们的农村演艺业还有很大的提升空间。党的十八大召开期间，我们对部分艺术团团长、演出经纪人、乡镇文化站长又进行了一次培训，我们要让农村文化的羽毛长得更丰满。”

刘进能说，下一步，常德市委、市政府还将设立文化艺术奖励基金、青年

海燕歌舞团演出现场

艺术人才培训基金、农村文化建设奖励基金，培养更多的农村优秀文艺人才和演出经纪人。

李海华说：“党的十八大胜利召开，文化建设的前景更加美好了。常德的丝弦、汉剧高腔、澧州大鼓等传统的说唱艺术已经走上了国外的舞台，相信我们‘海燕’也一定会越飞越高，飞过太平洋！”

（2012年12月12日《光明日报》）

记者感言

湖南常德市的民间文化演艺市场十分活跃。2012年，该市推出群众文艺演出“百团大赛”，参赛团队970个，参演人员4万多人，创作节目2000多个，比赛演出600多场，观演群众160多万人次，掀起了群众文化活动新高潮，形成了城乡互动、全民同乐的生动局面，被人们称为民间文化博览会。党的十八大勾勒了文化大发展大繁荣的美好画卷。如何结合党的十八大精神，反映基层的文化活力呢？我们经过调查研究，发现农村演出经纪人以农民为主，整体文化和业务素质有待提高；部分演出经纪人市场观念不强，活动范围局限在本地。农村演艺业还有很大提升空间。党的十八大召开期间，常德市对部分艺术团团长、演出经纪人、乡镇文化站长进行了一次培训。于是我们确定了报道思路：选取一个成功的民间艺术团这个点，去展示常德农村演艺这个面，表现常德农村演艺事业的最新进展。

在常德2000多支民间演艺团队中，“海燕”歌舞团是最早起飞的民间文艺演艺团队，也是当地最早引进专业演出经纪人的农民艺术团，已经攻下了全国20多个省市的市场。

我们选择了跟踪报道“海燕”一天的演出活动。

海燕是一种不怕风浪、勇于挑战的鸟。“海燕”歌舞团也如海燕一样，曾经面临无数风波，经历无数挑战，终于越飞越高越精彩。在报道中的“海燕”，不仅仅是艺术团的名字，也是在文化大发展大繁荣过程中的一种象征，一种希望。

“叫你起床的不是闹钟，而是梦想”
——两位张江创业者的故事

光明日报记者　曹继军　颜维琦

“每天叫你起床的不是闹钟，而是梦想。”这句在上海张江高科技园区广为流传的话，被认为很能代表张江精神——有理想、敢创新、充满活力。走在张江宽阔的街道上，嗅着充满科技和智慧的气息，由不得你不信这句话。从20年前的一片农田和盛产咸菜、菱角、酱菜的浦东小镇，发展成今天的国家自主创新示范区、长三角的“创新策源地”，张江不断书写着传奇。张江的魅力究竟在哪里？下一站的张江，能否持续保持澎湃活力？我们的采访从一老一少两位张江创业者开始。

陈爱华，1953年生人，湖南人氏。1987年赴美攻读博士，随后加入美国应用材料公司。在这家全球最大的半导体设备公司，从资深工程师到事业部总经理，陈爱华的事业可谓顺风顺水。但他的心里不平静：“中国的LED市场需求量占全球的1/4，而作为LED芯片生产过程中最为关键的设备，MOCVD的核心技术长期被欧美企业垄断。”2004年，51岁的陈爱华决定回国创业。2011年，中晟光电设备（上海）有限公司最终落户张江。

“公司成立后，仅用了10个月的时间，就实现了MOCVD生产机型下线，又仅用了10个月时间，完成了设备的改进优化和产业化生产的准备。就在2012年年底，我们自行研发生产出了中国首台具有世界先进水平的国产MOCVD设备。”在公司二楼一间命名为“标杆”的会议室，陈爱华接受了我们的采访。他说：“树立世界一流的标杆，企业才能离世界一流越来越近。这是张江为我们带来的速度，这里有最适宜创新的土壤和生态。”

在张江软件园，我们见到了沪江网年轻的掌门人伏彩瑞，网上人称“阿诺”。2001年，还是上海理工大学大三学生的伏彩瑞创立了沪江网。2006年，沪江网开始公司化运营。从8名员工、8万元资金起步，几年间，凭借新模式、新业态、新技术，沪江网每年都以200%的速度发展，已经成长为市值20亿、拥有两亿用户、千万会员的互联网教育领军企业，成为上海现代服务业创新发展的一枝新秀。谈及青年创业在张江，伏彩瑞神采奕奕，激情感染着在场的每个人。

在张江，这样的创业者还有很多。每天，都有超过25万名从业人员在这片园地里为了理想而奋斗，其中不乏两院院士、国家级专家，更有83人入选中央“千人计划”，其中创业类人才达到41人，占全国7%和上海市的70%。在上海浦东新区区委常委、副区长彭崧看来，这或许就是张江的魅力所在。尊重人才，尊重创新，无论是“张江创新十条”政策出台，还是“张江聚才计划”的深化，张江始终致力于提供最适合自由创新的空间，积淀了一种政府与市场合力、国际化开放创新、研发与产业并重的“张江模式”，为浦东乃至上海的产业升级、创新驱动提供重要的动力源。

最新数据显示：2012年，张江园区预计经营总收入超过4000亿元，工业总产值1900亿元。在上海市开发区综合评价中，张江高科技园区蝉联综合排名第一。同时，创新发展和投资环境指标也排名第一。谈及张江未来发展的动力，浦东新区区委副书记吴信宝目光坚定：“改革就是激发活力，活力出来了，事业自然就发展了。浦东因改革而生，因改革而兴。毫无疑问，改革依然是浦东的最大红利。下一步，浦东将以张江国家自主创新示范区为重点，积极开展先行先试，加快创新要素集聚，不断提升产业能级。从政策点的突破到制度创新，改革，将为创新驱动、转型发展注入不竭动力。”

（2013年1月7日《光明日报》）

记者感言

“每天叫你起床的不是闹钟，而是梦想。”这是一次采访中和一位在张江工作的年轻人闲聊时听到的一句话。2012年年底，记者再次来到上海浦东创新要素的集聚地——张江高科技园区，实地走访中晟光电设备有限公司和沪江网等几家公司。采访中，更加强烈地感受到梦想照进现实的力量。经过对素材的反复比较和筛选，最终，我们选择聚焦一老一少两位张江创业者的故事，作为此次“走基层”的落脚点。两位创业者的成长经历和从事行业各具代表性，分别代表了高端装备制造业和文化产业，代表了“海归”人才和本土人才，他们的拼搏与收获，为张江园区过去20年跨越发展和未来的持续活力作出了有力的注脚。

坭兴陶正逢振兴时

经济日报记者　丁　士　童　政　陶瑞刚

2012年12月8日，广西钦州市启动了融城市景观、文化、旅游、物流为一体的千年古陶城项目建设。10日后记者来到位于进港公路旁的项目所在地时，50多亩新平整出的山地上还有开工典礼时的彩旗、标牌，项目实施方钦州市开发投资集团有限公司经理叶欣指着规划图板介绍说，古陶城项目包括坭兴陶文化公园、博物馆、大师工作室、名人坊、厂房、综合服务区及配套设施等，总规划面积2000多亩，项目总投资约11.6亿元。再过几年，一个特色文化产业城将在北部湾工业重镇钦州市拔起。

建设千年古陶城，是钦州市贯彻落实党的十八大关于大力发展文化产业的要求，结合地方资源优势发展文化产业的重大举措。行走在这座临海工业新城的大街小巷，能感受到发展坭兴陶产业的浓浓氛围。就是我们接触到的几位忙着宣讲十八大精神的负责同志，都把大力发展坭兴陶产业作为贯彻落实的重要内容进行宣讲，用钦州市委常委、宣传部长、副市长徐贵的话说，“振兴坭兴陶正逢其时！”

近年来，随着中国—东盟自由贸易区建设的推进，北部湾开放开发风生水起，钦州市吸引了中石油、中粮、印尼金光集团等一批大型企业落户，建设了钦州保税港区、中马钦州产业园等一批重大的开放开发平台，临海产业得到了迅猛发展，然而钦州市也正面临着文化支撑能力不强、软实力不足的问题。而每每在重大活动中被选为国礼的坭兴陶这一传统工艺品，被选为优先发展并培植成当地支柱性文化产业，可以说水到渠成。

有1300多年历史的坭兴陶被誉为我国四大名陶之一，于今其烧制技艺是国家非物质文化遗产。其制作原料取自钦江两岸特有的红白两种陶土，烧制的陶器质地细腻、古色古香、光润柔和、击声清脆，再加上富有特色的窑变及工艺美术大师的雕刻创作，具有极高的观赏、收藏价值。更令人称奇的是，坭兴陶器还可演奏出优美的音乐。

在历史最久的生产厂钦州坭兴陶艺有限公司的生产车间，我们目睹了陶艺生产过程中拉坯的辛苦、浮雕的精细以及工艺大师们创作的造诣。年近八旬的刘明洲老人是钦州坭兴陶行业代表人物之一，20多年来，他在上千件陶品上刻的字或大或小，或楷或草，技艺超群，广受追捧。他介绍情况来了兴致，邀请我们到他藏在古巷深处的家里，看他个人收藏的满满几屋的坭兴陶精品。当我们夸他刻字是一绝时，老人摇摇头说：“坭兴陶窑变出奇妙花纹，那才是中国一绝！”

在校园、教室都整齐悦目的北部湾职业技术学校，坭兴陶2班的学生们正在用泥雕塑形态各样的作业。广西钦州市坭兴陶行业协会副秘书长陈辉说，“坭兴陶产业的发展面临着创新水平低、知名度不高、行业标准滞后等难题，而人才短缺最急迫，为此市里专门拨款招收了3个坭兴陶班。”

钦州市为发展坭兴陶已经并正在做更多努力，他们制定了产业发展规划，出台了鼓励坭兴陶产业发展的政策，成立了坭兴陶行业协会，组建了坭兴陶工艺研究所，等等，他们希望通过这些举措，使目前有60多家企业、年产值超过5亿元的坭兴陶产业，实现跨越式发展。

（2013年1月3日《经济日报》）

记者感言

2012年12月18日，报社组织记者到广西钦州市开展“走、转、改”活动。社领导要求我们所写的文章立意要高，必须与当前全国各地掀起深入学习贯彻十八大精神高潮这一背景结合起来，必须揭示该产业的发展趋势。我们到展馆、到工厂、到学校，亲眼目睹坭兴陶的制作工艺，采访结束后，我们一共写了三稿。社领导亲自动手，理顺了文章的脉络，也使语言更加精练、行文更加流畅，充分揭示了党的十八大精神正给坭兴陶产业振兴带来了千载难逢的发展机遇。文章刊出后，钦州市领导致电记者表示感谢，认为该报道立意高、角度新，文字生动，对钦州坭兴陶产业发展是个巨大的鼓舞。

中山市的“网络”党支部

经济日报记者　庞彩霞　崔文苑

听说广东省中山市南头镇通过网络，向远在外地的党员宣讲十八大精神，2012年年末记者赶到了中山南头镇采访。

走进南头镇，只见占地1100多平方米的中山市农村网络党建示范阵地已经建成使用。南头镇党委副书记吴坤科告诉记者，这个阵地是市镇两级投资建成的，它集网络党总支部活动室、农村党员教育培训、农业咨询服务、外延农业展示厅等功能于一体，力图以网络手段实现农村党建远程辐射效应。

“外耕农”是南头镇一个特殊群体。随着工业化、城市化的快速发展，南头镇耕地面积日益萎缩，于是，失地农民把目光投向镇外。目前全镇有320户，2060名社区居民（其中有71名党员）在外承包土地搞种养。为帮助“外耕农”在外有党组织可以依靠，并通过现代化手段及时了解市场信息，南头镇在市政府的支持下，建起了农村网络党建系统，形成以“外耕农”行业为组带的跨地域党组织网络。

“网络党总支让我找到了‘家’，还帮我打开了销售渠道。”外出务农7年之久的何金全如是说，“比如，2012年12月10日，十八大代表、肇庆市广宁县八一生态农场场长贾东亮来到这个平台，他不仅结合自身的经历，用生动的语言对党的十八大精神进行了远程宣讲，而且还为我们搞好种养业带来了许多重要信息。”据了解，目前全镇已有30多位“外耕农”通过各个党支部递交了入党申请书，南头镇农村网络党支部的党员队伍在壮大，影响力在延伸。

“农村网络党组织建设首先是项民心工程，向这些外出务工的农民传递家乡的温暖；其次是项民生工程，帮助失地农民创业致富；再次是项党建工程，使我们的党建超越时空，将党组织的关怀覆盖到每个党员。”中山市委主要领导对记者说，通过网络党支部打破时空限制，在真正意义上实现党建的全覆盖，意义非常重大。他举例说，中山市常住外来务工人员165万人，占全市人口52%；广东省外来务工流动人口达3000万，全国外出务工人员达3亿，如果全省、全国的劳动力输出地都实现网络党建全覆盖，让所有外出务工人员不再是“断线的风筝”，都有组织可依靠，那么社会管理就会减少许多压力，党建工作也会取得长足进步。

（2013年1月7日《经济日报》）

记者感言

2012年12月中下旬，报社组织记者南下采访各地在学习贯彻十八大精神过程中呈现的亮点，行程横跨广西、广东两省。当我们来到珠三角中山市时，听该市市委主要领导说起他在南头镇通过网络，向远在外地的党员宣讲十八大精神时，带队社领导就敏感到农村网络党建是个新鲜事，建议我们就把此次中山的采访重点锁住这个主题。了解了该镇首创的农村网络党建工作的由来、现状以及群众的反响，回到中山市，我们再与市委领导作深入交流。这使我们认识到，如何做好外出党员的管理，将是我们很长一个时期始终在探索的党建课题，而中山的探索无疑具有全国意义。于是写成了“中山市的‘网络’党支部”一稿。报社领导也很重视此稿，很快就刊登了出来，同时还配发了编辑点评，在社会上产生了积极的影响。

这里的农民为何安心

——城镇化进程中，如何解决失地农民的后顾之忧

经济日报记者　郭存举　赖永峰

千百年来，中国农民靠土地而依存。伴随着新一轮的城镇化浪潮，不少农民失去了赖以生存的耕地和住所，他们该如何生活和养老呢？

一个县拿出20多亿元专款，让所有失地农民享受城镇职工退休待遇；年轻人可以领着补贴去附近开发区上班；没了村庄，农民在现代化社区开始了新生活……2012年，江西省南昌市南昌县完成了80.1万平方米房屋的拆迁，腾出工业和城市基础设施等项目用地1.1万亩，同时实施了针对失地农民最为实惠的一系列政策。

农民领到了城镇职工退休金

“以前不敢想，我们农民能和城镇职工一样拿到退休金。”在南昌县银三角管委会横岗村，69岁的失地农民万早生说。

横岗村作为南昌县城镇养老保险试点村，失地农民有555人。到2013年1月，符合发放条件的109人（男60岁以上、女55岁以上）开始领到了794元的退休金。这不仅让失地后的农民生活有了保障，也让他们有条件追求高质量的生活。“我这把年纪了，也到各地去旅游，还坐上了飞机。”78岁的王春香说。

在加快城镇化过程中，不少地方都存在失地农民现象，失地农民面临的最大问题就是生活之困和养老之难。南昌县通过大胆的尝试，彻底解除了失地农民的后顾之忧。

按照相关要求，南昌县只需让被征地农民参加城乡居民养老保险，3亿元就可解决所有问题，而参加城镇企业职工基本养老保险，则需要投入23亿元。解决被征地农民保险问题，两种方法相差了20亿元。这不仅考验着县政府的财政，也在考验着执政者的魄力。

“最重要的是让老百姓感受到实惠！”南昌县委书记郭毅说。据记者了解，南昌县去年的财政总收入为60.4亿元，而农民入保的费用一次性就要拿出12亿元。

“失地农民的养老保险将全面推开，并且要在2013年6月底之前结束。”在南昌县社保局，业务科长李建华告诉记者，2012年4月，南昌县颁发了《被征地农民养老保险试行办法》，计划在江西率先启动被征地农民养老保险试点工作。按照规定，参加职工养老保险的被征地农民，费用由政府承担60%，个人承担40%。

16岁以上的失地农民，连续交纳15年的养老保险金，到了规定的年龄就可以享受城镇职工养老退休金的标准。已经年满60岁的老人，补齐15年的保险金就可以。而失地农民的范围已经追溯到1997年7月份，共5.8万人。

“南昌县的这些做法彻底打破了户籍的束缚。”南昌县社保局局长彭严明说。

为了充分尊重农民的选择，对于拿不出养老保险费用的失地农民，也可以选择城乡基本养老保险。无须交钱，到了年龄每月能拿到410元钱。

农民变市民　政府有作为

没有了土地，不从事农业生产，农民还算是农民吗？成了“自由人”的失地农民，如果长期不工作，也有可能成为一个很大的社会问题。因此，解决失地农民的就业问题和解决他们的养老问题同样重要。

在位于南昌县的国家级经济技术开发区小蓝经开区，记者遇到了47岁的塔田村村民吴建宏。“我们村靠近开发区，我在鸿达投资有限公司上班好几年了，刚来时从事机器修理，后来任车间主任，每月工资在3000元以上，由于公司优先接收被征地农民，在公司打工的多半都是附近村的村民。”吴建宏说。

在南昌县小蓝工业园鸣达投资发展有限公司，负责人吴建江告诉记者，厂里有200多名农民工，大多数是失地农民。“根据县里政策，每招聘一名失地农民，前3年企业每年有3000元用工补贴，工业园劳保所负责用工对接，经常举办招聘会，也缓解了我们企业的用工难题。”

小蓝经济开发区劳动和社会保障事务所所长詹国平说，现在开发区有产业工人4.6万，南昌县本地农民占40%。此外，武阳中小企业创业园、南新滨江工业集中园建设，以及以乡镇工业园为辐射点的发散型工业圈，吸引了越来越多的失地农民前来就业。

江西省作为中部欠发达省份，近年来注重加强城镇规划和管理，推进农村人口向城镇转移。而对于失地农民的就业问题，南昌县可谓煞费苦心。据了解，2012年4月，政府将就业困难人员再就业优惠政策向被征地农民延伸，使其享受免费职业介绍、小额担保贷款、社会保险补贴、岗位补贴等就业扶持政策。

上楼后的生活咋样

走进南昌县东新乡大洲村，数十栋6层的楼房矗立在眼前，社区内商店、宣传栏等基础设施配套齐全。

记者在村民邓宸强家看到，房子有120平方米，宽敞的三居室内，沙发、电视等摆放整齐而干净。“和以前住平房比，现在洗澡方便多了，自来水的水质也好多了，做饭的天然气更是让人放心，住在楼上很满意。”邓宸强说。

记者注意到，大洲村的社区和城市社区相比还有些不同，每栋楼的一楼和二楼都是商铺。“一二楼的店面规划为店铺，是为了发展村集体经济，产权归集体所有，这样村里的每个人年底都可以分红。”东新乡副书记章金华告诉记者。

一排排现代化社区建成的背后，是南昌县政策性试水结出的硕果。

“农房变商品房，农村变品质社区。”据了解，南昌县2011年启动了6个乡镇（开发区）的14个新农村社区安置房建设项目。根据政策，这些安置房有条件上市交易，农民可根据需要办理商品房产权证。

“刚开始住楼房有些不习惯，觉得不方便，尤其是老人，爬楼特别累，现在可都适应了。”邓宸强说。

（2013年3月22日《经济日报》）

记者感言

近年来，我国城镇化进程不断推进，城镇化率逐渐提高，这是大势所趋。然而，有些地方在城镇化推进过程中也出现了一些问题。农村大量土地被征用，不少农民失去土地后无工作，无收入，成为“三无”农民；还有些地方，农民虽然上了楼，但并没有享受到市民的待遇，没有变成真正的“市民”。

“天大地大，民生为大。”在采访中我们深深感受到，保护好农民的切身利益，关系到我国社会经济的可持续发展，是各级政府在城镇化进程中必须考虑的问题。各地应根据实际情况，满足农民的诉求，尊重农民的知情权与参与权，保证农民“失地不失利”，消除日后的生活隐忧。

广东加快推进“农村地区广播电视节目无线覆盖工程”

中央人民广播电台记者　卢　君　周　羽

广东提前3年完成20户以下已通电自然村广播电视“村村通”，健全公共文化服务体系。

【记者】在广东省河源市紫金县龙窝镇双下村，村民黄裕增在工作人员的指导下，收听到了中央人民广播电台的数字频率乡村之声。

【村民　黄裕增】原来没有，现在就看电视。以前几户才有，现在家家户户都有了。

从2012年11月30日起，广东在全国率先实现20户以下自然村的农户，都可以免费接收57套电视节目和17套广播节目。

【广东省广电局科技处　叶英权】录音这个设备有很多功能，涉农信息、农业科技呀农业市场销售还有天气预报，很受老百姓欢迎。

中央人民广播电台记者卢君采访农户黄裕增

“十二五”期间，广东省投入广播电视公共服务体系建设的资金近8亿元，是“十五”、“十一五”投入之和的8倍。2013年广东省还将建成全省农村国标地面数字电视无线覆盖网，实现城乡广播电视公共服务全覆盖。

【广东省委宣传部常务副部长杨建】民生不光是教育、不光是医疗，文化服务实际上也是一项民生工程。广播电视的村村通、户户通是头号文化工程。我们将通过各种措施让农民、让基层群众真正享受到和城市一样的文化服务。

（中央人民广播电台2012年12月20日《新闻和报纸摘要》）

记者感言

从广州出发，要经过5个多小时崎岖不平的山路才可到达广东省河源市紫金县龙窝镇双下村。现如今在城市看电视、听广播、上互联网是一件多么容易的事情，可是在边远的农村地区，如果农户们能看上电视、听上广播就可以让他们幸福得像个孩子，真的让我触动很深。广东省率先在全国完成20户以下已通电自然村广播电视“村村通”工程，建立健全公共文化服务体系。看似简单的一句话，其实蕴含着完成了太多人心中那个小小的梦想。

记得2012年11月29日，时任中共中央总书记、中央军委主席的习近平在参观《复兴之路》展览时指出，中国梦就是民族复兴梦，也是在这个过程中每个中国人自我实现之梦，更是中华民族面对未来之梦。“空谈误国，实干兴邦。”是的，国家富强、民族振兴、人民幸福，这是国家的梦，当然也是国人的梦。

当一个个小的梦想逐一实现时，那么实现“中国梦”还远吗？

无论身在城市还是农村，幸福的一家人可以坐在一起看电视、听广播、畅聊世界的精彩，广东省提前完成的20户以下已通电自然村广播电视“村村通”工程是打造了通往梦想的路。

让人人同享人生出彩的机会

中央人民广播电台记者　肖志涛

国家主席习近平在十二届全国人大一次会议闭幕会上发表重要讲话时指出："生活在我们伟大祖国和伟大时代的中国人民，共同享有人生出彩的机会，共同享有梦想成真的机会，共同享有同祖国和时代一起成长与进步的机会。"如何看待这些论断？

2011年，姚明在退役新闻发布会上感慨地说："感谢这个伟大进步的时代，使我有机会去实现自己的梦想和价值。"

我们每个人也许没有像姚明那样尽情绽放了梦想，但我们都有自己的梦，也都或多或少地实现着自己的梦。在北京已经打拼了十几年的四川籍民工罗从军深有感触。

【罗从军】我有一个梦想，这么多年在北京，我也想在北京这儿

中央人民广播电台记者肖志涛在基层采访工人

有一套小房，把父母孩子老婆接过来。

和罗从军一样，在全国各地，不同职业、不同背景的人们都在纷纷表达着自己的梦。

【老人】我的梦想就是活到99！

【工人】缩小贫富差距，把差距缩小后感觉人与人更和谐一些。

【科技工作者】我希望中国将来的环境更好、天更蓝，云更白，咱们的水更绿。

【大学生】我们的梦想就是大学毕业了有一份好工作，各方面都比较好的工作。

也许我们并没有意识到，我们一个个的小梦会聚在一起便构成了一个全社会共同期待的大梦，而这个梦与我们的国家命运相关、与我们的民族血脉相连，这就是习近平主席说到的中华民族伟大复兴的中国梦。这是一个人人皆可实现的梦：

【习近平】生活在我们伟大祖国和伟大时代的中国人民，共同享有人生出彩的机会，共同享有梦想成真的机会，共同享有同祖国和时代一起成长与进步的机会。

在中央党校教授辛鸣看来，十八大以来，以习近平为总书记的党中央领导集体，把中国社会百年以来的追求和梦想凝练为了中国梦，让全社会感受到了人生绽放和出彩的可能。

【辛鸣】出彩也是这次讲话中最为我们广大普通群众兴奋的一点，为什么兴奋呢？就是我们刚才讲的中国梦国家梦民族梦也是我们个人的梦，我们个人的梦具体体现在什么呢？就是每个人在中国梦实现过程中，我们个人都能成功，我们个人在社会上都能发光发亮发彩。

习近平的讲话不仅阐明了中国梦的丰富内涵，更重要的是为梦的实现指明了方向和途径。如何看待走中国道路、弘扬中国精神、凝聚中国力量这三个必须？辛鸣分析，实现中国梦必须要走中国道路，解决了中国梦的路径保障问题；弘扬中国精神，解决了中国梦的精神支撑的问题；凝聚中国力量，解决了力量保障问题。

每个人都有梦想，对梦想的追求是什么都阻挡不住的。梦想让我们的人生充满了希望，梦想让我们在困难和挫折面前更加坚强。如今，有了心中的中国梦，有了圆梦的路径，相信中国人一定会“长风破浪会有时，直挂云帆济沧海！”

（中央人民广播电台2013年3月25日《新闻纵横》）

记者感言

梦想美好但实现起来注定困难重重。习近平主席的讲话指明了方向、鼓舞了士气、凝聚了力量。如何解读这篇讲话，如何向公众传递其中的正能量？记者的第一反应就是要把讲话和我们每一个人的切身体会联系起来，产生共鸣。中国符号姚明的成功自然归功于个人的努力和时代的机遇，更代表了当代中国人昂扬向上的精神风貌；普通的农民工、老人、孩子的梦想朴素平实，代表了亿万中国人的心声。庙堂之高，习主席的讲话振聋发聩；江湖之远，老百姓的心声通过电波传达。新闻记者“走、转、改”不是一句空话，而是扎扎实实的采访和上情下达、下情上达的结合。权威专家的解读准确而通俗，也为文章锦上添花。“路漫漫其修远兮，吾将上下而求索。”带着伟大的中国梦，中国人，已经，在路上！

中国水安全调查

中央人民广播电台记者　张则华

新闻纵横，问真相。近些年频繁爆出的水污染事件，是否让您对饮用水安全开始多了一分担忧？铅、镉、溴酸盐、三氯甲烷……这些曾经陌生、但如今也许已悄悄潜伏在我们生活中的化学物质，是否也让您不寒而栗？水发黄、发臭、变混浊……我们每天所喝的水，都面临着哪些安全隐患？

一个月前，因为微博网友的爆料，“拯救家乡地下水”成为引爆舆论的一个焦点话题。其中，有众多网友发微博称，山东省潍坊市部分污染企业将工业废水打入地下，从而造成地下水污染。

网上关于潍坊地下水污染的讨论，很是热闹。而近日，中国之声也接到山东省茌平县村民反映，他们已经长年被当地企业肆意排放的污水困扰，有的村没有通自来水，不搬走，就只有喝被工业污染的地下水，村民们说："潍坊的情况，在茌平人来看，就是小巫见大巫。"

记者调查发现，这个被举报的企业位于山东省聊城市茌平县境内，被当地人称为"四百"。那么，"四百"到底是个什么企业？它到底有没有污染地下水？这个企业在当地有怎样的影响力？当地的环保等政府部门对此如何回应？请听中央台记者张则华的调查报道：

几天前，记者曾到茌平县大李庄村对有群众反映当地企业污染地下水的情况进行采访，但是并不顺利，原因是，谈到此事，村民们有些顾虑，已经不像前些日子一样敢说敢言了，你看看我、我看看你，大家都躲避记者的话筒。

所以，第二次来到大李庄村，我们选择在了深夜，趁着夜色，我们敲开了李大爷家的门。一进门，就看到了一个盛水的大水桶，揭开盖子一看，满是浑黄的浊水，水面上还漂着一层油，水桶的内壁上也已经结了很多黄色的黏黏的物质。李大爷说，他们老两口平时喝水做饭，用的就是这样的水。

【村民　李大爷】我这个井是27米吧，打了30多年了。原先水烧开了是白渣，但是现在烧开了露红头了。地下水比以前是不行了，这个水压出来如果是搁上一天，水缸里上边好像是有一层薄膜似的。

由于还没有通上自来水，大李庄村的村民们只能吃这样的井水。正在擦洗烧水壶的李大爷的老伴儿说，烧完水，水壶的内壁上都会结上红色的水垢。用抹布一擦，全是砖红色的印子。

【村民　李大爷老伴儿】这一开电壶，淤得电壶盖上也发红。用抹布抹抹，都擦得通红，都好像这砖的颜色一样，发红，就这样。

据李大爷讲，大李庄村分为东、西两个大队，东队的地下水质明显要比西队更差。因此，住在东头的人家，凡是有经济条件的，这几年都打了七八十米

致污企业正在向空气中排放有害气体

的深井；经济条件差些的，要吃水就去有深井的邻居家打。而再往东的几个村子，井水打出来的就都是红色的了。

【村民】压出来的水露红渣。

【记者】比咱这边还严重?

【村民】嗯，比这严重。

【记者】他们那边水那么红，怎么吃水啊?

【村民】吃自来水，洗衣裳刷锅的他用井水。

【记者】咱们村里的人平时有没有议论，为什么这两年水不行了？受什么影响?

【村民】就是说受“四百”铝厂的影响。

李大爷说的打上来的地下水呈现红色的村庄就是比大李庄村离“四百”更近的付集村和干韩村。而“四百”就是村民反映排污污染地下水的山东信发铝电集团所属企业的俗称，这一称呼，始于2004年，当年，信发集团开始建设“四百”工程：投资100亿，建设100万千瓦热电、100万吨氧化铝和100万吨粉煤灰综合利用水泥项目。

在铝电行业，提及信发集团，几乎无人不晓。这家起源于茌平的民营企业，是一家集发电、供热、电解铝、氧化铝、聚氯乙烯、铝深加工等产业链条于一体的超大型企业集团，下属60多家企业。该集团电解铝规模世界第一，氧化铝产量国内第一。公开资料显示，2011年年底，这家拥有数万名员工的企业，总资产达1200多亿元。

信发集团在茌平几乎妇孺皆知。这家紧挨着县城的巨鳄企业，既是一个快速发展的神话，同时也意味着某种神秘力量，影响着茌平县乃至聊城市的资源、财富和话语权。几乎每个茌平人都能讲上一段关于信发集团的故事，或褒或贬，津津乐道。当然，也正是信发集团，使茌平县成为鲁西平原上的一座明星县城，这里不仅是附近少有的经济“全国百强县”，还曾捧得“全省人居环境范例奖”以及“全省城乡环境综合整治先进县”等桂冠。

而就在这辉煌的GDP背后，当地居民反映称，伴随茌平的经济腾飞，地下水的污染越来越严重，还有随之而来的是当地居民癌症、肾病的高发。而面对可怕的污染和莫名的疾病，当地村民大多表现得无奈、麻木，习以为常。外人问急了，他们会扔出一句当地广为流传的领导名言：茌平人“宁可病死，不能穷死”。

“宁可病死，不能穷死”，这是怎样的生存逻辑？茌平人又是怎样在这样的生存逻辑中寻找平衡？当地的环保等政府部门对此又将如何回应呢？

为了了解李大爷所言离“四百”更近的付集村和干韩村的真实情况，记者第二天天刚蒙蒙亮，就来到了付集村村口，见一位农民正在村头的地里忙活，便上前询问。

【记者】咱们现在这个喝什么水呀？

【村民】这个井毁了以后，俺这个书记又在东边接的自来水。

【记者】地下水怎么了，怎么换成这个自来水了？

【村民】井水不是污染吗这里，污染不叫喝了。支书说我不在家不叫采访，俺这边就是喝自来水。

虽然对记者保持了足够的警惕，但从和村民的对话中，还是得到了这样的信息：水污染的严重、村里不让喝了、接通了自来水。在村间小路的拐角处，一位村民向记者透露，他们用的自来水是免费的。

【付集村村民】别处都收费，俺这里一直没收。

不少村民还反映，经过信发集团的309国道南侧，每隔100米左右就有一眼封闭的水井，沿国道东西延伸出10多公里。整个水管呈封闭状态，外面罩着铁笼子，水管的末端用黑色塑料布裹着，伸向地下。村民指认，这就是信发集团往地下排污的管子。

【付集村村民】最多100米，就是一眼井。外边露着个大铁虫子，就是离地成米的高，污水直接通过这个管子下向里排。

如果说，村民对几十个封闭水井的用途还只是猜测，那么，信发集团买下干韩、付集等几个村的500多亩土地，建成了一个沉降废渣废水的大沉降池，在当地就是一个非常公开的事情了。

一个就读于温陈希望小学的小女孩每天上学都要经过这个大沉降池，她说经常看到里面红色的废水。

【记者】你上几年级了？

【村民】四年级。我每天上学都在那边看到了，看见净是废水，红的还是。闻上去很臭。

而种庄稼的农民们更是直接领教过这个装废水废渣的大池子的厉害。

【村民】就是厂里过来的废水，有些渣滓，在那里沉淀。

【记者】那现在那一块什么都不能干了？

【村民】什么也不长，鸟掉里边就死，水有火碱说是。

村民所说的沉降坑，四边筑起土坝，高出地面10多米，坑里分布着颜色深浅不一的红色废水痕迹，有的还留着一层厚厚的白色泡沫。一条条铁管从旁边的厂区通往大坑，坑边的坡上立了一块木板，上面写着“尾矿库区、禁止入内”。

就在记者要离开的时候，突然发现工地上来了一个穿着印有“信发铝业集团”字样工作服的男子。他表示自己是公司派来监工的。

【记者】师傅看你穿的衣服，你是信发的吗？

【员工】嗯，您是干吗的？

【记者】就是想知道，围这个是干吗的？

【员工】你们找厂子去吧。

在茌平几个村子采访出来，记者拨通了当地环保局副局长王建国的电话了解情况，遗憾的是王副局长没有接受记者的采访。而山东省环境监察总队副总队长齐鑫山回应说：聊城市环保局曾会同茌平县环保局对此问题进行过全面调查。

【齐鑫山】媒体反映的该公司通过水井向地下排污的水井实为该公司取水井。2013年2月21日，该公司周边地下水检测井的水质监测结果与《环境影响评价报告书》的监测结果相比，各项指标未见明显变化。

村民的指证和当地相关政府部门的回应之间，为何会存在如此大的差距？在平县地下水资源到底有没有污染？污染到何种程度？中国之声将继续关注。

（中央人民广播电台2013年3月25日《新闻纵横》）

记者感言

“水安全”是目前各方关注的焦点话题，可谓社会关注、人民关切、国家关心。党的十八大报告提出“美丽中国”，把生态文明建设放在突出地位，融入经济建设、政治建设、文化建设、社会建设各方面和全过程，努力建设美丽中国，实现中华民族永续发展。为贯彻十八大精神，在“走基层、转作风、改文风”活动向纵深推进之际，中国之声由总监蔡小林、副总监李伟担任业务指导，中国之声编辑部武俊山策划、张则华执行，中央台记者站配合，开始落实2013年“中国水安全调查”大型系列报道。《中国水安全调查》大型系列报道由“中国水环境评估篇”、“中国水资源报告篇”、“中国江河篇”等组成，中国之声通过新闻线索征集、现场实地调查采访，透过具体新闻案例关注目前中国水安全的种种问题，并与相关部门联手促进问题的解决，紧扣中国之声“责任至上”的新闻诉求。

扩大涉农信贷抵押担保品种

中央电视台　岳　群　李东方　张道峰　钟　敏等

银监会要求各金融机构，大力支持新型农业生产经营组织发展，进一步改善农村金融服务，曾经困扰农民的贷款难问题将因此得到改善。

从2013年开始，农民可用于担保的范围明显扩大，在法律关系明确的地区，将探索农村土地承包经营权、宅基地、农房等用来抵押贷款。

【中国银监会合作金融监管部主任　姜丽明】这次也特别明确要把订单、仓单、林权还有滩涂的产权都可以拿来抵押或者质押。

这次银监会还有一个新突破，就是把农民专业合作社纳入客户信用评定范围，也就是说农民贷款有了依据，更便捷了。在试点的辽宁省法库县，广盛源牛业专业合作社迎来了贷款采购的第一批小牛。

【辽宁法库县广盛源牛业专业合作社法人　赵兴华】头一批咱进了88头，花了60多万，这下批还得买，今年准备大干。

赵兴华告诉我们，2012年年末他们拿到了300万贷款，这样数额的贷款在过去是想都不敢想的。

【赵兴华】过去咱们要是没成立合作社之前，人家公司、农信部门对我，只能拿我当一个牛贩子去看待，所以现在咱成立一个合作社，这是个法人单位，我是一个法人，是一个企业跟企业去合作，我可以跟他谈判，我可以跟他讲合同。

而在浙江兰溪市，汪高岭村村民徐伟民申请的3万元建房贷款批下来了。这在以前，只有在城里买房才有按揭贷款，没想到现在农民建房也可以贷款了。

【浙江省兰溪市兰江街道汪高岭村村民　徐伟民】现在3万元钱贷款贷来，工资、建材的费用都可以付清，不用欠着别人。

由于小徐的农村建房符合新农村建设和城镇化建设的条件，不需要任何抵押，就可以获得不超过建房成本70%的按揭贷款。银监会的有关负责人告诉我们，下一步要着重做好城镇化社区配套的金融服务。

【姜丽明】更加专注民生，更加专注对人的服务，比方说，对居民的就业、子女的上学、住房，还有一些大额的消费，有针对性地设计新的金融产品。

截至2012年年末，银行业金融机构涉农贷款余额17.6万亿元，同比增长20.7%，高于各项贷款的平均增速，今年对涉农贷款的规模还会保持高增长。

（中央电视台2013年2月19日《新闻联播》）

天津：滨海新区做足水文章

中央电视台记者 武　伟　杜　宁　王晓沛　刘功河
张　漩　曹志宇　武子翔

新举措带来新气象，新思路开启新发展。各地干部群众正在以务实的行动，贯彻落实十八大精神。方式多种多样，方向只有一个，就是投身建成小康社会的事业，共同托起中国梦。本台记者近日分赴31个省、自治区、直辖市，走进基层，走到群众中，记录这一历史进程。今天，让我们走进天津滨海新区。

在天津滨海新区，地下水要打上千米才能出水，每年需要的3亿吨水90%以上靠外来补给。当天津的经济增长在全国连年保持领跑地位时，水成为制约这座城市能否持续发展的关键因素。

【天津滨海新区区长　宗国英】用水是一个非常大的问题，但是（滨海）新区要保持经济的高速发展，水资源又是非常重要的资源，那怎么办?

这两天，天津滨海新区正在召开两会，贯彻落实十八大精神。尽管新区国内生产总值已迈过7000亿大关，怎样把水用好还是成了会上的一个核心话题。

身为滨海新区人大代表的郭启刚说，由于只有地下水可用，滨海新区每年都出现地面沉降。面对缺水带来的绝境，天津首先选择向大海要淡水。

【记者现场】这是天津滨海新区伸向渤海湾的最前端，海水经过我身旁的导流池将进入我身后的北疆电厂，在那里每一滴海水都将华丽转身。

北疆电厂是海水进入天津的第一站，这里每天需要8万吨的冷却水和1万吨工艺水，因为海水有腐蚀性，过去只能消耗大量的淡水。5年前，北疆电厂投巨资改变工艺流程，让海水淡化变身为冷却水。

【天津滨海新区人大代表、国投津能发电有限公司总经理　郭启刚】这是我们海水淡化装置生产的淡化海水，已经进入市政管网了。你可以尝一尝，完全符合饮用水的标准。

【记者】没什么味道。

现在，北疆电厂每年淡化海水6500万吨，剩余的浓盐水则进入下一站盐厂，不仅向大海要淡水，生产废水也没有浪费。在天津第一用水大户中石化天津分公司，工业水重复利用率达到98%以上。

【记者出镜】2013年，滨海新区利用海水淡化、再生水等非常规水的比重已经达到11%，全国领先。十八大以后，滨海新区再次把节水提到了一个新的高度。

【宗国英】十八大报告里提出加强水资源的保护和利用，滨海新区正是在这方面进行探索，实行用水的总量控制，这是市政府下给的红线。

【天津滨海新区建交局局长　王国良】我们滨海新区在招商引资方面是有一个特殊的门槛，就是你对我们水资源的消耗大不大，是不是循环经济节水型的企业。十八大要求建设节水型社会，我们可以用最少的水，花最少的钱去干最多的事。

按照十八大提出的“推进水循环利用，建设节水型社会”的要求，天津市《关于实行最严格水资源管理制度的意见》已经出台，并严格划定了水资源开发利用、用水效率、水功能区限制纳污三条红线。

【天津市水务局副总工程师　闫学军】这三条指标如果有一个指标不合格，那么就视为未完成，严重的市监察部门要追究相关责任人的责任。

2015年前，天津将新建三个海水淡化项目、再生水厂26座。到“十二五”末，单位GDP用水量由现在的9立方米，降到6立方米。天津将建成人与自然和谐、发展可持续、生态宜居的美丽城市。

（中央电视台2012年12月10日《新闻联播》）

记者感言

两路记者用了两天的时间，连夜采编了滨海新区北疆电厂、大乙烯、天津石油等几处水利用较好的企业，用生动的实例展现水在天津被最好地利用。节目播出后，引起了相关领导与百姓的关注。不仅对于做足水文章的企业予以一定的肯定，同时提出未来发展的方向，也将十八大提出的“建设生态城市”等理念，更加生动、立体展现出来。

梦想引领未来（四）

中央电视台记者　郭　峰　李玉强　刘　宁　萧　津　沈　锐　曲长缨　毛初明　邢旭东　张予北　陈洪奕　余仁山

【演播室主持人　侯丰】人人都有梦想，从小到大我们的梦想也在不断地变化。一个梦想实现了，还会有新的更高的梦想成为下一个目标。个人如此，国家也同样如此。100多年来，一代代中国人不断地逐梦、圆梦，我们的中国梦也随着时代的发展，拥有了更新的内涵，更高的目标。

伟大的事业源自伟大的梦想，有了梦想才有了为之奋斗的目标，因为一个共同的中国梦，我们才有了历经百年、富而兴之的家国梦想。

【中央政策研究室原副主任　施芝鸿】中国梦更为通俗和准确的表达，可以叫做近代以来和新中国成立以来，中华民族的“救国救民”之梦和“强国富民”之梦。

国家博物馆的“复兴之路”展览，浓缩了中国近代170余年的发展历程，让我们寻着历史的印记，回顾这100多年来，是什么样的家国梦想，引领着一代代中国人去抗争，去努力，去奋斗。

1840年的西方大炮，轰开了有着几千年历史的古老中国大门，被压迫、被奴役的国人，开始不断寻求着国家和民族的出路。各个社会阶层都在寻求一条民族独立、国富民强的正途，直到1921年的夏天，在这艘著名的红船上的一次聚会，改变了中国历史的走向。

【特约评论员　杨禹】所以你看我身后这个展板上，这个南湖船大家都非常熟悉。虽然这只是湖里面一个小船，看上去很平静，但是从这一刻开始，我想中国共产党带领着中国人民就开始经受惊风骇浪，最终去努力实现我们民族独立。

中国共产党成立，为中华民族复兴到底走哪条路，提供了答案。

【杨禹】中国共产党在这一年的成立，非常重要的意义就是我们终于选定了我们要用马克思主义，让它跟中国实践相结合，来解决我们梦寐以求的民族独立的梦想。

【施芝鸿】这样一种情况下，中国人的中国梦就是能够独立自主站起来。获得国家的尊严，人民的尊严，翻身求解放，是这个阶段中国人的中国梦。

1932年年底，东方杂志发出了一个邀请，在1933年的新年，大家做一回好梦。谈谈梦想中的未来中国是什么样的？个人生活又有什么样的梦想？当时大学教授的郑振铎说：他心中的未来中国是一个伟大的快乐的国土。中学生杂志的编辑叶圣陶说：未来中国应该是个个人有饭吃，个个人有工作。作家巴金的梦想是：靠着自己的两只手生活，在众人的幸福中求得自己的幸福。这样的梦想在20世纪30年代的中国可以说是奢侈的，但也正是这样点点的梦想支撑着人们，寻找着国家和民族独立，人民幸福的出路。

【杨禹】我们站在“复兴之路”展览这个复原的一个开国大典的场景当中，我就想起，当时毛泽东主席曾经说的一句话：他说我们中国人民站起来了。1949年我们中华人民共和国成立，标志着我们大家终于有了一个可以给我们带来安全感的这样一个国家，能够有这样一个去安心进行社会主义建设的这样一个基础。所以1949年站在这个历史节点上，我想我们的“中国梦”实现了一些之前的梦想，比如说我们终于实现了民族独立。

1949年新中国成立，而在这之后，也随之开启了一个新的梦想，那就是让这个刚刚成立的国家变得富强。

【中央党校教授　谢春涛】1954年毛泽东曾经说过这样的话，我们工业很落后，落后到什么程度呢？飞机、汽车、坦克、拖拉机都造不了，只能造桌椅板凳，也能造茶碗茶壶，还能把麦子磨成面。所以当时的中国人，希望尽快改变这种现状。我们看，经过多年努力陆陆续续造出了过去不能造的东西，甚至我们造出了两弹一星，我们国家真正有实力了。

从一穷二白到“两弹一星”上天，国人用自己的双手一点点实现着国家富强的梦想。随着国强诞生的是民众希望生活更幸福的梦想。

1978年十一届三中全会召开，拉开了中国改革开放的大幕，确立了要走一条中国特色的社会主义道路。

【施芝鸿】在党的富民政策的激励下，在小平同志关于允许一部分地区，一部分人们，依靠勤奋劳动，科学致富，先富起来。在这样一种致富梦的激励下，我们中国老百姓的中国梦就是要依靠诚实劳动富起来。

【谢春涛】我记得当年改革开放之初，曾经有人想吃饱肚子，还有人接着讲希望肚子里头塞的不全是地瓜干，还希望能够有一间自己的住房。不是一套，是一间。今天回过头来看，当年这些要求似乎太低。但是当时我们能想到的要求，我们的梦想也就是如此，很快我们发现这些梦想实现了，实现得比我们很多人所期望的都要快得多。

在这条中国特色的社会主义道路上，中国经济一路飞奔。三十几年的时间，已经位列世界第二大经济体。

【杨禹】你看，这是杨利伟在太空用的摄像机。你想，真正中国能上太空的人并不多，就我们几位优秀的航天员。但是当他们走上太空的时候，我们13亿中国人都会觉得自己中国梦当中有一部分，就是我们中国人的太空梦，随着杨利伟到天上去以后，我们大家就都实现了。这就体现了中国梦其实跟我们每个人之间的梦总有一些交集，那个交集的部分是最容易引起共鸣的部分。

无论是普通人，还是整个国家，不同的时代有着不同的梦想，历史总是这样，伴随着一个个梦想的实现不断前行。

【施芝鸿】中国人的家和国是统一的，国是大的家，众多的家构成国。所以在这样一个情况下，国家在每一个阶段设定的发展目标，我们党在每个阶段设定的发展目标，实际上和老百姓心中的个人梦，家庭梦是息息相关的。那么到了2013年，我们党和国家的领导人，再反复重申和纵论中国梦又是为了什么呢？就是为了要进一步地把国家变得富强起来，让人民群众过上更加幸福美好的生活。

【演播室主持人　侯丰】实现中国梦需要一个又一个具体的阶段性的目标。比如在现代化的进程当中，我们就先后经历了从解决温饱到实现小康，从小康生活到小康社会，从总体小康到全面小康，从全面建设小康社会到全面建成小康社会，这样一个又一个的梦想接力，从历史看未来，中国梦清晰可辨，而在实现中国梦的道路上，需要全体中国人凝聚力量，不断前行。

（中央电视台2013年3月21日《焦点访谈》）

记者感言

《梦想引领未来》系列专题节目有两个特点：一，权威，采访参与讲话起草的中央政策研究室副主任施芝鸿，北京大学副校长刘伟，国家发改委宏观研究院副院长王一鸣等权威专家，深入阐释“中国梦”的重大意义、本质内涵、实现路径，基调准确，高屋建瓴。同时，还有自己的独家发现，比方说，中国梦的实现有哪些具体的量化指标，媒体还从未披露。节目把两个一百年的奋斗目标，用具体的数字予以展示，清晰实在可信。二，表现形式丰富多彩，比如，在阐释不同时代中国梦内容的变化时，将评论员请到国家博物馆复兴之路展览，选择了1921年，1949年，1978年，2012年4个节点，评论员通过一件件展品评述当时中国人的梦想，不同的时代有不同的梦想，历史总是伴随着一个个梦想的实现，不断前行。专家的理性分析解读，结合生动的表现形式，使这组报道有深度有温度，更加贴近百姓，传播效果好。

幸福着人民的幸福
——中共中央总书记习近平

中国国际广播电台记者 游 佳 李秀琴 江爱民

2012年11月15日，新一届中共中央政治局常委集体亮相，新任中共中央总书记习近平一句“让大家久等了”的致歉，不仅温暖了在座记者的心，也让世界见证了一个平实、亲切的中共中央领导人的魅力。2012年热点人物系列的开篇，让我们一同走近中共中央总书记习近平。

在15日的新常委见面会上，习近平留给人们最深刻印象的词汇无疑是“人民”二字。

【习近平】我们的人民热爱生活，期盼有更好的教育、更稳定的工作、更满意的收入、更可靠的社会保障、更高水平的医疗卫生服务、更舒适的居住条件、更优美的环境，期盼着孩子们能成长得更好、工作得更好、生活得更好。人民对美好生活的向往，就是我们的奋斗目标。

使人民生活得更好，这是中国共产党的执政追求。中国共产党作为中国的执政党，寄托着13亿人民的殷切期望，也承载着伟大祖国的复兴之梦。习近平在参观《复兴之路》展览时这样描述他眼中的中国梦。

【习近平】何为中国梦？我以为实现中华民族的伟大复兴就是中华民族近代最伟大的中国梦，因为这个梦想，它体现了中华民族和中国人民的整体利益，它是每一个中华儿女的一种共同的期盼。

那么，怎样才能将梦想变为现实呢？习近平只用了简短的八个字。

【习近平】空谈误国，实干兴邦！

在短短一个多月的时间里，习近平数次提起这句话。而它也成为很多普通中国人的QQ签名或MSN签名，民众对这句话的认同程度由此可见一斑。

把人民的梦想挂在心上，走近人民，这是习近平上任伊始给人们留下的最为深刻的印象。12月7—11日，习近平到广东考察工作。沿途不封路、不清场，不铺红毯，与群众相伴而行，引来无数的赞扬。邓国华是深圳罗湖渔村的村民，与习近平有过一次近距离接触，他这样评价习近平。

【邓国华】他语气很平和，好像平常一个客人来我家做客一样，一点架子都没有。印象最深的话就是他说，我们老百姓的生活条件好，他自己就开心。我们村民都可以在下面的村民广场跟他一一握手，基本上每个村民都跟他握手了，握了差不多有10分钟。村民个个都很开心。

和人民在一起要平易亲和，而面对党内存在的问题，则一定要铁腕治理。从新常委见面会上的“打铁还需自身硬”再到把腐败问题提升到“亡党亡国”的层面警醒广大党员和干部，习近平接任中共中央总书记后所掀起的这股反腐浪潮，声势之浩大，反应之迅速令普通百姓拍手称快。

【北京大学深圳研究生院人文学院副院长　于长江】凝聚民心，回应社会，这个肯定是。这样高调的表态本身就等于是给大家一个无形的尚方宝剑，也有一种背水一战（的意味）。等于说把自己搁在这儿了，我既然这样表态了，而且我还是新一届班子上任，这个本身就是给自己一种巨大压力，有一点破釜沉舟的意思。

如果说亲民和反腐就像扑面春风，给百姓带来了温暖。那么，时隔20年重走南巡路向人民传达的则是对改革的坚定，对未来的信心。在广东省社会科学院教授丁力看来，面对经济上的紧缩和对政治体制改革的强烈呼声，习近平的广东之行反映出对下一阶段施政的思考和探索。丁力教授还特别提到了惠州。

【丁力】我想特别说一下的就是惠州。其实，惠州在汪洋书记的改革盘子里面，它重点倾斜是社会公平。而目前对于社会公平的呼声也是现在全国最强烈的，所以我估计到惠州去应该是去进行关于如何更好地实现社会公平这方面的他们实践探索的一种视察跟考察。

实现社会公平，让所有中国人一起过上幸福生活，这是中国共产党和中国人民多少年来的追求与梦想。展望未来，中国前景美好，但前进的道路将布满荆棘。习近平已经带领他的团队接手了这份世界上最具挑战性的工作，而他坚信，这样的中国梦一定会实现。

【习近平】中华民族的今天，正可谓“人间正道是沧桑”；中华民族的明天可以说就是“长风破浪会有时”。

（中国国际广播电台2012年12月17日专题报道）

记者感言

2012年11月，随着党的十八大胜利召开，以习近平总书记为核心的党的新一代领导人产生。从出席政治局常委第一次媒体见面会到参观《复兴之路》畅谈中国梦；从主持中共中央政治局会议部署改进工作作风到考察广东率先垂范“不封路、不清场”，习近平总书记朴实、亲民的一言一行引起国内外媒体关注。与此同时，以习近平总书记为代表的新一代中共领导人所传递出来的更加自信、开放、务实的态度和工作作风，也立刻在中国社会形成一个汇聚正能量的舆论场。

2012年年末，恰逢新一届常委履新百日，这篇录音报道作为国际台环球资讯广播“年终报道人物系列”的开篇，通过盘点习近平总书记上任以来颇具代表性的语录，向外界展示中国新一代领导集体的精神面貌，并展望中国梦的美好前景。

2012年　中国外贸在寒冬中孕育春意

中国国际广播电台记者　赵　阳　刘志敏　龚万鹏　乔　卫

【捷克商人　让·温特拉锡】我来过义乌好几次，经常在这个屋子里跟新光老板的家庭一起聚会。他们很友好，我们在进餐过程中充满了欢乐，这种欢乐也在我们的生意中得以体现。

让·温特拉锡是捷克商人，每年都要来浙江义乌采购四五次，其间常参加生意伙伴新光饰品老总的家宴。新光饰品是义乌饰品行业的龙头企业，其产品大多销往海外。30多年来，义乌正是凭借发卡、吸管、纽扣这些不起眼的小商品，发展成为全球最大的小商品市场。现在，义乌小商品城有着近21万家商户、170万种商品，如果在每个商位前停留1分钟，至少需要4个月才能逛完。

2012年，义乌的外贸商人过得却并不轻松。义乌市总商会副会长周晓光说，他们最大的感受是，欧美人变“抠”了。

【周晓光】义乌市场的东西主要是价廉物美，（是）必需的东西。如果连这点都买不起、不能用的话，那整个世界的经济都几乎瘫痪了呀，真的是这样。但今年，（欧美顾客）也会精打细算，懂得节省，很明显感觉，连普通消费的购买力都在下降。

在义乌小商品市场里，直接与外国采购商接触的商户们感受更加强烈。

【记者】今年（生意）比去年好一些么？

【商户】没有好一些，都差一点。

【记者】就是经济危机闹的？

【商户】对呀，比去年差一点。

【记者】很严重吗？

【商户】我们国内是没影响的，做外单比较有影响。

国外订单的减少，让数十万义乌外贸企业的生存压力大增，熬过这一年成为不少企业老总最主要的想法。

【周晓光】今年（外贸企业）普遍反映利润肯定下降，而且中小企业大部分都反映没有利润，我们挺一挺，一年两年可以挺过去，去年已经半年了，今年又一年了，明年还要挺到什么时候，能不能挺得住，很难说。

义乌只是国际经济危机冲击中国外贸的一个缩影。2012年前11个月，中欧双边贸易下降了4.1%，与美国、东盟及俄罗斯、巴西等新兴经济体之间的贸易增速均有所回落。对此，中国商务部部长陈德铭表示，内外部的严峻环境是中国外贸面临的最大问题。

【陈德铭】造成现在外贸增幅下降的原因，主要还是外贸发展的内外环境总体吃紧的情况，国际上因为金融危机还在深化和蔓延，特别是欧债问题影响了欧洲的消费，等等。

对于如何使中国外贸走出经济寒冬，中国国际贸易协会中美欧研究中心主任何伟文认为，在外部危机没有出现明显缓解迹象的情况下，加快自身的转型升级是当务之急。

【何伟文】（对于）原来的传统市场，（企业）要积极想办法提高自己进入市场的强度，所谓提高强度就是要积极参与当地营销市场的进入，建立当地的销售网。从企业自身来讲，在外销方面，也要跟整个转型升级结合起来，首先不能够停留在过去那种低端的加工，如果这方面能够升级，对长远有很大好处，所以我们要变“危”为“机”，把这个变成自己往上发展的一个动力。

记者在实地调查中发现，虽然正经历严峻经济环境的考验，但中国外贸市场仍然具备抵御风险和深化发展的基础和条件，外贸企业也在积极地寻求转型升级。

新光饰品总经理虞江波正在琢磨提升产品竞争力，以渡过眼前的困境。他向记者透露，明后两年计划将欧洲直营市场逐步扩大，以取代传统的贸易模式。

【虞江波】直营要做些储备呀，因为将来我相信会逐渐用直营模式取代贸易模式，但在这一块上我们还在摸索观望，因为欧洲宏观经济还没有看到太多复苏的迹象，所以我们自己还是要提早做些计划。

不仅在销售环节，这位年轻企业家也在产品质量上下功夫，改变义乌企业以往追求价廉而忽视产品质量的做法，希望用质优价廉的特点增强市场黏性。这些努力打动了正在企业生产车间里考察的美国采购商迈克·海耶尔。

【迈克·海耶尔】过去，人们因为低廉的商品价格来到义乌。但现在，很多美国的进口商在寻找好价格的同时，也在寻找好的质量。我认为，像（新光）这样的工厂代表了义乌乃至中国未来的发展方向，我对此印象颇深。

从虞江波身上，记者看到了中国外贸企业在寒冬中寻求突破和发展的决心，眼前暂时的困难丝毫没有动摇这位年轻企业家对于未来的信心。

【虞江波】我们将来会整合更多的饰品，只要跟女性相关的配饰都会做，甚至5—10年以后我们会做服装，我们现在在做整体的布局。

义乌外贸商人在困境中主动求变，显示了广大中国外贸企业在经济危机前的弹性和活力。义乌市总商会副会长周晓光说，就像冬天总将会过去一样，中国外贸终将迎来回暖的那一天。

【周晓光】基本的消费总是有的，既然有市场，我们就有信心能够应对它。经济转型期，竞争是机也是危，我想很快就能做升级转型和调整，这点我是很有信心的。如果中国都做不了，其他人更做不进去。

在义乌小商品市场里，每天仍然活跃着大量的海外客商。来自智利的阿尔弗莱多·阿哥塔斯今年慕名来到义乌采购圣诞商品。

【阿尔弗莱多·阿哥塔斯】对我而言，去年和今年发生了重大的变化，我的采购地点从其他国家转向中国，这是我第一次来到中国，来到义乌。由于产品的多样化，中国可以提供各种不同种类的产品，这是其他国家没有的。

据了解，2012年1—10月，义乌圣诞用品出口增长四成多。在经济严冬中，中国的外贸企业正通过不断的调整和努力保持着生命力，等待着春天的到来。

（中国国际广播电台2012年12月25日专题报道）

记者感言

党的十八大报告提出，全面提高开放型经济水平。坚持出口和进口并重，强化贸易政策和产业政策协调，形成以技术、品牌、质量、服务为核心的出口竞争新优势，促进加工贸易转型升级，发展服务贸易，推动对外贸易平衡发展。

这篇稿件以中国经济在2012年中对外贸易的现状为主题，选取了外贸经济特色突出的浙江义乌地区，以实地采访调查方式，通过对义乌小商品城的多家商户、当地生产企业负责人、车间工人、外地外国采购客商等的录音采访，全方位、多角度地梳理义乌外贸的现实状况，借此折射出中国对外经济面临的巨大困难和积极应对的态度与措施。

稿件发出后得到台内各语言部门的广泛采用，中国新闻、日语部、俄语部、西班牙语部、世界华声等共计18个语言部门采用了这篇稿件，向世界各地广泛传播出中国经济的积极信号，起到了良好的传播效果。

南沙守礁官兵：严密掌控南海海空情况　蓝色国土寸土不让

中国国际广播电台记者　杨　琼　张军勇

近日，正在南海海域执行战备巡逻远海训练任务的中国海军南海舰队联合机动编队，在南沙群岛各岛礁及其附近海域展开巡视。驻礁官兵表示，守礁部队严密掌控海空情况，一定守好中国的每一寸海洋国土。

驶过北纬11度，就进入了南中国海的南沙群岛海域。南沙群岛是南海中面积最大、岛礁数目最多的一组群岛，分布着550多个岛屿、沙洲、暗礁和暗滩。南沙群岛蕴藏着丰富的渔业资源和石油资源，这里也是中国渔民世世代代打鱼的渔场。近年来，由于经济利益的驱动，南海海域被一些国家大面积侵犯。

【南沙守备部队军官　于海华】经常有不明船只抵近（我军）

驻守岛礁的附近，进行往返机动，或者放小艇作业，或者进入我们的安全警戒线。

于海华所在的永暑礁是南沙群岛的中心，主礁盘面积约为4平方公里。远远地看去，好像一艘威武的战舰守护着祖国的南大门。于海华和他的战友们就驻守在上面。

登上永暑礁，首先映入眼帘的就是中华人民共和国的主权碑。抬眼望去，是茫茫的南中国海，中国渔民正在附近海域安静地打鱼。

然而，周边的局势却并不像此时的海面那么风平浪静。于海华告诉记者，守礁部队严密掌控海空情况，并按照特种作战的标准来加强日常训练。

【于海华】第一严格战备值班制度。第二就是严密掌控海空情况，各级值班部位不管是室外的岗哨还是室内的雷达值班，全时全方位地提高警惕，对海空情况进行严密掌握，并及时上报。我们还进行了一些战备演练，基本上就是每天都要训练8个小时以上。考虑到南沙特殊的形势，每次组织训练的时候都是按照特种作战的标准来训练。

原本无淡水、无泥土、无植被的永暑礁上，如今到处都是绿树和青草。礁上还建设了大棚菜园，大大丰富了驻礁官兵的饮食。在大棚菜园里，每一陇菜地都标着中国各省市自治区和港澳台的名字。南沙守礁部队军官赵晓红告诉记者，这些泥土都是战士们从全国各地一点点带过来累积起来的，既代表着乡土，也代表着远离大陆的南沙群岛与国家密不可分。

【赵晓红】这里缺水少土，这都是从大陆带过来的，都是历次的守礁战士一点点的带过来累积起来的。当初建菜地的时候，战士从老家背来各地的土，掺和着我们从湛江带过来的土，一片片种上代表着家乡的乡土，代表着守礁官兵一种精神寄托。

南沙守礁官兵接受采访

在南沙群岛的北部有一块礁盘叫渚碧礁。今年41岁的邓四贵是渚碧礁的礁长，他在南沙群岛驻守的时间累计达到63个月。由于高温高湿的生活环境和紫外线的长期照射，邓四贵看上去远远大于实际年龄。

【邓四贵】目前我们在礁上，加强实战化演练。专业训练立足于岗位加强专业训练，同时注重加强体能训练，以更好的身体素质来保证战备任务的有效完成。

从1996年首次来到南沙群岛，邓四贵亲身感受到了近20年来南沙岛礁建设发生的巨大变化。他告诉记者，从基础设施建设到武器装备再到衣食住行，南沙驻礁的各项条件得到大幅改善。

【邓四贵】南沙的变化一个是站场建设方面的变化，现在通信设备比较先进，武器装备发生了一些变化，第二个变化就是生活方面的，我们的礁堡环境，用水用电，可以使用电话和家人联络。解决了我们吃水难、吃蔬菜难的问题。每顿饭都有两个以上的蔬菜，早餐一个鸡蛋一瓶奶，中餐午餐都是5个菜一个汤。

2006年起，中国官兵驻守的南沙各礁陆续有了电视信号、局域网、空调和手机信号。各岛礁上补给的淡水、蔬菜水果等也可满足官兵的基本需求。

尽管如此，面临着南海岛礁被侵占、海域被分割、资源被掠夺的严峻形势，南沙的守礁官兵也感到责任越来越重。

【赵晓红】我们信心是越来越足了，但是感到肩上的担子是越来越重了，让我们感到在南沙守礁担负着维权与维稳的双重任务，一丝一毫都不能有所松懈。

近年来，中国海军在南海海域建立了日常的战备巡逻制度，加强了对南海的巡视和管控。与此同时，中国海军的远海训练也越来越常态化。

【中国海军南海舰队联合机动编队副指挥员、南海舰队副参谋长　张文旦】南海本就是我们自己的地方，这种训练是很正常的训练。第一，展示维护领土主权和海洋权益的决心。第二，护渔护航，保护海上渔业生产和交通运输的安全。第三，结合护航加强训练，按照“能打仗、打胜仗”的要求，进行海上训练，提高海军从水下、水面到空中的作战能力。

张文旦表示，随着中国海军远海训练的常态化，对远海海空情况的处置能力也得到提升。

在中国军队驻守南沙的最南端——华阳礁，这里被称为“南海第一哨”。

【华阳礁礁长　俞顺峰】守住了每一寸礁盘，就守住了祖国的千秋大业。

（中国国际广播电台2013年3月25日专题报道）

记者感言

党的十八大报告中首次提出建设海洋强国的战略部署，凸显海洋在国家发展中的重要地位。2013年3月，我作为记者跟随南海舰队赴南海和西太平洋海域展开远海训练和战备巡逻。在南沙群岛海域，我随同联合机动编队登上了永暑礁、诸碧礁、华阳礁等7个南沙岛礁，对守礁官兵进行了深入的采访。这篇报道描绘了南沙群岛壮美的风光，展现了守礁官兵从衣食住行到战备训练的方方面面，从守礁官兵的角度阐述了我国在南海面临的严峻形势以及守礁官兵守卫蓝色国土的决心。

南沙，是我国海洋领土争端中争议最大的一片海域，作为一名记者有幸登上这些岛礁，更让我深感加强国民海洋意识、维护国家海洋权益的刻不容缓。

“我骄傲，我有军人梦”

解放军报记者　郑蜀炎
特 约 记 者　张　涛

一夜之间，春晚小品的一句台词成为东海前哨庙子湖海防营官兵的流行语——我骄傲！

是的，他们有理由骄傲——部队虽然远离上级，到团部要转两次船3次车，但放眼就是浩瀚的太平洋；虽然是陆军，却装备着守卫海空的雷达和船艇……

他们更骄傲的是，每次连队联欢会都必定要演唱两首歌曲《弹起我心爱的土琵琶》和《战士第二故乡》，前者是因为这个部队的前身是著名的“铁道游击队”，而第二首则诞生于连队的黑板报上。不用说，作者便是连队战士了。

说起这些，教导员姚家柱充满了自豪：梦想源于历史，从火车飞奔的铁道线，转战到蔚蓝色的海洋，与其说是传奇，不如说是记载了这支部队强国梦、强军梦前进的步伐。

海岛每年有“三季”：雨季，每年1/3阴雨绵绵；风季，8级以上大风120天以上；雾季，有4个月被浓雾笼罩，所以被称为“风的故乡，雨的温床，雾的王国，浪的摇篮”。要说苦，当然苦。然而，大学生士兵提干的排长金乐写的诗句却深深地打动着记者——苦，不属于有梦想的人。我骄傲，我有男儿梦。我骄傲，我有军人梦。

大年初五，记者夜宿海岛，听着涛声和官兵畅谈梦想。

梦是一种理想——雷达技师孔润辉外号“鹰眼”，说的是他在雷达维修和观测上的功夫。原先，他是步兵班长，可凭着对雷达的梦想，他成为一名身怀绝技的雷达高手。迈向成功的每一级台阶都垫着一本书——这些年来他总共研读了200多本专业书籍，同时写下20多万字的笔记。他新春的梦想就是能把笔记整理一下，编一本通俗易懂的《雷达兵宝典》。第一次带新兵的班长邓柳喜欢研读古今中外带兵之道，他这样向记者描述自己的梦想：都说班长是“军中之母”，希望自己“桃李满天下”，成为未来将军和英雄的启蒙班长。

梦是一种追求——海岛上风吹如吼，官兵好不容易在礁石间的“巴掌地”、“鞋底田”间种的蔬菜，总被风吹坏。指导员孙岩设计的2000米的茅草挡风带节后马上就要开工，孙指导员的梦想就是设计“海岛春天一号工程”，能使“风收田”成为“丰收田”。卫生员李虎乾尽管没有电脑，但他却通过手写程序、笔算等形式勤学苦练，硬是考下了计算机四级证书。记者以为其新年梦想就是拥有一台电脑，他却自信满满地说，希望自己能成为东海前哨网络信息化的“版主”。

梦是一种阳光——官兵总是这样介绍自己名字：“邓世昌的邓，亚洲的亚、伟大的伟……”听他们述说梦想，总有一种青春的阳光照在心上。指挥排排长文文新自幼学习优秀，家里人一直认为他应当上名牌大学。他的新春之梦就是以海防军人的身份，跨入清华研究生院；侦察班班长姚灿灿的梦想，和名字一样灿烂——设计一个风筝式的“风动力海岛专用飞行器”；义务兵李渊写的歌词《我和她》已被一部正在拍摄的军旅题材电视剧选用为主题曲歌词，他的梦想则是让自己写的歌和前辈一样，响彻全国、全军……

在这个仅两平方多公里的海岛上，倾听基层官兵畅叙新春梦想，思绪如插上翅膀遨游在蔚蓝的海空之上。记者告别时情不自禁地脱口而出：我也有一个梦想，那就是在新的一年再登海岛，记录下官兵更多的强军梦……

（2013年2月15日《解放军报》）

记者感言

在内蒙古边防听到民歌：“鹰飞在天上，影子落在地上。”记者对十八大精神的学习贯彻理解，往往是通过稿件来体现的。

“新春走军营”来到东海前哨，在忙碌着采写我海军编队节日期间枕戈待旦、引而待发稿件的同时，还一直在关注着航船信息——从舟山驶往“庙子湖”岛，得有5个小时的航程。

作为一支陆军守备部队，面临的是浩瀚的太平洋，其任务职责无不与海洋相关，这无疑已经构成了新闻价值。奉献牺牲精神，加上春节的气氛，本打算写写战士们艰苦奋斗的故事。然而在与20多位官兵的座谈中，他们无一丝廖寂之意，而全都是励志之语、荣耀之感。一位指导员的话让我骤涌激情——春节很快就过去，可春天刚开始……

诗意源于梦，我突然感悟到，强国梦、强军梦不仅属于一个国家和一支军队，同时是投向每一个普通人的阳光。于是，我记录下了阳光的折射。

兵车，迎着风雪踏上天路

解放军报记者　欧世金　马越舟
特 约 记 者　唐向东

时　　间：2012年12月23日

地　　点：驻格尔木某团　海拔2807米

鞭炮震天，锣鼓动地，人声鼎沸，引擎低吼……

2012年12月23日下午，在青海格尔木一座高原军营，我们见证了一个隆重的汽车兵出征仪式。总后青藏兵站部所属某汽车团140辆重型卡车缓缓驶出营门，向风雪弥漫的青藏线开进。此次“天路”之行的目的地是1000多公里外的西藏拉萨，他们将为驻藏部队提前送上“年货”——上千吨冻肉。

60年有780多位官兵长眠高原

这个英雄团队的引擎，已隆隆轰鸣了60多年。

1949年3月，该团出动100多台车辆，从西柏坡护送毛泽东等中央领导同志“进京赶考”；在抗美援朝战场敌机轰炸的炮火硝烟中，这个车队又化作那条令联合国军头疼不已的“钢铁运输线”上重要一环。

在官兵眼中，这次“上线”只能算是个常规任务。即便如此，团常委们还是一如往常，在路边一字排开，举手敬礼为车队壮行。

一辆辆重型卡车如威武出征的战士，在我们面前接连驶过。驾驶室挡风玻璃后面，一张张透着“高原红”的青春笑脸挥动双手向送行人群致意。

“团长，你现在啥心情？”记者问团长常文华。

“说真的，现在我头脑里只有俩字儿在打转：‘安全’！”常文华说，“尽管驾驶员都很过硬，有的已经100多次‘上线’了，可我还是放心不下。车轮子一转，我和政委就睡不好觉。只有等10多天后看到他们平安返回营区，我们悬着的心才能放下！”

也难怪，这条世界上平均海拔最高的运输线坡陡路滑，风雪变幻，步步惊心。自1954年通车至今，已有780多位官兵长眠高原。

记者欧世金（右一）在纳赤金台兵站采访

“全力支持他，就是我最大的幸福”

担心车队安全的不只是团领导。送行人群中，几位带着孩子的军嫂脸上笑得像花，心里却五味杂陈。“每次他一走，我心里就空落落的！”军嫂应存玉说，“就担心路上有啥危险！”

应存玉的丈夫，是“上线”超过百次的团管理股管理员王永朝。自从2004年嫁给王永朝，这位青海师范大学的毕业生就只身来到格尔木这座高原军营，陪伴在丈夫身边。之所以不愿选择两地分居，是她觉得“只有两个人在一起才像个家”。哪知道丈夫经常“上线”，有时一走就是个把月。她怀孕那年，丈夫又扔下她“上线”了。妊娠反应强烈，呕吐不止，鼻血流个不停，恐惧无助的她给丈夫发了一条“求救”短信。没想到“回信”只有6个字：“喝点菊花茶吧”。应存玉抱着枕头痛哭了一宿。可后来一想，她还是原谅了丈夫——

“当时车队正行进在唐古拉山上，他又能怎么安慰我呢？”应存玉说，“我现在明白了，他的事业在青藏线，全力支持他，就是我最大的幸福！”

“一摸方向盘，我就觉得与战友的心在一起”

心里比军嫂们还不是滋味的，是在营门口执勤的四级军士长郝晓森。这位方脸浓眉、人高马大的河北籍战士，曾是闻名全团的“红旗驾驶员”，30多次开车“上线”。可如今，他只能手举信号旗在马路上指挥交通，目送着战友们开车出发了——

2009年4月，郝晓森在青藏线上因缺氧诱发脑水肿、肺水肿。虽经全力抢救脱险，可因为身体原因，他再也不能“上线”了。

“虽然不能‘上线’，可是我离不开车！”郝晓森说，“团里安排我在营门口带警卫班。刚开始的时候，我不敢看车队出发，一看就想哭。还是领导理解我，让我负责开运水车维护营区绿色植物，只要一摸方向盘，我就觉得与战友的心在一起……”

总后勤部政治部宣传部副部长李信光也在送行队伍中。他介绍说：“这支部队是‘三个特别’精神的发源地。执勤高峰期间，每天有2000多辆军车、6000余名官兵奋战在高原天路，2万吨油料在1000多公里管线中高速传输，为祖国大西南的建设与发展提供了有力战略支撑！”

天路蜿蜒，车队浩荡。放眼望去，远处绵延千里的昆仑山脉若隐若现。紧随车队一起出发的记者在心中默默祝福——

战友们，一路保重！

（2013年1月15日《解放军报》）

记者感言

2012年12月22—30日，作为解放军报“学习贯彻十八大大型主题采访活动”的一支小分队，我们从青海西宁出发，沿着千里青藏线驱车一路向南，采访了沿途所有的主要兵站和部队，采写了“隆冬，记者跟随兵车穿越青藏线”专栏共5篇通讯，参评的《兵车，迎着风雪踏上天路》是开篇，其余4篇分别是《天路缺氧，但不缺梦想》、《高原官兵的幸福事儿》、《昆仑山，我愿与你生死相约》、《敬礼！托举天路的伟大女性》。近10天的采访行程中，我们坚决贯彻“走基层、转作风 、改文风”的要求，在茫茫白雪中艰难穿越平均海拔4000米以上、严重缺氧的青藏线，沿途住兵站、吃食堂，细心体会官兵的甘苦。通过近距离采访，我们取得了大量新闻素材，也受到了一次灵魂的震撼与洗礼。回京后，我们带着激情写作，在报社、政工部领导的大力支持下，这组“观大局、挖细节、重情感”的通讯很快见报，受到了读者的热情欢迎和赞扬。

巅峰对决，云端闪耀“金头盔”

解放军报记者　徐双喜
特 约 记 者　张科进　张　力

站在中国西北的大漠深处，记者迎着寒风，仰望长空。此刻，蓝天上惊雷滚滚，激战正酣。

2012年11月中下旬，空军在这里组织歼击航空兵部队自由空战对抗比武，展开了“金头盔”争夺战。“金头盔”，是此次比武授予飞行员的最高荣誉，因奖品为金色头盔而得名。

这场特殊的比武，是空军部队学习贯彻十八大精神的实际行动。

“一百单八将”竞逐蓝天

一架蓝方战机向下急转“咬尾”攻击，眼看就要进入最佳攻击位置，只见红方战机突然以近乎垂直角反斜面翻转，然后急速摆脱，一举化解危机。

巅峰对决，步步惊心。连日来，某基地作战指挥中心大屏幕上实时传输的一幕幕空战场景，不时惊出记者一身冷汗。

“临近年终，我们在这里举行空军历史上规模最大、对抗性最强的战斗机自由空战比武，就是要把学习贯彻十八大精神落到实处，从难从严训练，不断提高部队实战化水平。”空军司令部军训部部长向记者介绍，“金头盔”比武今年是第二届，各单位选拔出来的108名飞行员，将在这里“过五关斩六将”，经历残酷的蓝天搏杀。

此时，大屏幕上的空战对抗更趋激烈，高难险动作频频上演：红蓝双方连续翻滚、高速盘旋、急速拉起……记者留意到，两机缠斗中距离最近时仅有320米。一场只有两分钟的对抗，飞行员居然10多次飞出极限数据。

才下会场，又上战场。指挥大厅里端坐着两位十八大代表——空军某试验训练基地政委金心华和南空某旅旅长杨永飞，他们一个是“判官”，一个是“考生”。两人角色不同，说出的话却一个样：十八大为军队现代化建设指明了目标和方向，时不我待啊！

战机穿越“电磁迷雾”

“打啊！打啊！”眼看飞行员锁定了对方战机，导弹却打不出来，成空某团指挥员急得直跺脚。电磁干扰太强烈了，不具备发射条件，战机稍纵即逝。

夜寒如冰，灯亮如昼，飞行员学习十八大报告的讨论热烈而深入。剖析白天的失利，大家对“深入开展信息化条件下军事训练”的感受格外强烈。去年对抗比武，他们利用练就的电磁干扰“绝招”大获全胜，今年却惜败对手。“今天只是输给了兄弟部队，明天如果遭遇真正的强敌怎么办？”

一场“败仗”打出了强烈的忧患意识。该团连夜研究修改训练方案，要求今后训练“升空就对抗、对抗就干扰”，将电磁干扰融入战术研究、战法演练和效果评估全过程，下狠劲提高信息化条件下的核心空战能力。

过去不少飞行员认为，现代空战都是超视距打击，只有导弹才能解决战斗。这次自由空战，天上地下，双方围绕“制电磁权”反复争夺，谁也不能轻轻松松截获目标，稳稳当当发射导弹。飞行员孙波与对手从远距、中距一直打到近距，“空中拼刺刀”，出人意料地运用航炮将对手“击落”。

遥看九霄，记者仿佛看到一架架战机正穿越“电磁迷雾”，在硝烟中凶猛厮杀……

金头盔获得者发表获奖感言 李武朝摄

“空中猎手”战斗中成长

空军机关的同志告诉记者，航空兵某师领导每场比武一结束，就带着飞行员上门向对手讨教，反复研究战法。结果他们“打一仗进一步”，赢得了所有对手的尊敬。

“不上战场，哪能练出打赢真功？”坦言不愿当“板凳队员”的该师领导告诉记者，因为长年承担新型战机飞行员培训任务，上级一开始并没有安排他们参加比武，师党委极力争取到比武的机会。他说，打赢信息化战争的使命要求让他们丝毫不敢懈怠！

蓝天战场战斗火爆，新闻不断：仅飞了700小时的年轻飞行员周大林，敢打敢拼，出人意料将一名优秀老飞行员击败；航空兵某团2011年比武失利，今年巧妙运用新战法，包揽某型机对抗前4名……

11月29日，自由空战比武落下帷幕，11名"金头盔"悉数出炉。令大家颇为关注的是，2011年空军最年轻的"金头盔"，成空某团80后飞行员蒋佳冀再次登顶，成为蝉联"金头盔"的第一人。

"素练之卒，不如久战之兵。"自由空战点燃蓝天烽火，一大批"空中猎手"在战斗中快速成长。一位空军领导欣喜地对记者说，空军部队学习贯彻十八大精神，坚持把军事训练摆在战略位置，加快转变战斗力生成模式的步伐将越迈越快！

（2012年12月10日《解放军报》）

记者感言

本文是解放军报"学习贯彻十八大"大型主题采访活动的开篇之作，主题重大。本文依托的载体是空军历史上规模最大、对抗性最强、实战化程度最高的战斗机自由空战对抗比武，新闻"含金量"很高。记者在采写稿件过程中深切地感到，稿件"一不小心"很容易"跑题"，写成一篇空战对抗比武的报道。当重头新闻"遭遇"重大主题，如何既能避免主题被"贴标签"，又不会因主题着墨过多降低稿件可读性，把握好两者的度呢？写作时，记者紧紧围绕"学习贯彻十八大"取舍和剪辑新闻素材，巧妙地利用空战对抗比武现场和重要背景资料，以杂糅的手法将这个重大政治性主题有机融入重大新闻之中。可以说，“学习贯彻十八大”是点，点到为止；空战对抗比武是面，以点控面。两者互为表里、互相借重，最终编织出一篇较为成功的重大主题报道稿件。

“再多点文化娱乐，就更滋润了”

工人日报记者　吴铎思
通　讯　员　邬倔林

“党的十八大报告提出要丰富人民精神文化生活，对我们这些偏远地区的铁路职工来说，是一个福音。”

在福建省漳平市区乘车，顺九龙江而下，车行20公里后，改坐小木舟，几经折腾，到达目的地——龙岩工务段梅水坑工区，跟职工们聊起党的十八大，跟他们一起读十八大报告，几位职工不约而同地说起“精神文化生活”这个话题。

梅水坑车站地处戴云山，群山环抱，鹰厦铁路和穿山越岭的漳泉铁路就相汇于此。

“我们工余时间的生活太单调了，工区10个人，有时聊天都找不到话题。”收工回来刚洗完脸的陈振华加入了我们的讨论。

“梅水坑车站没有客车停靠，平时我们都住在工区，遇到轮休时才能回家。”工长姜开宇告诉记者，小船成为他们与外界联系的唯一通道，过了晚上7点，小船停运，工区便成了一座“孤岛”。近期连续下雨，工务段启动了防汛应急预案，职工们已经1个月没回家了。

工区的房子是30多年前盖的砖瓦房，职工们的住宿条件紧张，两个人住一间。房子年久失修，雨量大时，好多地方出现漏水。段里为改善职工的生活条件，在边上另盖了座两层小楼。现在房子封顶了，大家都很高兴，不过，还是有遗憾，“如果多盖两层，职工的文化生活设施也可以健全，但现在只能解决住宿问题。”

“如果能建个职工书屋，再建个休闲场所什么的，下了班也有个好去处。”姜开宇笑着说，收工回来，除了看看电视，就没啥事做了，有时他们实在无聊，会到邻近的工区去串串门。“工作累点不怕，大家怕的是寂寞，天一黑，漆黑一片，火车经过的声音反而成了一种期盼。”

在值班室里，记者看到一台电脑，查看了一下，配置较低。姜开宇告诉记者，电脑主要用来与段里开视频会。“工区近年陆续来了不少年轻人，他们对网络的要求特别强烈。”姜开宇说，由于工作太忙，年轻人连谈恋爱的时间都没有，网络要是畅通了，他们就可以网上聊天，网下约会了。

十八大报告提出，“开展群众性文化活动，引导群众在文化建设中自我表现、自我教育、自我服务。”职工们盼着，哪一天也能跟身处城市的职工一样，有着丰富的精神文化生活。

不过，这里虽然“与世隔绝”，但职工们已经把这里当成了家。记者看到，房前屋后种有不少蔬菜和水果，一人多高的木瓜树上结满丰硕的果实。姜开宇说，现在的生活条件比过去强多了，职工们的小日子过得红红火火的，要是再多点文化娱乐，就更滋润了。

（2012年12月14日《工人日报》）

记者感言

绵绵戴云山，起伏的山峦峻险奇秀。沿九龙江而下的鹰厦铁路和穿山越岭的漳泉铁路相汇在梅水坑路桥工区的辖区。坐船是进出工区的唯一通道，当龙岩工务段通讯员向我推荐采访地点时，我特感兴趣，“驾着小舟上班去！”是不是特有风情？但现实并非如此，汽车、小船、步行，几经折腾才到现场，寂寞、单调的感觉扑面而来，让人真切感受到了那种“听火车的声音成为一种期盼”的感觉。虽然长年坚守在这“孤岛”之上，但职工的精神面貌却感染了我，他们用血汗守护了铁路大动脉的安全，他们更用信念守护了我们的精神家园。他们对生活充满信心，他们把工区当成了家，他们下了班回到工区，不管再累，不是拿起扫把清扫卫生就是拿着锄头忙工区的小菜园；他们对十八大充满期盼，他们的要求并不高：“再多点文化娱乐，就更滋润了。”

“天上来客”

工人日报记者 彭 冰
通 讯 员 毛人德 杜 鹏

嘴长得像鸡，脚长得像鸭，比鸽子小，比麻雀大，能飞飞不高，会跑跑不快，在水里却异常敏捷——这是什么鸟？

2012年岁末，吉林石化公司污水处理厂突然来了这样一位“神秘贵客”。它不跑不跳，趴在雪堆里瑟瑟发抖，既可怜又可爱，司机魏军开车路过，捧了回来。

“野鸭子！”“野鸡？”“野……”往日安静的汽车队休息室里，一下子热闹起来。出车回来的司机们，聚在一堆七嘴八舌地争论着。

吉林石化污水处理厂曾被评为“全国环境优美工厂”，这里有各种树木几千棵，草坪几万平方米，春季鲜花盛开、夏季草色迷人，秋季果实累累，冬天还有冰雪童话般的雾凇美景，常引得各类野禽流连忘返。久而久之，员工们对这些“天上来客”已堪称“见多识广”。但这次光临的“神秘贵客”，还真是难住了他们，没人能叫出名来。

认不出身份没关系，先起个名字吧！车队队长赵长江提议：“叫‘天使’吧。”大伙纷纷应和。“天使”就这样在车队的浴池里暂时安了家。

大伙儿对小“天使”爱如珍宝，外出时总要带回些小鱼小虾，休息时第一件事就是到浴池前喂食。经过几天精心护理，小“天使”逐渐恢复了精气神儿，见到人来，总要扇扇翅膀，扎个猛子，和员工们就像一家人一样。

为搞清小“天使”的身份，员工们联系上了江城吉林的著名护鸟人任建国，这才知道小“天使”学名鸊鷉，是国家二级重点保护动物。

“鸊鷉毕竟是野生动物，不能长期圈养，否则就等于害了它。”

“党的十八大把‘生态文明建设’写入报告中，提出要保护生物多样性，加大对自然生态系统的保护力度，我们就从自己做起，身体力行吧！”

看着可爱的小“天使”，员工们尽管百般不舍，还是一致决定将其放归自然。

2013年1月5日，气温回暖。上午9时许，员工们登上白雪皑皑的吉林市野生动物保护基地——长白岛，将小“天使”轻轻放进松花江。江水清清，小“天使”回头望了望，轻扇两下翅膀，悠然远去。

“回归你的自然家园吧，回归你的碧水蓝天吧，愿你和你的鸊鷉家族久久长长……”伫立岸边，魏军动情自语。

员工老杨拍拍他肩膀：“别难过，咱厂里风景这么美，说不定哪天它组团回厂来参观呢！”

（2013年1月29日《工人日报》）

记者感言

十八大报告提出，未来要全面落实“经济建设、政治建设、文化建设、社会建设、生态文明建设五位一体总体布局”，报告全文共提及“生态文明”15次之多，并且作为报告的第八部分被单独强调，可以说，“生态文明”的地位，被提升到了前所未有的高度。

为此，在“学习贯彻十八大”大型主题采访活动中，记者有意识地把生态文明建设、环境保护作为一项重点关注内容，并专门前往位于吉林市的千里化工城进行调研。就在深入吉林石化污水处理厂调研期间，员工们在饭桌上给记者出了一道谜，原来这家以“环境保护”为职责的企业，刚刚“收留”了一位“天外来客”——国家二级重点保护动物鹈鹕，员工们精心照料这个可爱“天使”数日后，决定忍痛割爱，将其放归自然。

说者无意，听者有心。记者马上意识到，这正是基层普通劳动者“学习贯彻十八大”有关生态文明建设内容的一个鲜活事例，于是立即展开全面采访，并亲自与员工们前往长白岛，见证这一珍稀物种被放归自然的动人一刻，当天下午便以朴实自然的笔法完成了《天外来客》一稿。

回顾此稿的采写过程，记者深切感受到，只有胸怀大局且又能扑下身子深入基层，才能真正捞到“活鱼”；只有把宏观的理论学习转化为微观的生活故事，才能让宏大主题活色生香，使读者入脑入心；只有严格遵守“三贴近”，作风扎实、文风朴实、细节真实，才能使稿件产生预期的传播效果，实现较好的社会效益。

农民工住保障房　好梦开始

中国青年报记者　王怡波

本届政府最后一次国务院常务会议传出一个足以令两亿多人振奋的消息。

“2013年年底前，地级以上城市要把符合条件的外来务工人员纳入当地住房保障范围。”2月20日，国务院常务会议上提出的这一要求，对全国两亿多名外来务工人员来说，无疑是个好消息。

“这说明住房保障部门现在开始‘盯上’打工群体了。”曾参与起草住房保障法的清华大学法学院副教授王洪亮告诉中国青年报记者，之前，有不少地方已经开始尝试各种向外来务工人员倾斜的住房保障政策，但面向全国范围这样提，还是第一次。

作为与每个人息息相关的问题，住房保障一向是从中央到地方首抓的民生要务之一。十八大报告中，也将“住房保障体系基本形成”列入国家发展的新任务。

实际上，经过多年的探索，住房保障已形成了一张“初具规模”的网络。“但这个网络主要还只是针对在城市生活的而且有城市户口的群体。”王洪亮说，从经济适用房到廉租房再到公租房、两限房，这些不断翻新的“名堂”，保障对象只是不同阶层的“城市人”，至于农村住房保障问题、在城市生活的外来务工人员等群体的住房问题一直处于无解状态。

一些地方这两年已经开始探索保障外来务工人员的住房，尤其是十八大后，一些地方出台的新政中，这部分内容逐渐被纳入民生工程范围。

力度最大的当属四川在几天前出台的政策。在四川省《2013年全省住房保障工作要点》中，“农民工住房保障行动”成为接下来明确的工作重点之一。四川的具体做法是：将20%的公租房向农民工等外来务工人员供应，还将专门研究将农民工扩展进公积金缴存范围等支持政策。

“让外来务工人员得以享受公租房保障，这是多地解决这个群体住房问题，当前普遍的办法。”王洪亮分析说，但这样的政策显然不能彻底解决问题，“公租房毕竟不是廉租房，成本高、租金也相对较高，收入高的外来务工人员能承受，收入低的还是住不起。”

一年来，就不断有媒体报道，郑州、上海、武汉、昆明等大城市公租房遇冷，甚至陷入“退房潮”，其中多数的原因在于：租金并不便宜、位置偏远。

“但这个信号是好的。”王洪亮说，国务院此次的态度至少表明，现在住房保障工作的视线已经开始关注外来务工人员这个新的急需保障的庞大群体，“住房保障工作一直坚持的原则就是全面覆盖、逐步推进、因地制宜，现在外来务工人员就是推进的方向，这符合国家住房保障整体战略。”

当然，住房保障体系的全面建成任重道远。“逐步推进，现在先解决外来务工人员的问题，以后农村的问题还要解决，农民虽然有宅基地，住房面积大，但存在住房质量差等问题，以后再推进的话，这些问题也需要解决。”王洪亮说。

虽然举步维艰，但政府的努力有目共睹。此次国务院常务会议提出的“2013年城镇保障性安居工程基本建成470万套、新开工630万套的任务”，也让王洪亮看到了政府继续大规模解决住房保障问题的决心，“这些房子应该大部分是用租赁方式而非出售进行保障”。

王洪亮认为，今后，“租赁保障”将成为各地住房保障的首要方式。

不久前，深圳就宣布，经济适用房将退出深圳的历史舞台，向低收入住房困难群体出售1811套经济适用房后，深圳将探索建立以租为主、租售补相结合，多层次、广覆盖的住房保障新体系。

“以租为主才能在一定程度上实现公平分配。”王洪亮说，如果全改成租赁的，寻租空间小了，寻租的动力、获取利益的动力就没有了，分配不公肯定会越来越少见。

但长期大规模地建设以租为主的保障房，在王洪亮看来，还不是治本之策。“保障房规模大，地方财政、土地都面临巨大压力，毕竟，这挤占了商品房的空间，而且价格高了，老百姓住不起，价格低了，运营成本太大。”王洪亮认为，真正要长远解决住房保障问题，还是应该进行货币补贴。

“货币补贴应该成为常态，这样才能避免掏空有限的土地资源。”王洪亮举例说，如果一个人每个月工资3000元，租房子需要1500元，压力很大，政府可以补贴500元，“不管是对‘城市人’还是对外来务工人员，货币补贴都是长久之计，毕竟，这样政府负担小，保障面也宽，也能长久推行。”

（2013年2月22日《中国青年报》）

记者感言

保障房一直是备受关注的话题，尤其在党的十八大后，尤重民生的新一届中央领导集体释放出了令人振奋的诸多消息，各地也密集出台大量惠民政策。

记者对新一轮保障房制度的关注点，开始于偶然看到的一则关于四川推进农民工住房保障行动的新闻。保障房制度已经推行多年，从经济适用房到廉租房再到公租房、两限房。现在，已经具有相当覆盖面的保障房终于开始要大幅向那群本来游离于城市生活边缘的外来务工人员群体了。再一了解才发现，在四川之前，已有一些地方也在探索保障农民工住房的机制。这些探索，最终在上一届政府最后一次国务院常务会议中，得到了完整的呼应：这次会议明确提出，2013年年底前，地级以上城市要把符合条件的外来务工人员纳入当地住房保障范围。

这多么令人振奋！中央和地方一致的步调无疑释放出一个强烈的利好信号：不仅城市人的住房有保障，那些为城市发展做出巨大贡献而一直未能融入城市的人们，也将拥有一个可以期待的保障梦。对这样的信息，从被采访的专家学者，到普通百姓，都感受到了一股有所依靠的踏实感。这回，无数人的梦想回归地面，他们可以脚踏实地地期待着一个并不遥远的保障梦。

病有所医渐成现实　“大医改”道阻且长

中国青年报记者　王怡波

黄芬（化名）一家刚过了个踏实年。

过年前的一次医疗费报销，让她避免了“因病返贫”的命运。她成为山东省报销新农合大病保险的首名受益者。两个月前，她5个月大的儿子因患小儿先天性心脏病接受手术治疗，前后花费74698元。

经过新农合基本医疗报销和大病保险报销后，黄芬的压力一下子减轻到12120元，不到原费用两成。原本笼罩在一家人头上的巨额医疗费“乌云”，烟消云散。

黄芬的命运，是两个多月来各地出台大病医保方案效果初现的缩影。这些旨在减轻群众看“大病”负担的政策，则只是4年来新医改艰难推进取得的成果之一。

几年来，医改每有一次动作，便有无数民众神经为之紧张。尤其在十八大报告以及十八大后各地出台的新执政方案中，“医疗”无疑是最引人关注的领域之一。扩大大病保险范围、力推“医药分开”、探索先看病后付费模式……频繁出台的这些举措，不断填补保障空白、解决保障难题。

卫生部最新数据显示，2012年，我国新农合的覆盖率保持在95％以上，人均筹资290元；2012年前3个季度，20种重大疾病的实际报销比例达到66％，89％的统筹地区实现省内互联互通，及时结报。

2013年2月20日下午，国务院办公厅发布关于基本药物制度和基层运行新机制的意见，从完善基本药物采购和配送、加强基本药物使用和监管、深化编制人事和收入分配改革、完善稳定长效的多渠道补偿机制几方面提出一整套新机制。其中还明确，基层医疗机构一般诊疗费原则10元左右。

随着保障体系的全面建立，“病有所医”正在成为现实。但整个医疗行业仍有不尽如人意之处。2013年1月深圳窗口行业满意度调查显示，24个窗口行业的满意度中，医疗行业服务得分最低。

一些专家认为，更及时、高效、公平的医疗环境，应该成为医改步入深水期和攻坚期后需要努力的方向——这也正在成为不可忽视的重大民意期待。一则“乌龙报道”引起的讨论热潮，验证了民众的这种期待。

近日，央视等媒体报道的“先看病后付费制度将全面推行”消息，引发民众热切关注。有网友在微博上说：“终于到了命比钱重要的时代了。”

但是，2月19日，这一消息迅速被卫生部否认。卫生部官员表示，“先看病后付费”的模式短期内无法全面推行，今年肯定是不可能的，卫生部倡导在有条件地区开展试点，但从未要求“全面推行”，目前也没有具体的推行时间表。

其实，早在2010年，卫生部就在“关于进一步改善医疗机构医疗服务管理工作的通知”中明确提出，各地卫生行政部门要积极稳妥推行“先诊疗，后结算”模式。只不过，受社会征信体系、医保报销水平等各种条件限制，这一模式一直未能大范围铺开，但卫生部支持“先诊疗，后结算”模式的态度十分明确。

“对民众来说，这确实是美好的期待，从大方向来说，医院也肯定应该往这个方向走。”中国医院协会副秘书长庄一强认为，这条“乌龙新闻”被辟谣的过程，恰恰折射出了当前医改存在的最严重问题——虽然“大医改”口号多次被提出，但许多地方还只是在搞“小医改”，只由卫生部门负责，财政局、人社局等关键部门不与卫生系统“同下一盘棋”，如果真要放开“先诊疗，后结算”，医院承担风险，政府财政又不兜底负责，自然无法打开局面。

庄一强告诉中国青年报记者，实际上，已经试点“先诊疗，后结算”的医院数据显示，这种模式下，逃费的微乎其微，再扣掉医保部分，政府如果愿意兜底，所需资金并不多，“我相信地方政府肯定有这个财力，但他们不一定愿意。”

“医学是技术问题，医疗是社会问题。现在的医改，钱要找财政，职工、居民医保要找人社部门，编制要找编办，价格得找物价局……”在庄一强看来，卫生部门其实只是负责卫生事业的一个技术部门，具体进行医改时，更多地只能依靠真正掌握大权的其他各级政府部门，“这时如果无法取得共识，医改就成了‘小医改’，推行一个新政策尚难，何况要在全国范围内推进。”

北京地区医改被庄一强视为“大医改”的典范。“北京至少形成各个部门在医改上共同发力的局面，这样就能真正推进医改。”庄一强说，而其他许多省市，实际上还只是“小医改”。

记者在财政部发布的报告上看到，2012年北京市医疗卫生支出99.2亿元，增长31.9%。其中，32.2亿元用以支持公立医院改革，建立与服务量和绩效考核挂钩的新型财政补偿机制，着力改善百姓就医环境；27.4亿元用于推进市级公费医疗改革，对城镇医保和新型农村合作医疗基金给予补助；3.6亿元用来开展基本药物专项整治。

早在2009年，国务院便成立由16个部门组成的深化医药卫生体制改革领导小组，由中共中央政治局常委、国务院副总理李克强任组长。“中央的大方向是对的，但是到了地方，医改就不一定真的那么受重视了。”庄一强说，据他了解，许多城市的医改工作由副市长分管，很多工作协调开展起来比较难，“要真正形成‘大医改’局面，各级医改应该由一把手直接负责。”

安徽芜湖几年来在医疗改革取得的成绩颇受认可。一些研究者在分析其成功经验时，就时常提及：“因为他们省市各级医改都是一把手直接抓。”2012年，青海也提出建立医改“一把手”负责制，明确要求各级政府“一把手”要做到亲自抓医改。

“‘大医改’道路还很长。”庄一强说，十八大提出的关于医改的方向很明确，但要实现目标，关键还在于地方怎么落实，“不能光听见楼梯响，却不见人下来。”

（2013年2月21日《中国青年报》）

记者感言

正如在采写此篇报道中黄芬等几名群众所感叹的，病有所医的脚步声令他们切实感到活得越发踏实。甚至，在中国的大部分地方，“因病返贫”的时代正在远去，不断扩大保障范围的医保体系，给所有百姓吃了一颗“放心药”。

几年来，医疗制度完善的步伐从未停止，以“大医改”为核心要素的医疗改革也渐入深水区。党的十八大上传递出的对保障百姓就医条件的强烈关注的信号，已经具化为十八大之后各地相继出台的医疗保障新举措、新政策。

虽然如在采访中一些专家所表示的，当前，医改推进并非完全没有阻力，“大医改”局面尚未完全形成，但不可否认的是，“大医改”的方向并未变更过，从各地的新政中，我们读到的更多是顶住压力将“医改成效最大化落实于百姓身上”的努力。“光听楼梯响，不见人下来”，这种担忧一直伴随着几年来的医改历程，但从中央、地方的努力看来，担忧或许更是鞭策，也从一个侧面保证了“大医改之路”从不停歇。

红提大王马静玲：随叫随到，给大家提供技术服务

中国妇女报记者　刘福国

2013年1月23日上午9点，哈尔滨市道里区榆树镇新乡村村部办公室前停满了车。

当天上午，全国巾帼建功先进个人、新乡红提专业合作社理事长、种植红提大王马静玲要在这里免费给村民传授红提种植技术。

红提大王免费传授技术的消息一经传开，不仅吸引了本村的村民，附近后榆树村、三姓村的妇女也早早赶来了。

9点30分，哈尔滨市道里区榆树镇新乡村妇女种植培训班正式开始讲课。

52岁的主讲人马静玲一上来就告诉大家：“我讲的都是实际体会

马静玲在采摘红提

和经验，大家不用本记，你们只要听明白就可以了。到时候需要，我可以随叫随到，给大家提供技术服务。”

马静玲2003年开始种植红提，很快就成了种植提子的行家里手；2008年，被当地村民推举为新乡红提专业合作社理事长。在她的带领下，新乡村成了远近闻名的提子村，村里很多村民也因种植提子而致富了。

听课中，一名妇女偷偷对记者说，都知道种植提子赚钱，可是这里面有很多技巧。

马静玲一边讲课，一边和大家互动。她提问大家：“提子栽苗时与地面多少度？”

听课的村民们有的回答是垂直的，有的说是20度，大家的说法不一。

马静玲告诉大家：提子栽苗时不能立着栽，需要和地面有45度的角度，只有这样秋收放树时才不易折断。

一句话提醒了大家。特意从南岗镇卫星村赶来学习的村党支部书记付秀敏感慨地说："早知道这些，我们村里也不能有那么多的损失啊。"

卫星村2011年建了50栋大棚，从大连购进了葡萄苗。结果种植下去成活率不高，没有达到预想的效益。

这次听说马静玲举办培训班，付秀敏和村委会主任侯英利带领村"两委"班子成员集体参加培训。

培训班上，马静玲从选苗、栽苗、移苗、打枝、葡萄开花，到最后采摘都进行了详细讲解。

新乡红提专业合作社社员徐志茹种植提子多年，这次她和母亲王淑珍也来到现场听课。徐志茹说，种植提子有很多说法和经验，其中有些东西如果没有经过实践积累是无法总结出来的。她虽然种植提子十几年了，但是，现在听马静玲讲课，觉得有些内容还是很新鲜的。

目前，以马静玲为理事长的合作社在当地众多相关产业中成了龙头企业，拥有33个种植红提的温室大棚、两个种植美国大樱桃的温室大棚，种植面积达5.6万平方米，年整体收益达50万元，红提已真正成为广大妇女的"致富果"，也已成为全镇的支柱产业。

课堂上，马静玲给大家算了一笔账：当地种植一亩玉米收入600元，建一座大棚种植提子可以收入两万多元，是大田作物的几十倍。

看到村民们情绪高涨起来，马静玲不失时机地将自己的电话号码写在黑板上。

她最后鼓励大家说：“要想收入高，跟我种红提。”

（2013年1月25日《中国妇女报》）

记者感言

红提大王马静玲一个小小的善举，改变了多少年东北农村“猫冬”的习惯。在寒冷的冬季，农村妇女走出家门聚在一起学习技术，交流致富信息，可以说这是一场改变生活方式的革命，给人们带来了新的希望和美好未来，也给社会主义新农村建设增添了色彩。

马静玲一个普通农村妇女，自己致富了还能想到身边的妇女姐妹，充分体现了农村妇女的素质在提高。通过马静玲这个先进人物典型，让人们看到了各级妇联组织培养、选树的先进典型在发挥着各自的作用。

典型的力量是无穷的，改变从自己身边的点滴小事入手。愿更多的马静玲脱颖而出，实现自己和身边人的共同梦想。

身兼双职的炼铁厂股长白洁：实干，助攀钢走出低谷

中国妇女报记者　蔡锦其

白洁，攀钢钒钛炼铁厂设备室公辅作业区点检组长、变配电作业区变电所所长，分别领导10名高级男技术员和70名女职工。

记者在攀钢钒钛炼铁厂见到白洁时，男同事评价她："白洁在男人堆里响当当"。

其实，白洁身兼两职，管理着不同的领域和两个性别的职工队伍。点检组10名高级技术员几乎都是男性，而变电所70名职工全是女性。

白洁的"官位"是比组长大比科长小的股长职位。每天的工作就是在点检组长兼变电所长两个岗位职责上切换。专业涉及机控、电器和机械三个专业，点检组就是设备的医生，涉及全厂的供配

白洁在管理工作岗位上

电、喷墨、铸铁、烧结等设备。“这些专业，我并不都精通。”她说，刚当点检组长的那两天，晚上接到电话报告机械故障，因脑子里没有实物的概念，她不知道对方说的是什么。第二天上班就去找点检员请教，慢慢地就懂了。

哪里有问题，哪里就有白洁的身影。她曾持续工作60多个小时，提出30多条建设性意见。身兼两职的白洁，手机总是响不停，不是这里有故障需处理，就是那里电机调试需确认。

在新烧结技改施工中，白洁每天早上7点钟就来到生产现场，了解施工进度，查询工艺参数设置，当工程施工进入最后冲刺阶段时，她一天三餐都在工地上解决，一个项目接一个项目地确认，一个点接一个点地落实。忙起来的时候没有星期天、节假日，每天回到家儿子都睡着了，早晨离开家时孩子还没起床。为此，孩子总问爸爸："妈妈是不是失踪了？"

变电所保障工厂的各个部位调配送电，属于高压特殊工种，操作规程非常严格。白洁说，如果操作失误出的事情就是大事。在变电所长职位上，对待女性不能同点检组对男性那样。"我的管理办法是，要求每名职工按规程做事，对大家是一视同仁的考核制度。同时，针对女同志照顾家庭要多些的情况，谁家里有事，我会尽量帮助协调倒班，谁思想上有解不开的疙瘩，我尽量去开导，让每人少带思想包袱上班。但是，如果有谁违反了规章制度，我的处理还是比较严格的。"

白洁参加工作23年以来，所负责的区域设备重大事故为"零"，设备完好运行率达到了98%以上。

"十八大报告我仔细学习了，如果让我选关键词，我选'实干'。作为基层的带头人，我要做的是带领工人，实实在在地干好自己的工作，那么，攀钢走出低谷才大有希望。"她说。

"作为企业最基层的干部，我要主动把十八大精神融入到具体的工作中去，团结并带好职工队伍，保证企业设备的优化，最大限度地减少事故，为企业走出低谷担一份责任！"

（2012年12月22日《中国妇女报》）

记者感言

白洁是工厂基层的芝麻官，她领导10名高级男技术员，其业务涉及到机控、电器和机械三个专业；领导70名女职工，其业务涉及供配电、喷墨、铸铁、烧结等设备的管理。她指挥两个部门职工保障生产各个环节的畅通与安全，哪里有问题，哪里就有她的身影。23年里，她负责区域设备重大事故为“零”，设备完好运行率达到了98%以上。

白洁面对两个截然不同的性别群体，以细致入微的思想工作与严明的纪律管理女职工，以刻苦钻研的精神成为业务高手，赢得“在男人堆里响当当”的好评。

白洁能准确地把握党的十八大“实干兴邦”的精髓。她表示，作为基层带头人，我要做的是带领工人，实实在在地干好自己的工作，这样，攀钢走出低谷才大有希望。

“有了好规划，劲头越来越足！”

农民日报记者　杨　娟

2012年12月16日，寒风瑟瑟。然而，湖南省龙山县新城街道油菜坪社区的农户刘志明一家，却正热火朝天地忙着搭建新的蔬菜大棚。见到记者，他赶紧放下手头的活儿，微笑着擦了擦额头上的汗珠。

“前些日子，县委组织部部长杨志慧到我们社区宣讲了十八大精神，听过之后，我们深深感受到，十八大报告是一个写给咱老百姓、为了人民幸福的好报告。杨志慧还指导社区规划了新的发展图景，准备把咱油菜坪打造成龙山县的‘菜篮子’基地和龙山人民的‘休闲乐园’，我们听后备受鼓舞，劲头更足了。这不，我下定决心，种更多大棚蔬菜，由现在的4亩扩大到14亩！”刘志明满脸欣喜地说道。

油菜坪社区位于龙山县西北部，距龙山县城仅1公里，总人口有1050人，现有田土面积870亩，当地居民一直以种植稻谷、油菜等作物为业，人均年纯收入3850元。

“油菜坪社区地处城郊，有很好的区位优势。我们将大力发展以大棚蔬菜为主导、养殖业为辅的多元化农业经济发展产业格局。”社区党支部书记唐学智边介绍边掏出新的规划草案来。

记者见到，社区发展的路线图和时间表一目了然：确保到2014年，社区蔬菜种植面积突破400亩，年创收600万元；以西瓜、草莓、蔬菜等为支撑，建立50亩生态农业观光园；加大山坡养羊的品种引进和基地建设，确保2015年前，建成年养殖规模500只以上的生态养殖园；进一步优化生态环境，加快土地流转，建成高标准的垂钓中心、游泳中心、无公害蔬菜自由采摘中心，打造龙山市民的“周末乐园”，培育上规模“农家乐”5家；加大招商引资力度，确保引入企业10家以上，解决社区居民就业300人以上。

“有十八大精神引领，照着规划上的路子走，居民的日子肯定会越来越好。”唐学智信心满满地表示。

（2012年12月20日《农民日报》）

记者感言

党的十八大报告，为全面建成小康社会制定了明确的“路线图”和“时间表”。

而这份透着民生情怀的报告如何能在一个国家级连片贫困地区得以

实现？在采访中，让记者倍感欣慰的是，在十八大报告的指引下，基层也在因地制宜地绘制自己的“路线图”和“时间表”。清晰而明确的规划，让一个后发展地区的未来变得可期可待可盼，让老百姓有了激情有了干劲。寒冷的冬日里，那忙碌得热火朝天的一幕，那流淌在额头上的晶莹汗珠，那挂在脸上的满是欣喜的笑容，是老百姓写满幸福与期盼的最生动的诠释。

融合发展看余杭

农民日报记者　蒋文龙

作为一个三面环抱杭州主城的近郊区，余杭农业应该走一条什么样的发展道路？浙江省杭州市余杭区委、区政府认识十分清晰，那就是将一二三产相结合，走融合发展之路。

近年来，余杭工业化、城市化进程较快，许多农民“弃农从工”、“弃农从商”，农业生产受到一定的影响。甲鱼、茶叶、竹笋等特色主导产业的附加值也未得到最大限度的开发。如何既让农民收益最大化，又让企业获利，同时满足城市消费者需求，余杭区副区长李红良毫不犹豫地确定了融合发展的思路，即积极推动土地流转、开展农业招商引资、园区化建设。

2012年，余杭把土地成片流转和规模经营作为重中之重，完成耕地流转1.72万亩，累计流转耕地27.82万亩；完成林地流转6000亩，办理林权抵押贷款5000万元。

土地集中流转之后，余杭利用区位优势，开展农业招商引资，重点推出了23个总面积3万余亩的现代农业园区招商项目，有7个项目已签约落户，总投资近28亿元。

在此基础上，余杭将通过3至5年的努力，建成100个1000亩以上的农业园区。园区内，种养、加工、休闲观光将融为一体，并将文化等元素注入其中，打造“农业综合体”。

“只要我们抱定融合发展的思路，余杭农业就能实现浙江一流、全国领先的目标。”在李红良看来，就农业抓农业没有出路，而必须将农业作为一个要素，与其他产业发展结合起来通盘筹划。

（2012年12月31日《农民日报》）

记者感言

近年来，随着高效生态农业日趋发展和工业化、城市化日趋推进，浙江农业出现了可喜的裂变。这就是将一二三产相融合，将农业的生产、加工、休闲观光相结合。在这种裂变中，余杭发挥着引领作用。政府因地制宜提出了“规模化、企业化、现代化”的发展思路，确定了5年内打造100个千亩农业园区的目标，还配套出台了一系列政策措施，有力地推动了农业产业的融合发展。融合发展，不仅成为农民增收致富的新路径，而且给市民提供了生活新乐园。

这种农业的新业态，改变了千百年来对农业的定义，大大拓展了人们对农业的认识，在农业日益被边缘化的当今时代，迫使人们重新思考农业的地位和作用。

一位东北粮农的“收入倍增”计划

农民日报记者　刘伟林

2012年12月的黑龙江，大地已被大雪深深覆盖，粮食收仓，在家乡附近打工的农民回到了家里，许多农民开始准备“杀年猪”庆祝丰收，犒赏全家一年的辛劳，年味越来越近了。

双城市联兴满族乡兴农村农民陶玉民家正准备“杀年猪”。走进陶玉民家，小院不大，干干净净，一大堆新收获的玉米覆盖在白雪下，却一点看不到农家杀猪热气腾腾、人来人往的热闹场面。面对记者的诧异，陶玉民笑着说：“你说的那种场面在我们这儿早看不到了，现在农户自己家‘杀年猪’都到乡里定点的屠宰场，我们村600多户，这些年基本上家家都这样‘杀年猪’。”

陶玉民今年54岁，他和爱人种56亩地，自己农闲时在哈尔滨和双城打工，一年能干两个多月。说起今年的粮食生产，陶玉民说他家种56亩地有一部分是转包的，种的全是玉米，今年当地种地遇到了两场灾，一是玉米黏虫，一是台风“布拉万”。由于农技推广站免费提供了赤眼蜂防虫，总产同去年相比并不少。他指着窗外的玉米说，这堆玉米将近8万斤，垧产2万多斤。谈到收入，陶玉民说他家今年收入不错，玉米纯收入4万多元，打工收入2万多元，就这两项，全家人均收入2万多元。他说，全村一多半的农户都能达到这样的收入水平。

记者问陶玉民了不了解十八大精神。他连说知道，电视、广播里也天天介绍。他说，这些年好政策不断，他最感兴趣的是十八大提出了“收入倍增”。陶玉民说，收入增加不能等，还得干。他自己就有收入倍增的快速计划：种地这一块，近8万斤玉米如果晾干降水再卖能多挣1万多元，他家院子小不能建仓，这是一块损失，自己种地大机械用不上，成本高出一块，只能在农闲时打工，收入又少一大块。这几个问题解决了，种粮收入翻一番、打工收入再增加2万元都没问题。他们村正准备成立玉米种植专业合作社，现在已经有6户500亩地入社了，计划至少吸纳1000亩地入社，如果来年的地都由合作社来种，自己到哈尔滨打工，收入倍增指日可待。

记者同陶玉民谈起卖粮的问题。他说，现在粮食非常好卖，一个电话就有人上门来收。自己的粮食没卖，因为还想看看价格。记者问，农民是不是希望粮价高一些。他说，不是，农民并不希望粮价涨，稳定最好。按照以往的经验，粮价涨了，农资价格一定跟着涨，还是稳定好。

采访完陶玉民，记者向联兴乡党委书记何洪千介绍了陶玉民的“收入倍增”计划。何洪千说，陶玉民的想法非常靠谱，而且和乡党委的规划不谋而合。

（2012年12月24日《农民日报》）

记者感言

党的十八大胜利召开，吹响了全面建成小康社会的伟大号角，各地各级掀起了深入学习贯彻党的十八大精神的热潮。但是“小康不小康，关键看老乡”。农民怎么想，他们会怎么做？记者深入到全国商品粮生产基地县黑龙江省双城市采访。发现这里的农民对十八大不仅关心，而且主动深入学习了解，许多农民将十八大精神同自己的生产、生活联系起来，为自己的粮食生产发展方向定位。种粮大户陶玉民就是这样的农民，他家种了56亩地。记者通过白描式的对话，记录了他的“收入倍增”计划。

文章朴实，但意义重大，真实记录了广大农民群众对党和国家的重大方针政策的关心，以及对美好生活的向往和奋发苦干的精神风貌。

涉浅滩者得鱼虾，入深水者得珍珠。这是记者积极践行“走转改”的最大收获。

广州法院庭审天天有直播

法制日报见习记者　章宁旦

蛇年春节前夕，上诉人冼某与被上诉人冯某的民间借款纠纷案在广东省广州市中级人民法院二审开庭。当天，法院不仅将庭审全程通过网络进行了直播，还首次尝试当庭宣判，成为该院继全面推行庭审网络直播后的又一个率先之举。

记者从广州中院了解到，自该院在全国法院首推“全日制”庭审网络直播半年多来，已完成视频网络直播140余期，庭审直播的网页点击量已经突破200万次。

广州中院院长刘年夫表示：“庭审网络直播是司法公开的一项主要举措，为的就是让人民群众亲身看到、听到、体会到司法的公正，让我们的审判工作更多地接受群众监督。”

“党的十八大报告明确提出，将全面建设司法公信作为未来全面建成小康社会的一个明确目标。因此，我们将维护司法公正、提升司法公信力作为今年工作的重中之重，而网络直播仍是‘重头戏’。”刘年夫透露，下一步，广州中院致力让这项举措“有头有尾”：直播的案件一旦宣判，就在直播窗口做一个裁判文书的链接，方便社会公众追踪和查阅直播案件的进度。

2010年12月，广州中院在全国率先对一宗故意杀人案进行了庭审网络直播。从那时起，广州中院陆续尝试对一些案件的庭审进行网络直播。

“公开不难，难的是‘全入镜’式公开，就是把每一个环节、每一个细节都公开，而不是选择性公开。”广州中院副院长余明永认为，“庭审网络直播，网民肯定会来围观。对法院来说，直播可以改进工作，提高审判质量。公开后，以前对法院不了解的人可能就了解了。”

广州中院负责网络直播工作的研究室主任王雪生告诉记者，2012年7月起，广州中院在全市两级法院全面推行新的庭审网络直播模式，并明确提出了“天天有直播、人人有直播”的“全日制”直播要求：每个工作日至少有一件案件进行网络直播，每位办案法官都要参与直播。

截至目前，广州中院已经实现了“天天有直播”，每个合议庭基本上也都完成了“上镜”的首次体验。直播的案件不仅涵盖了刑事、民事、行政、执行听证、再审等全部类型，且与老百姓生活密切相关的民生案件占了相当比例，如城中村拆迁、民间借贷、婚姻家庭、房屋买卖、劳动争议等。此外，民告官、茶水费、保护伞等传统意义上的“敏感案件”也都出现在直播之列。该类案件总共有109件，超过全部直播案件数量的80%。

据网站统计，广州中院庭审直播的网页点击量超过200万次。其中，点击量前三名分别是克隆卡盗刷案、茶水费案和白云区药监局副局长充当保护伞案，

章宁旦就广州中院庭审直播话题采访该院负责此项工作的相关负责人

直播当天的点击量即分别达7.8万次、5.1万次和4.5万次。

“当时广州中院只有两个法庭的设备能满足直播要求，因此暂按每天一件的要求安排。下一步，经过硬件设施建设，将有望实现上、下午各直播一件，那么每年最多可以直播500件左右。”王雪生说。

记者了解到，半年来，已经有多起案件的上诉人在得知案件将要直播后，在开庭前临时提出撤诉或未到庭应诉，法院依法按撤诉作出处理，也有部分案件在直播后顺利调解。而直播的案件过程，既没有任何扰乱庭审秩序的情况发生，也没有出现当事人面对镜头“借题发挥”。

曾负责审理直播第一案的广州中院法官汪毅表示，案件直播给双方当事人不可避免带来一定的影响和压力，使其能够更加冷静、认真、规范地对待庭审，善用诉讼权利，更加有利于法官查明案件事实、作出裁判。

与案件庭审网络直播同步进行的，还有审结后的裁判文书也陆续开始出现在视频直播的页面下方。

记者查阅后发现，有十几件案件并没有如实公布裁判文书，但都作了注明。其中，一部分注明“调解结案，当事人双方协定不予公布”，另一部分注明“涉及未成年人身份信息，不予公布”，还有的注明“涉及当事人个人隐私，不予公布”。而在公布的裁判文书中，也都有明显经过处理的迹象，当事人的个人详细身份资料均已被删除。

“庭审网络直播在得到广泛认同的情况下，广州法院今年庭审网络直播将会进行升级改造，陆续会有不少新动作，尤其是将突出亲民化路线。”广州中院副院长舒扬透露，庭审网络直播不仅继续坚持“每天至少直播一案”，并在年内实现200多名法官都有直播，还将更多地选择大要案、涉民生案进行直播。

“网友想看哪类案件，我们就多播哪类案件。”舒扬说。

（2013年2月22日《法制日报》）

记者感言

坐在家里就能旁听法官审案！这是记者对广州市中级人民法院率先试水“庭审网络直播”后的最大感受。

受时间、空间和相关手续的局限，绝大多数群众对于旁听法院庭审仍然很陌生。现在好了，只要手头电脑或手机可上网，普通百姓随时随地都可以“旁听”法官判案。

党的十八大提出，将全面建设司法公信作为未来全面建成小康社会的一个明确目标。那么，司法公信从何而来？显然是从公开透明而来。只要置于阳光下晾晒，接受公众监督，司法腐败自然无处藏身。任何公平正义，首先要让群众看得见！

采访中，广州中院院长刘年夫的一句话，可充分概括庭审直播的意义：“直播为的就是让人民群众亲身看到、听到、体会到司法的公正，让我们的审判工作更多地接受群众监督。”

符合条件可即来即见

法制日报记者　黄　洁

2013年1月1日起，新刑诉法关于“48小时内安排律师会见”的规定正式实施，并同时提出“辩护律师会见犯罪嫌疑人、被告人时不被监听”的要求。新法实施两个月来，北京市各个看守所共计接待律师会见1.05万余人次，工作量同比上升35%，监所接待会见工作，符合条件的可达到“即来即见”的效率。

简化程序提高会见效率

在新刑诉法实施以前，律师若想会见犯罪嫌疑人，需要得到办案机关的许可，即使见面，办案人员也会在场监督，律师与案件当事人间不能讨论案情，只能通报家庭情况等与案件走向无关的内容。

现如今，律师会见只需要持“三证”向看守所提出申请，看守所最快可在收到申请后，立即安排会见。

按照新法要求，除了与危害国家安全犯罪、恐怖活动犯罪、特别重大贿赂犯罪三类案件的犯罪嫌疑人会见需要经过侦查机关批准外，其余案件律师均可向看守所提交申请，看守所会在工作日48个小时之内安排会见。

3月20日下午两点左右，《法制日报》记者在北京市第一看守所看到，该看守所的22个律师会见席位已经坐满。

律师接待窗口值班民警王彬介绍说，提交会见申请时，律师需要出示律师证、律所介绍信和委托书，再填写一份包含被会见人姓名、会见次数和诉讼阶段的“律师会见登记表”。随后，民警将依靠“会见系统”审核其是否属于“三类”案件、同一律师会见同案犯情形，审核过程不超过3分钟，审核合格后律师就可以拿着提请单进入看守所。

改建单间保障交谈隐私

除了简化程序外，律师会见场所的完善同样值得关注。与以往嘈杂的会见场所不同，第一看守所改建后的会见室变成了一个个4平方米左右的单间，每个单间上方的LED屏幕上，可以清楚看到律师的姓名、会见号码等内容。打开律师一侧的门，这个4平方米大的房间又被铁栅栏分割成两部分，律师所在一边由白色不透明材质的隔板隔开，而在押人员一边则由玻璃做隔断。这样一来，民

记者在看守所的会见室内采访前来会见的律师

警可以站在在押人员身后监管，确保其没有危险行为，同时，双方会见后，两边的门将会关闭以确保双方谈话隐私得到保护。

第一看守所所长杨雷介绍说，目前，该看守所已经建成9个这样的单间会见室，每个单间上方虽装置了摄像头，但并无音频，可以保障双方会见的私密性。

除此之外，以前硬邦邦的座椅被“升级”成软座，律师会见的一侧还增加了电源插口以确保笔记本电脑等电子设备的正常使用。

“以往律师想要在案件侦查阶段会见当事人非常困难，如今，律师在侦查阶段就可以开展调查，并为当事人办理取保候审，真正起到辩护人的作用，是一种司法进步。”刚刚走出会见室的陈洪钟律师慨叹。

制定机制规范会见工作

为了充分保障律师接待会见权，规范看守所的接待工作，北京市公安局监所管理总队不仅组织各看守所对律师会见场所进行完善，还制定了“九明确、一评价、一热线”的长效机制。

北京市公安局监所管理总队副总队长顾鹏介绍说，所谓“九明确”，即明确接受委托告知、会见手续、告知律师特殊案件性质、预约会见途径、工作时间、投诉途径、答复口径、保障律师使用电子设备要求，向律师提供犯罪嫌疑人、被告人羁押场所的通信地址和邮政编码；“一评价”是指将律师对看守所的评价，作为对看守所工作的外部考核机制，一并列入执法质量考评；“一热线”即在监管总队设立律师接待热线，集中受理律师在看守所会见过程中遇到的问题，并及时调查核实反馈。

“新法实施后，我们尽全力保障律师接待会见的权利，希望能促进这一工作更好地落实。”顾鹏说。

新法实施的两个多月里，北京市各个看守所律师会见工作量同比上升35%，同时，全市看守所并未接到一起因律师执业保障不力而导致的投诉。

（2013年3月20日《法制日报》）

记者感言

刑诉法修改之前，“律师会见难”早已不是什么新鲜的话题，以往的采访中，我曾与律师一起亲身体验过会见的波折，也曾亲眼见到公检法司各单位与律师之间，围绕如何解决律师会见难题的争论与努力。在新刑诉法实施3个月后，当我再次走进北京市第一看守所时，景象有点让人吃惊。原本被律师们比喻为“像菜市场一般嘈杂”的会见大厅，已经被改造成一个个单间；每个单间内柔软的座椅和电源插口，让律师使用电子设备办公变得异常便利；而不设录音设备的设置，也使得会见具有了更多的私密性。硬件的改变已经让那些曾饱受“会见之苦”的律师们甚至有了点受宠若惊的感觉。除此之外，会见的审批程序也正在变得简化而高效，而且监所还在尝试开通网络和电话预约来解决律师和检察机关提讯“撞车”的问题……

发生在北京市各看守所会见大厅的变化是个表象，而这背后所折射出来的却是对在押人员合法权益的保障，是对法律公平公正基本原则的尊重和追寻。在看守所的会见室里，我所见到的是司法公正的进步，也是政法机关司法为民精神的传递。

即墨：为菜农派发“科技年货”

科技日报记者　王建高
通　讯　员　李云克　乔　波

2013年2月4日，正是农历立春。上午8时许，青岛即墨市蓝村镇西时于庄村的手拉手果蔬专业合作社的管理员赵立冰正蹲在西红柿大棚里，看着西红柿刚刚得上的黄花曲叶病毒病害犯愁，就在这时，即墨市农业局农艺师于绍山、技术员王翠艳来到了大棚，给他带来了一个装有各类蔬菜种植技术的“科技袋”，同时还现场传授他如何防治西红柿黄花曲叶病毒病害的方法。

这是即墨市腊月里给菜农送“科技年货”的一个镜头。

即墨市委常委、宣传部部长衣立渊告诉记者，进入腊月以来，即墨市组织技术人员成立“服务小分队”，深入菜农大棚里送去“科技袋”，举办科技课让菜农腊月里充足“科技电”，引导农村种植技术员与菜农“结对联姻”入“科技股”，这一富民举措被菜农亲切地称为“最受欢迎的科技年货”。

衣立渊说，为落实十八大和中央一号文件精神，即墨市专门组建了120多名农业技术人员组成的60支科技服务小分队，服务在田间地头和大棚里。农业技术人员全天候免费为农民提供技术咨询与服务，已累计为群众解答疑难问题11万多条，组织开展系统科技培训，投资100多万元开办了农民科技俱乐部，并配备了科技图书馆，建成了农业远程教育培训中心，同时采用定点培训与流动讲授相结合的方法进行瓜菜生产指导，累计举办蔬菜生产技术培训班180期、大中小型技术讲座800余次。

“这种黄瓜新品种田间管理一定要讲究科学方法，冬春季节幼苗从定植到缓苗较慢，需10—15天，棚温尽量控制在25℃以上，33℃以下。缓苗后要及时吊蔓打杈，当瓜秧长到0.6m以上，径粗达到0.6cm以上后，可开始留瓜，瓜条长到16—18cm时，就要及时采收，以防坠秧……”今天即墨市农业高新区生产科技科科长宋克光带领两名技术员一大早就来到移风店镇前古城村59岁的老党员李德虎的蔬菜大棚里，钻在齐腰高的“硕丰9号”黄瓜畦埂里，向李德虎指导种植技术。李德虎站在自己的大棚里，上前来掰着手指“炫耀”：“我1.9亩地的两个大棚去年上半年种植了农业高新区培育的高产‘硕丰9号’黄瓜收入了5万元，眼下这茬黄瓜正好春节期间上市，估计最少也收入7万元，这与农业高新区技术员每周来大棚进行技术指导分不开。”

记者在采访中了解到，在为菜农送“科技年货”行动中，即墨市各大专业农业园区也积极行动起来，为菜农提供“科技大礼包”。腊月以来，该市农业高新区推广黄瓜、番茄、韭菜等新品种13个，推广“硕丰9号”黄瓜3000亩，亩产可以提高20%以上，每斤售价是普通黄瓜的1.5倍，每亩每年按3万斤产量计算，可为农民增收9000万元。

立春这天，移风店镇也传来新鲜事。该镇三湾庄村远近闻名的蔬菜技术员王开海在即墨市农业局的引荐下正式与该镇韩家庄村蔬菜种植大户韩镇波达成“技术入股”协议，蔬菜技术员王开海常年为蔬菜种植大户韩镇波提供蔬菜种植技术服务，种植户遇到病虫害等难题，“入股技术员”王开海随叫随到，种植户韩镇波每年从蔬菜种植收入中拿出3万元作为王开海的“技术入股保底红利”，然后再根据蔬菜销售收益分配“二次红利”。蔬菜种植大户韩镇波高兴地说：“俺种了40个蔬菜大棚，以前就是缺少技术，现在吸收蔬菜技术员王开海‘技术入股’，以后蔬菜种植遇到技术难题再也不用犯愁了。”而蔬菜技术员王开海同样高兴，他说：“俺通过掌握到的技术与蔬菜大户合种‘科技股份蔬菜田’，使技术转化为效益，俺致富有了奔头。”

即墨市农业部门在提供“科技年货”的同时，积极“牵线搭桥”，促成农村技术型菜农“结亲联姻”，为其他需要技术的菜农提供技术服务。

据介绍，今年腊月，在即墨像蔬菜技术员王开海这样，通过“技术入股”，做“科技股民”，种“科技股份蔬菜田”的蔬菜技术农民已经达到1100多位，全市悄然涌现出“科技股份蔬菜田”已达2万亩，产值达2.2亿多元。“科技股份蔬菜田”技术辐射拉动全市优质蔬菜种植面积发展到10.15万亩，产量达到65万吨，产值达10亿元，全市蔬菜产值已达到整个种植业的33%，蔬菜主产区农民收入的50%来自蔬菜产业，蔬菜加工转化、营销物流、观光旅游以及蔬菜生产资料经营等关联产业增加值达到12亿元。

（2013年2月4日《科技日报》）

记者感言

山东即墨市从农村科技需求出发，通过组建的由120多名农业技术人员组成的60支科技服务小分队，深入菜农大棚里送去“科技袋”，举办科技课让菜农腊月里充足“科技电”，引导农村种植技术员与菜农“结对联姻”入“科技股”，先进适用技术和科学管理知识让那里的农民大获其益，为农村经济增长方式的转变提供了有力支撑，为农民增收、扩大就业做出了贡献。

最鲜活生动的新闻来自基层。深入农村一线采访，感受基层火热生活，带给我的不仅仅是泥土的芳香，素材的丰富，更多的是贴近生活所带来的境界升华。在学习贯彻十八大精神的这个春天，我一连采写了多篇科技惠民的报道，体会颇深，只要把脚迈出去，把心沉下去，把身子扑下去，就有写不完的好新闻。

你怎么甩掉“黑帽子”？

——污染最重城市市长代表答治霾

科技日报记者 刘 莉 刘 垠 马爱平 盛 利

河北省邯郸市委书记高宏志代表：

五一前改造升级400家三小建材企业

2013年3月6日22：30，邯郸

PM2.5监测指数：312，严重污染

1月份的整体空气污染全国排名，河北省邯郸市位列第四，特别严重的几天，甚至成为全国亚军。据了解，邯郸污染源主要来自三大方面。首先是汽车尾气，近年来汽车保有量迅速增加，邯郸空气污染40%来自尾气；其次是工业企业烟粉尘污染和城区建筑工地扬尘，两者各占约30%。

2013年3月3日下午，面对本报记者关于这一问题的追问，邯郸市委书记高宏志代表客气地拒绝后继续往外走。楼梯口，记者再次追上去。“好吧，我只能说治理空气污染，未来我们计划主要抓三块工作，在三方面采取措施。”高宏志的回答语速很快，显然对这一问题早已经过长期思考，“一是邯郸西部有不少三小建材企业，我们将对他们进行改造升级，今年五一前，改造升级的企业要达到400家。第二块是我们的重化工行业，要达标排放。现在设备都有了，就是要求企业一定做到持续的达标排放。第三是城市建筑工地的沙土抛洒、扬尘将严格管理。”显然，作为市委书记，治理雾霾笼城也是他一直思考的问题。

“这是一项长期任务，我们现在已经有一些措施了，接下来会下大力气去做。”高宏志说着话，向记者挥挥手急速走上了楼梯。

据记者了解，邯郸市开始谋划建设PM2.5县级站，整体建设争取年内完成。全年投资32亿元，完成560个大气综合整治项目，全部取缔、关停或整合到位415家小石料、小白灰、煤场、渣场，13条重点道路全部完成治理任务。到2013年年底，全部淘汰2004年12月31日前登记注册的柴油车，以及1998年12月31日前登记注册的汽油机动车。

河北省唐山市副市长高瑞华代表：

市民参与才能形成强大推力

2013年3月6日22：30，唐山

PM2.5监测指数：278，重度污染

随着工业化进程的提速，环境问题频频进入公众视野，比如新年伊始多地遭遇的雾霾天气。作为中国北方的工业重镇，河北唐山是一个缩影。

“我不主管这项工作，不便就这方面情况接受采访。”3月3日下午，河北团会议结束后，唐山市副市长高瑞华代表在人潮中婉拒了记者采访。在记者的追问下，抛却副市长身份，高瑞华从一名普通唐山市民的角度聊起了环保。

“在工业化进程中，环境污染是发展过程中不可避免的难题。作为政府，要高度重视环境治理，改革发展不能以牺牲环境资源为代价。”高瑞华的态度相当坦诚。生态修复、绿化造林、水系开发保护和利用，唐山市委、市政府推出了一系列治理环境问题的措施。

1月10日起，雾霾连续4日侵袭唐山，监测显示首要污染物都是PM2.5；两周后，雾霾再袭唐山……唐山市环保局联合科研单位在河北省率先开展《唐山市PM2.5污染控制战略研究》，目前正进行基础调查和区域监测。2月28日，《唐山市空气重污染日应急预案(暂行)》起草完成，进入合法性审核阶段。

“作为普通市民，要看到国家和各级政府都在下大力气治理环境问题。”高瑞华说，要承认并且正视问题，但更要理性地对待雾霾天气，“提高市民的环保意识和参与热情，才能形成改善环境的强大推动力量”。

在高瑞华看来，环保部新近出台的最严格大气污染物排放标准，京津冀、长三角、珠三角被纳入重点空气污染防治区域，无疑是国家治理污染的一记重拳。“环境治理不是某个区域、一个河北就能解决的，要全国联动起来。”

河南省郑州市人大常委会主任白红战代表：

大气污染治理是六项重点工作之一

2013年3月6日22：30，郑州

PM2.5监测指数：155，中度污染

2013年3月4日，河南省代表团驻地。记者敲响郑州市市长的房门。里面传来沙哑的声音，道已重感冒，无接受采访之意。闻记者执意在外等候，市长有所迟疑，打开房门，称此次上京，不接受任何采访。

“空气质量根本问题是发展方式问题，治理得有个过程。”在记者再三追问下，市长说出这句话后，不肯再说，推荐采访郑州市人大常委会主任白红战代表。

“此次郑州雾霾天气影响面积大、持续时间长，有诸多原因。”白红战说，2012年郑州市人大常委会针对环保开展视察。同时，郑州作为PM2.5监测城市，去年年底已开始监测并公布数据。

白红战解释，郑州处在华北中东部，雾霾的出现不可避免。“汽车尾气、工地扬尘、燃煤粉尘是主要污染源。”他说，2012年年底郑州汽车保有量达到210万辆，城区内尾气是罪魁祸首。

基于调研，郑州市采取综合、重点、科学三治理相结合。

“综合治理是指在大气污染区域内建立责任制度，各区域各部门分工负责；重点治理是指针对三大源头进行重点整顿；科学治理是指尾气、烟尘、粉尘排放要达到国际标准，大力推广节能环保汽车等。”白红战说，空气污染需依法治理，此次他便提出了修订《大气污染防治法》的议案。

据悉，2013年2月16日，郑州召开2013年生态建设工作动员大会，大气污染综合治理是该市六项重点工作之一。目前，郑州对城区主干道每日增加2次洒水降尘，对工地粉尘也进行了洒水、遮盖等措施。除此之外，白红战说，政府将颁布有关规章制度，要求环保局和公安局联合执法，逐步淘汰黄标车，加强监管不达标的外地过户车，10吨以下的燃煤锅炉也将被淘汰等。

山东省济南市市长杨鲁豫代表：

环境不“治本”　雾霾难“驱散”

2013年3月6日22：30，济南

PM2.5监测指数：250，重度污染

记者坐在济南市市长杨鲁豫的房间里等了一个小时，终于等到了采访的机会。“等了这么久，不好意思啊。”杨鲁豫说。听了记者关于雾霾天的问题，他沉默许久说：“到济南工作10年了，没想到今年情况这么严重。”

2012年5月，在接受记者采访时，他称“美丽泉城”就要“显山露水”。然而，在今年1月公布的全国污染城市排名中，排名第七的“美丽泉城”显然“隐藏”在了雾霾之后。

“济南发生雾霾给我们敲了警钟。”他说，济南针对汽车尾气、生活排放、工业排放废气等做了详细调研，目前已出台了应对雾霾天气的具体措施，包括污染严重时控制工地扬尘、停开公务车辆、加强环境卫生等。

“环境问题不‘治本’，雾霾天气就得不到根本解决。现在已经不是领导、舆论要你干，而是作为政府部门必须干。”他说，雾霾天气是涉及多区域的整体环境问题，不是说哪个地方污染就仅限于哪个地方受害。

杨鲁豫告诉记者：“前几天我刚开了个会，研究在济南加快发展天然气，包括天然气的发展规划、工业领域煤改气、供热系统煤改气等，我们现在就在争取气源。而在未来，我们更要提倡发展绿色建筑、新能源汽车，多利用太阳能、地热能等。搞好清洁能源规划，加强有关设施的建设。当然我们还建议油的质量要提高。”

河北省保定市副市长闫立英代表：

已在产业升级方面做了大量工作

2013年3月6日22：30，保定

PM2.5监测指数：366，严重污染

河北省代表团全团会议开始前，记者在会议室里找到了保定市副市长闫立英代表。她对记者很友善，得知来意，她想了想说："我不主管这方面工作，等我详细了解一下再跟你们说吧。"

一小时后，会议结束，记者在人群中再次找到闫立英。"作为保定的普通市民，您能谈谈对空气污染的感受吗？"记者问。

"哦，这个，那我能说说。"

闫立英在保定生活了20多年，"今年的雾霾天确实比往年要多。"她告诉记者，市区内的污染主要来自两方面：烟囱和汽车尾气。

保定对大气治理并不是从今年开始。2008年奥运会召开前夕，保定市、县、乡各级政府就在下大力气进行整顿，对不符合环保标准的小企业、小冶炼、小矿厂集中关停，在产业升级方面做了大量工作。闫立英介绍说，目前保定正在大力发展新能源产业，太阳能、风能、光伏产业等设备制造，"汽车产业也是我们的主导产业"。

因为历史原因，目前保定还有很多单位是采取自己烧小锅炉取暖，这给空气质量带来很大影响。闫立英说："目前我们新任的书记、市长刚刚到任，决心很大，要推倒小锅炉，铺设管网，扩大集中供暖面积，减少烟囱排放污染。"除此以外，保定市还对汽车尾气治理进行研究，希望找到既不影响百姓出行，又不影响汽车产业发展的措施减少排放。

（2013年3月7日《科技日报》）

记者感言

两会前，编辑部定好采访污染最重的十市市长代表时，同事们都做好了“攻坚”的准备。其实采访下来，记者们发现各市都将治理大气污染作为重要工作，也采取了多项措施。但不知为何，让市长们开口却是“难上加难”。原定的10个，只完成了5个，其中一个还把“皮球”踢给了其他市领导。

一日下午两点半，记者敲门，一位市长在房间里听说是记者，告知“还在休息”，记者表示在门外等候，市长回答，“别等了。”随后，再有其他人敲门，里面再无回音，直到将近3点，会议开始前4分钟，市长开门，笑着对迎上来的记者说：“马上开会，没有时间了。”旋即离开。

另一位市长在表示接受采访后，让记者等候，但记者等待的结果是“人去房空”。

我们寻找的市长中，多数总是用怀疑的眼神看着媒体，似乎媒体的出现总是在挑市长工作的“刺”。问市长空气污染，“不方便回答”“不接受采访”……市长的回答令记者摸不着头脑。作为十大空气污染严重的城市，一市之长想必定是大会小会商量应对措施，既然开了诸多会议商量了诸多举措，为何不能以开放的态度与媒体和公众沟通？

这到底是市长不相信媒体，还是媒体太苛求市长？谁都知道，污染不是一个城市的问题，更不是一个市长的问题。实际上，只要是实际情况，媒体透明报道，公众反而会理解政府的工作。这样遮掩，倒容易让人心生不少疑虑。

“洋女婿”爱住新农村

中国纪检监察报记者　何　韬
通　　讯　　员　何鹤群

春节前夕，租住在浙江省义乌市城西街道何斯路村的韩国客商郑允盛，在家中忙得不亦乐乎。

记者见到他时，他正学着房东李大妈，在家门口贴春联、挂灯笼。

走进郑允盛家中，一股浓郁的香味扑鼻而来。“我妻子正在煮饺子呢，待会一起吃。”他指了指厨房，眼睛笑得眯成一条缝。

郑允盛是韩国首尔的剪纸艺术家，来义乌经商已有3个年头，目前主要从事平面设计和饰品经营。2010年，郑允盛娶了中国姑娘胡希梅为妻。

“洋女婿”对居住环境要求很高，“城里太吵，没法专心工作。”刚来义乌那段日子，郑允盛独自驾车找房子，遍寻义乌及周边地市的农村，却一直不太满意。2012年春天，当他来到义乌城西街道何斯路村时，村旁的青山绿水、鸟语花香，村口古朴的水车、檐牙高啄的八角亭，让他眼前一亮。村内依山傍水的仿古民居，整洁的道路和淳朴的村民，更让挑剔的郑允盛动心了：“我们想要的住所不就在眼前吗？”2012年，郑允盛带着妻子和刚满周岁的儿子，果断把家搬到了何斯路村。

说话间，妻子胡希梅端了一碗热腾腾的水饺从厨房走出来。“这里环境美、噪音小、空气好，爬山锻炼更是方便，加上市里这几年搞新农村建设，小山村设施越来越完善，环境越来越美，城里人和在义乌的老外都很向往。”她插话道。

“在义乌的许多韩国老乡来村里看了后都说这里环境好，有几位已叫我打听房源，也想搬这里住。”

……

夫妻俩你一言我一语，对现在的居住环境很是满意。

“能引来金凤凰，关键还是咱们新农村建设这棵梧桐树栽得好哇！”前来串门的村支书何允辉自豪地告诉记者，在旧村改造中他们坚持保护与改造相结合，专门聘请了浙江大学的专家，以徽派风格为基调进行规划，对明代古村落、连片旧房200余间进行维修和改造，使村民的住房更加安全美观，并与周边的自然环境相映成趣。

“我们还从外地引进薰衣草种子，种植了120亩薰衣草，开花季节吸引大批市民来这里游玩，去年达到8万多人次。”何允辉滔滔不绝，“对薰衣草的种植和管理，解决了我们一些村民的就业问题，同时，由于村民们在薰衣草种植中都入了股，通过门票及延伸产品销售，又让他们享受到发展的成果。”

何斯路村的发展，只是义乌市新农村建设的一个缩影。自2002年起，该市已连续多年将新农村建设列为十大民生实事之首，每年安排1亿多元专项资金用于新农村建设，2011年，义乌被评为全省首批“美丽乡村创建先进市”。目前，全市有线电视、电话、道路和公交车通村率达100%，90%以上的城乡居民已喝上安全达标的饮用水，基础设施基本实现城乡共建共享。

临别时，郑允盛悄悄地告诉记者，他最近听说村里准备发展乡村旅游，心中的艺术梦一下又被激活了，他想筹办一个“纸雕博物馆”，让自己儿时的梦想在何斯路村生根落地。

（2013年2月21日《中国纪检监察报》）

记者感言

党的十八大强调，解决好农业农村农民问题是全党工作重中之重，要加大统筹城乡发展力度，增强农村发展活力，促进城乡共同繁荣。记者前往采访的浙江省义乌市何斯路村，正是新农村建设的一个典型范例。他们通过旧村改造、环境保护、新型农产品开发和基础设施城乡共建共享等措施，把何斯路村建设成连老外都爱来居住旅游的生态家园。文章从韩国籍外商郑允盛的新春生活切入，通过记录郑允盛与妻子的对话、村支书何允辉的介绍，反映了村民们对于居住在何斯路村的直观感受，从侧面展现了义乌市在新农村建设方面的成果。选择以老外的视角来切入，一是为了让选题更加新颖，让读者有耳目一新的感觉，试想，一个老外，来到中国最“接地气”的农村地区居住，会有什么样的感受呢？二是从老外的切身感受来反映我们新农村建设的成果，比起一些村干部的自说自话，会更加客观和有说服力。

古城新春

中国纪检监察报记者　瞿　芃
通　　讯　　员　杜开志　王以贵

2013年2月7日清晨，楚国故都——湖北省荆州市迎来了立春后的第一场雨。护城河上泛起涟漪，青色的城墙在细雨冲刷下更显厚重。

杨爱芳和往常一样打开盟达酒店的玻璃门，作为酒店销售部经理，她已经连续7年没有在家过年。好在，“今年情况不同”。

市公安局出入境管理科副科长李晓琴没有心思考虑过年的问题，数百名来办护照的群众把办事大厅围得水泄不通。她从人群中挤出身来：“两位老人家，请等一下。”

郭启林关上窗户，以免雨水打湿桌上摆放整齐的驻村工作队“民情日记”。“还有139天就退休了。”郭队长翻开新的一页，提笔写道：腊月廿七，双马村……

雨渐渐大了，而街上的人和车却多了起来，宁静的古城平添几分喧嚣。进城，出城，回家，过年……对多数人来说，忙的还是那些事，但熟悉中却又有不少的变化。

在杨爱芳看来，变化尤为明显。

“往年这时候忙得不可开交，主要是承办各单位的‘团年宴’，有的还有文艺表演。”杨爱芳告诉记者，“今年倒是闲下来了。中央和市里规定出台后，已经退订了600多桌，营业额减少了七八十万。”

“纪委和电视台隔三差五来检查、暗访，哪个单位还敢来吃？财政支付的‘团年宴’全部取消了，只剩下家庭聚餐。”荆州市人大代表、盟达酒店管理有限公司董事长易先焕接过话茬。据他介绍，盟达酒店作为荆州市及沙市区两会的代表委员驻地之一，会议招待全部改为低标准的自助餐，而且“一律不上酒”，酒店基本上无利润。

随着中央八项规定在各地的贯彻执行，盟达的“案例”算不上特殊。记者更感兴趣的是，餐饮企业如何应对可能出现的利润减少。对此，荆州市烹饪协会会长、一三五大酒店管理有限公司董事长孙联华笑言：“感觉餐饮业的冬天来了。他们（盟达）还可以依靠住宿，我们就只能改革创新了。一是开展团购活动，向大众消费倾斜。二是延长营业时间，跟夜市抢生意。三是增加外卖服务，方便消费者。”

虽然利润有所减少，但谈到对八项规定的认识，两位企业负责人不约而同地表示支持和拥护。用他们的话说，眼前局部的损失，换来的是社会风气的好转，值得！

离开盟达酒店时，杨爱芳从大厅餐桌上拿起一张“席卡”递给记者，上面印着“餐桌光盘，节俭惜福”8个大字。据她介绍，市商务局、市烹饪协会前不久发出了厉行节约的倡议，鼓励市民转变消费理念，按人按量点菜，并把“打包”当做光荣。

“打包”光荣，吃盒饭更难得——由于工作忙，市公安局出入境管理科今年以来取消了午休，“坚守”在市行政服务中心的李晓琴和她的同事们，只有在吃单位食堂送来的盒饭时才能歇口气。

记者见到李晓琴时，她正在帮两位头发花白的老年人办理出国旅游的护照。据她介绍，由于护照需要在户籍所在地办理，所以很多在外地学习工作的荆州人利用回家过年的机会来办护照，她们工作的高峰期几乎和春运同步。最忙的时候，每名工作人员每天要接待200人次。

说起“吃盒饭”，李晓琴一笑：“我们不光取消午休，年休假也取消了，很多同志连年货都没时间准备。即便是法定春节假期，遇到符合上级特事特办条件的，我们也会随时受理。毕竟工作是第一位的。”

李晓琴吃盒饭的时候，郭启林在荆州区弥市镇双马村的房东家煮了一碗面条。

作为市广播电视局的副调研员，郭启林连续3年在全省开展的“三万”（本轮为“万名干部进万村洁万家”）活动中担任该局驻双马村工作组组长，今年还兼任荆州区工作队队长。

“房东走亲戚去了，我就自己动手了。相处了两三年，我们熟得很。”郭启林告诉记者，驻村期间，他每顿饭都是在房东家吃的，都记着账，而且从来不挑，有什么吃什么。回来晚了，就热一热剩饭。

“上午跟村支书谈工作，他还说很对不住工作组，什么都没有送过，连顿饭都没有请过。我告诉他，不是我们不领情，而是制度不允许。”郭启林指着墙上的制度牌，一脸严肃。

对于八项规定，郭启林有着自己的理解："要让我们工作组或者村干部说具体内容，恐怕答不上来。但是要改文风、改会风，要勤俭节约，大家都是牢记在心。"

据郭启林介绍，工作队每次开会时，他都会拿个闹钟放在桌上，严格控制各位组长发言时间。碰到有村民参加的大型活动，则尽量取消或简化发言环节。

雨停了，郭启林送别记者，去看望村里贫困户。记者则来到荆州市纪委、监察局，就易先焕所说的检查、暗访进行核实。

据市纪委一位负责同志介绍，他们派出5个监督检查组，不定期深入全市各地对贯彻八项规定情况开展明察暗访，对顶风违纪、造成恶劣影响的，严惩不贷。在前不久召开的市纪委全会上，暗访发现的3起公务接待饮酒、2起超标准配备公车、某单位5次同城宴请以及多起公车私用问题被通报……

2月13日，记者收到市纪委同志发来的一条短信：据市烹饪协会统计，春节期间，全市主要餐饮企业共取消"团年宴"2600余桌，减少营业额310余万元。

当天中午，荆州市再次迎来一场春雨。城东的张居正故居在雨中显得格外清静。

（2013年2月16日《中国纪检监察报》）

记者感言

为展现各地贯彻落实中央八项规定、廉洁节俭过春节的良好作风，记者一行利用新春走基层的机会，选取湖北省荆州市盟达酒店、市行政服务中心、驻村干部寄宿地三个场景进行采访，以清闲的酒店服务员、忙碌的公安干警、讲原则的驻村干部等三位同志同一天的工作生活片段为线索展开叙述。为避免流水账，文章借用了电影的平行蒙太奇手法，更多地表现不同地点的人物在同一时间的状况，并在“转场”时做好衔接和过渡。在酒店采访时，记者特意就餐饮业如何应对“寒冬”提问，探寻落实规定与维持经营的平衡点，使报道更真实。文末，以当地著名文化旅游景点张居正故居在雨中“格外清静”收笔，含蓄地呼应主题。通过采访，记者看到了基层转作风、树新风的热火场面，更加期待八项规定能长久抓下去，真正落地生根，从“硬杠杠”变成干部群众的自觉。

“的哥”的清静年关

中国纪检监察报记者　康潇宇

春打六九头。雪后的南风吹散了雾霾，北京城迎来了春天的第一个清晨。道路两旁的居民楼上，许多人家的窗玻璃上已经贴上了红底烫金的“福”字，年味儿渐浓。

在石景山区的一个小区门口，记者边欣赏着京城近日来难得的晴天，边招手打车。

因为是周一早高峰，加之每年春节前夕都是出租车最“抢手”的时候，原本以为肯定要等上十几二十分钟甚至更久，没想到，不到5分钟，一辆出租车便停在记者面前。2013年春节前夕，北京的出租车为何比往年好打了？

带着疑问，记者上车与司机师傅攀谈起来。

“师傅，最近生意挺好的吧？”

“好什么呀，往年的现在，咱俩指定无缘相遇，因为我每天接的都是包车的活儿。”司机李师傅打趣道。

“包车？”

看到记者一脸迷茫，李师傅解释说：“是啊，每年这个时候，外地的、本地的，大包小包送礼的不少，尤其是外地来京的，基本上都是按天包我们的车。”

“那今年为啥少了？”

“嗨，中央最近不是出台规定了嘛，反腐力度那么大，那些人都不敢送礼了。不仅包我们车送礼的外地人少了，连外地牌照的车辆都少多了。你瞧啊，这路都顺畅了不少呢！”

果然，原本节前应该比较拥堵的莲花池西路，今天路况竟出奇的好。李师傅告诉记者，除了春运期间私家车辆有所减少外，外地牌照车辆减少也是北京交通状况比往年同期好的一个原因。

“拉不着包车的活儿，你们的收入减少了，不会觉得不开心吗？”看着始终乐呵呵的李师傅，记者不解地问。

“有嘛不开心的啊？收入减少你得看少赚的是谁的钱啊。那些送礼的人，他们中肯定有人花的是公款，公款是谁的啊？老百姓的啊。所以，少了好，他们少拿公款送礼，公款就能多花到老百姓身上，所以，我就是少赚点儿也高兴。再说了，少拉点活儿，少跑点路，咱就当给北京的PM2.5做贡献了！”一口京腔的李师傅很健谈，也很风趣。

“您说得对！其实不仅送礼的人少了，中央出台八项规定后，用公款到饭店请客聚餐、大吃大喝的人也少了。”

“那个八项规定好啊。以前，甭说晚上在一些党政机关附近的饭店能拉到喝多酒的客人，中午我都常常能遇到这样的人。其他‘的哥’也一样。可是现在，这种情况确实少了。工作清静多了。”李师傅笑呵呵地说。

李师傅很乐观，看得出，他对中央出台的八项规定很拥护，但他与许多群众一样，也有一些顾虑。

李师傅告诉记者，出租车行业对一些政策规定的感知度比较高，从他这么多年在出租车行业工作的经验来看，一些政策规定和专项检查等都是声势浩大地来，时间一长，就悄无声息了。此次中央出台的八项规定，在改会风、治理公款吃喝、送礼等方面卓有成效。但各级政府能否坚持下去，这是很多群众担心的，也是大家拭目以待的。

车子很快到达目的地了。记者下车后，李师傅轻松地踩了脚油门，车子一溜烟开走了。

愿中央能够多出台一些好的政策，并形成长效机制，让李师傅们在这个清静的年关过后，真正拥有清静的心境。

（2013年2月7日《中国纪检监察报》）

记者感言

立春那天，记者早高峰期间打车外出，出乎意料地，既没有遭遇打车难，路况也不错，这就引发了记者的疑问。上车后，便由此与司机李师傅攀谈起来，聊着聊着就聊出了新闻点：今年包车送礼的人少了；在一些党政机关附近拉到喝多酒的客人少了。这是中央八项规定落实效果的直观反映。

八项规定如徐徐春风，吹散雾霾，带来清爽。

这种清爽，李师傅是期盼的。但同时，对于出租车、餐饮等服务行业来说，这种清爽也将带来短暂的冲击，刺激他们尽快转型和规范经营。在这个过程中，还需要政府发挥好引导和监管作用，建立良性的市场运转机制，维护好从业者利益。这种清静的心境，是李师傅们更加期盼的。

通过此次采访，记者感受到，制度和政策是否惠及于民，人民最有发言权，可以说，基层群众是制度、政策落实情况的“晴雨表”。要想听到群众声音、了解群众期盼、挖掘好的新闻线索，就必须沉下身走到群众中去，沉下心与群众沟通，沉下脑思考问题。

农民工党代表回乡之后

中国日报记者 *唐 跃*

像中国大多数2亿多农民工一样，从1996年来北京打工开始，任晓云通常一年只回家一次。尽管他的老家、河北省平泉县台头山乡老窝铺村离北京只有300多公里。

不过，今年情况有些不同。从8月开始，任晓云已经回了3次家了。

最后一次回去是2012年11月17号。300个乡亲，包括隔壁村的，全部等在他家门口等着他。锣鼓准备好了，烟花也准备好了。

搞得这么热闹，都是因为他的新身份——在11月8日到14号举行的第十八届中国共产党全国代表大会上，2270名党代表中出现了26位农民工的身影，任晓云就是其中之一。

为了更好地准备十八大，任晓云在会前两次特意回乡调研。会后3天，又连忙赶回乡里跟大家做报告。

平泉县有约50万人口，任晓云是有史以来第一位党代表。毫无意外，他成了当地的新闻人物，走到哪里，就像摇滚明星一样被簇拥着。所有人都想握握他的手，和他说点什么，什么都好。乡亲们的问题也是五花八门："坐在大会堂里面的感觉怎么样？""总书记和电视里看起来一样么？"

"这次回去我见到了好多我20年没见的人。他们从四面八方赶过来看我。"任晓云对中国日报说。

当官发财?

任晓云是地地道道农民的儿子。初中毕业之后也干起了农活。1996年，北京市朝阳区小武基村的北京环卫集团一清分公司到当地招环卫工人，他毫不犹豫就报了名，一为"帮家里"，二为"见世面"。

过去的16年里，工作日他每天早上5点起床，开着垃圾收集车沿着1号线地铁站收集各站垃圾，下午还要再去单位附近的一个监狱和几个居民区。

辛勤的劳作为他赢得了不少荣誉，包括当选2008年北京奥运会的火炬手。

对于他80岁的老母亲和小女儿来说，"能上报纸上电视是好事儿"；对于他在老家的宾馆做清洁员的爱人，她知道"这是一个非常非常重要的会"，认为老公能当选简直"难以置信"。

"当我刚刚当选时，很多同事都问我：'晓云，你现在选上党代表了，一定很有钱了吧。要给你多少工资啊？'"任晓云笑着说。"在家乡，亲戚朋友

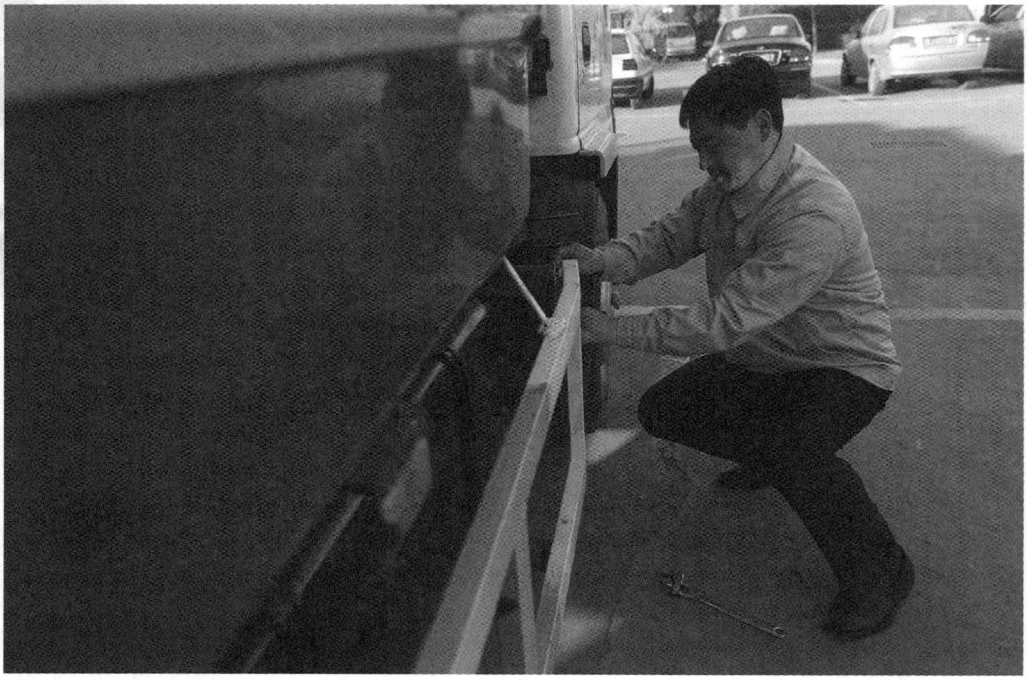

任晓云是北京的一名环卫工人，来自河北省平泉县。39岁的他是中国共产党第十八次全国代表大会的代表之一。十八大共有2270名代表，其中农民工代表26名。中国日报崔萌摄影

还有原来的同学，有些我都认不得了，跑过来和我说：‘你现在是大官儿了，以后别忘了我们啊！’我只好和他们不停地解释。”

可大家有时不相信他“代表既不拿工资也不是官员”的说法。

“大家带着各种问题来找我，甚至邻里矛盾都恨不得让我解决。我只能耐心解释，不然他们会觉得我了不起了，看不起人了。”他说。

我能当好吗?

2008年，在广东一家陶瓷厂工作的胡小燕当选全国人民代表大会代表。

与她一起当选的还有在上海的苏北人朱雪芹和在重庆的康厚明。在那之前，全国人大里还没有过农民工的身影。

为了更好地了解社会情况，特别是农民工面临的困难，她在媒体上公开了自己的手机和QQ号码。结果每天有超过1000条短信和电话，有些在半夜打来。手机每天要充电数次，电话费一个月超过1400元，几乎是她月收入的一半。

她不得已在睡觉时选择关机，结果第二天一早醒来发现很多人发短信过来，说打不通她的电话。

“我只是一名人大代表，不是农民工的救世主。我自己也只是一名普通的农民工。”彼时的胡小燕感叹说。

和胡小燕一样，从2008年起，朱雪芹每年3月都要来到北京参加两会。

“上个月十八大开幕时，好多人都问我为什么还在上海，没去北京开会。他们不了解党代会和全国人大的区别。”35岁的朱雪芹说。1994年，17岁的她便离开苏北老家来到上海打工。

朱雪芹，35岁，来自苏北清贫的村庄，1994年来到上海打工。2008年被选任全国人大代表，2013年获得连任

2008年，当她得知自己当

选全国人大代表时非常激动。但短暂的兴奋之后，便是压力。

“我有能力当好这个代表吗？我怎么才能更好地反映农民工的心声？”她在心里嘀咕起来。

在开会前的一个多月，她经常处于失眠状态，连安眠药都不起作用。为了准备两会，她接受了多次的履职培训。

不过会议期间的媒体关注还是超出了她的预想。“有好几次要采访的记者实在太多，必须有警卫护送我才能离场。我那时也特别羞涩，害怕回答记者的问题，就把代表证藏起来，怕记者发现，结果还总被他们认出来。”

任晓云也有类似的苦恼。

怕自己不能准确、迅速地理解十八大的工作报告，他提前就找出来十六大和十七大的材料反复读。而在十八大北京团的发言稿，他则反复修改了十六七次。

“原来我每天的工作就是开车、收集垃圾。我有这个信心能干好，我也知道自己有这个责任感。不过当全国的党代表可真是第一次，绝对是个挑战。”任晓云说。“开会那几天我差不多每天一两点睡觉，早上5点就醒了。自助餐挺好吃的，不过我还是瘦了好几斤。”

一开始，他不确定是否要和其他代表打招呼。

“他们都是官员或者是企业家，我是每天和垃圾打交道的，我不知道人家愿意和我说话么？”他说。不过他渐渐发现大家都很友善。特别是他和专门为农民工维权的律师代表交流之后，进一步坚定了自己要在会上传达农民工心声的决心。

最关心教育

朱雪芹说，她不是不知道社会上对于农民工代表履职能力的质疑。为了更好地履职，她不仅在自己的工厂里和姐妹们谈心，还到很多其他工厂进行暗访。

“我不喜欢那种安排好的座谈会，大家都比较紧张，说不出什么真心话。所以我就自己跑到工地上去，”她说。“不过这也需要技巧的。上来我直接和他们说我是全国人大代表来调研的，人家就很怀疑，场面很尴尬。后来我学会和他们一点点谈心，就像朋友一样聊天是最好的。”

5年来，她提交了多份提案和议案，目前她个人最关心的还是农民工子女就学和异地高考的问题。

“中国人最关心孩子的教育问题。我真的希望每个孩子都享有公平的教育机会。我们农民工更是如此，因为我们太清楚没有文化生活有多艰难，”朱雪芹说。她17岁时因为家庭经济困难辍学外出打工。

5年人大代表的经历改变了她很多。她现在再也不会见了媒体就躲了，而是珍惜每一个表达自己想法的机会。她关注新闻时事，就连她6岁的儿子都能说出好几个国家领导人的名字。

在工作上，她也得到提升，从流水线上的监工到销售主管。但她说，很不喜欢把自己的代表身份和职业身份混在一起。在她的名片上，你找不到人大代表的痕迹。

“生意就是生意，赢得客户只能靠产品的质量。”她自信地说。

任晓云有可能也要升职了。他刚刚在中国劳动关系学院完成了一个为期两年的课程。

不过，这会儿他可来不及考虑这些。春节之前，还有30多场报告会在等着他。另外，平泉县政府也想让他再回去讲讲。

“我还没和他们说死，因为我现在的时间自己说了也不算。真没想到开完会比开会时还忙，”任晓云说。

（2012年12月20日《中国日报》）

记者感言

对于很多外国读者来说，中国的政治制度一直比较神秘，他们不了解、有时想了解却发现并不容易。

可所有人都对人感兴趣。特别是当农民工这个群体当上了全国党代表和全国人大代表，就更引起人们的好奇。

但他们不仅仅是一个数字。单纯强调历史意义读者也并不一定买账。他们是谁？当了代表，他们有哪些收获？又有什么困惑？荣誉背后经历哪些波折？代表身份，又会使他们的生活有哪些变与不变？

我们希望通过这样的人物故事，向海外读者更好地介绍中国的政治制度，特别是农民工参政议政这种政治上的新发展、新趋势。不让宏大叙事遮蔽新闻中每个个体细致的面容；不让专业术语和意识形态的差异赶走任何一位对中国抱有好奇之心的读者。

首次视察到深圳　总书记带头改作风

中国日报记者　唐　跃　何　娜　杨万丽

习近平周五抵达深圳吸引了大量的媒体关注。这毫不稀奇。要知道，这是他上个月当选新一任中共中央总书记之后第一次出京视察。

周五当天，他视察了深圳前海新区并走访了几家企业。周六，总书记则向位于莲花山上的邓小平雕像献花。

不过，相比他见了谁、说了什么，更让大家感兴趣的似乎是他如何抵达——没有列队欢迎，没有红地毯，没有大量的交通管制。总书记精简的车队经过时，警察仅在必经的路段安排了非常短暂的封路措施。

“深圳前海附近的道路是畅通如常，而且在下午三点半的时候看到由8辆车组成的一个车队进入深圳前海深港合作区，但现场没有看到任何的欢迎横幅，也没有列队迎送的这样一个环节。”香港凤凰卫视报道说。

这是中国的新一任领导人在履行自己3天前所做的承诺。

2012年12月4日，习近平主持中共中央政治局会议，审议中央政治局关于改进工作作风、密切联系群众的八项规定。规定要求领导人“要轻车简从、减少陪同、简化接待，不张贴悬挂标语横幅，不安排群众迎送，不铺设迎宾地毯，不摆放花草，不安排宴请。”

此外，还要求“改进警卫工作，坚持有利于联系群众的原则，减少交通管制，一般情况下不得封路、不清场闭馆”。

与此同时，另外两位中央政治局常委，李克强和王岐山近期出席会议时也打破常规，要求与会专家不念事先准备好的发言稿，而是直接进入正题讨论。

“为什么接待要很铺张？还不是因为官员想巴结上级领导。如果这种隆重的接待被看作是一种错误而不是功绩，这种风气自然就会消失了。”原中央社会主义学院副院长、党建专家甄晓英对中国日报表示。

中国政法大学副校长马怀德则指出，八项规定不仅仅意味着工作作风的改进，更多是要体现国家公权力主体的正确定位。

寒冬里的等待

过于隆重的迎来送往不仅浪费人力物力，也常会影响到普通人生活。如今，老百姓们期待新规可以尽快落实到位。

胡本胜在中国东北部的吉林省会长春市工作。他曾遭遇过多次因为官员车队经过而封路的情况。警车上的扩音器会大声反复播放着“请让开道路”之类的命令。

“最让我气愤的是，车队来之前30分钟就封路，而且根本没有人提前通知大家。”这位37岁的销售经理说。“东北冬天的早晨特别冷，零下二十几度。我在车里有空调还好，但好多路过的行人、骑车的人，还有好多学生都得在大冷天里忍着。”

2011年，胡先生的几位朋友从位于中国西南的四川省来到东北旅游，想去长白山游览。结果到了入口被告知那天不开放，让他们第二天再来。理由是有领导要来视察。“他们特别生气，转天也没去，说再也不来了。”他说。

有过这些不愉快的经历，胡本胜说他很高兴看到这次中央领导能带头改变作风，并相信这将有助于改善干部与群众之间的关系。

“是时候取消这些干部的特权了，不然老百姓会觉得和官员之间的距离越来越远。”他说。

从革命党到执政党

甄晓英表示，乍一看，干部的作风问题似乎不是特别重大的事儿，但它很大程度上决定了中国共产党的形象，甚至在某种程度上决定着执政党的命运。

她指出，在解放战争时期，党和群众的关系更加紧密。而共产党作为执政党60多年之后，党内的形式主义和官僚主义有所增长，使得党群关系面临挑战。

“从理论上讲，任何一个执政党都有失去执政地位的可能。为了避免这种可能性成为现实，我们的共产党必须要进一步赢得人民的信任和支持，而改变作风将大有帮助，”她说。

同时，这种作风的转变也是中国共产党向一个更加民主的现代政党的转型所需要的。

“铺张的接待和封路其实就是特权，领导人的题字和文集也会滋长个人崇拜。这些其实和封建思想的残余都有关系。真正的改变需要时间。”她说。

早在1942年，中共在延安就发起了整风运动。当时要求反对主观主义以整顿学风，反对宗派主义以整顿党风，反对党八股以整顿文风。

然而，70年后的今天，各级会议和开幕仪式上冗长空洞的发言仍然屡见不鲜。

“你如果听很多官员的讲话，看政府工作报告和会议记录，还有很多党报关于回忆的报道，你就会发现还是有很多空话套话。”海南大学传播学研究中心主任毕研韬对中国日报表示。

他说，很多人都在讲话中强调自己的决心、道德水平，但他们的言辞往往和实际行为并不相符。

“我相信没有人真的愿意听这些陈词滥调，但政府的文风会不知不觉影响很多人，包括老师和学生。”他说。

2010年，时任中央党校校长的习近平曾在春季学期第二批入学学员开学典礼上强调，文风不正，严重影响真抓实干，影响工作成效，耗费大量时间和精力，耽误实际矛盾和问题的研究解决。不良文风蔓延开来，损害党的威信，导致干部脱离群众。

他还表示，要努力活跃党内生活，大力倡导独立思考的风气，进一步创造鼓励讲真话、提倡讲新话的宽松环境。

在近期参观《复兴之路》大型主题展览时，习近平再次强调：“空谈误国，实干兴邦。”

观望与期待

“通常，领导人上台之后都会有一些积极的举措和新规。这有助于在一开始就树立一个好的形象。”毕研韬说。

“我非常高兴看到新一届领导人可以直面作风问题。但长期的效果还需要观察，这一方面需要出台针对各级政府机构更加详细的规定，另一方面还需要群众的监督。”

甄晓英则表示违反规定的官员也应该予以惩罚和通报，以保证新规的有效落实。

老百姓也同样在观望与期待。

“改作风的八项规定我一点儿都不意外。俗话说‘新官上任三把火’。”来自辽宁大连的付饶说。

“关键是看以后是不是会保持下去，还有地方官员是不是也能这么做。”她说。

（2012年12月10日《中国日报》）

记者感言

十八大之后，党中央新一代领导集体关于转变工作作风的“八项规定”引起国内外媒体的强烈关注。作为外宣媒体，中国日报也及时大量报道，并于2012年12月10日，在Cover Story（封面故事）栏目刊发两个整版的深度报道。

文章在介绍总书记首次出京视察及八项规定的基础上，采访资深党建和传播学等领域专家，从干群关系、执政党转型、政治传播等角度深入解读工作作风转变之迫切及长远意义。同时，还采访了普通百姓，让他们讲述作风未改之前对其日常生活造成影响的故事，以及对今后规定落实的期待，增加了文章的可读性，也更加符合海外读者的阅读习惯。

同时，文章介绍党强调作风问题一直可以追溯到1942年的延安整风运动，并引用了2010年时任中共党校校长习近平关于文风问题的讲话，使得文章更具历史纵深感。

文章发表之后，海外读者也纷纷在中国日报网站上留言，表示欣赏中国共产党新一届领导集体的决心与魄力。

在艰苦中点亮生命

——乡村医生让基层医疗闪耀希望

中国日报记者　杨万丽　唐　跃

2012年最后一天，洛松江村离开他在西藏自治区的家。他要去北京了，带着一个特别的身份——“最美乡村医生”。

和许许多多初次来北京的人一样，他对祖国的首都满怀期待。然而，年轻的他没有想到，此次的北京之行还有一个更大的惊喜：到中南海——中国最高领导人会客议政的地方做客。

2013年1月5日，一月的北京还在冬季，尚未回暖。当天，中共中央政治局常委、国务院副总理、国务院深化医药卫生体制改革领导小组组长李克强特意在国务院医疗改革工作会议之前会见了18位乡村医生代表。

洛松江村是他们当中唯一一个来自西藏的。这个33岁，个头高高、笑容羞涩的西藏小伙子，用他热情无私的、对医疗事业和对生命的关爱，给数百个西藏的家庭带来了生的希望。

雪山上的妇产科男医生

洛松江村是近100万工作在全国各地64万多个村卫生室的乡村医生之一。由于许多地区环境艰苦，村医收入也低，年青医生也不再愿意待在乡村诊所。

他工作的地方，在西藏东北部的昌都地区边坝县沙丁乡，平均海拔4000多米。全乡所辖16个自然村中有13个不通路，也因此，乡里的居民与外界少有交流。18年来，洛松江村行医的大部分时间需要骑马和步行，行走途中，踏冰卧雪则是家常便饭。

在他18年的行医过程中，有500个孩子通过他的手平安降生，很多孩子还是在母亲难产的情况下被救活的。

“我外婆当年去世的时候也没诊断出是什么病，”他说，“当时药也很少，村医很难找。外婆的去世对我们一家触动很大，后来我就立志当一名医生，无论条件多苦，我也要行医。”

“80后”村医：把爱留在基层

来自贵州的“80后”乡村女医生钟晶，也是年轻一代乡村医生的优秀楷模。

80后“最美乡村女医生”钟晶

2008年，她不顾父母反对，从条件优越的省城贵阳到黔西南布依族苗族自治州贞丰县龙场镇龙河村创办的村卫生所，为贫困山乡群众看病，并拿出2万多元积蓄建起了诊所。

她说：“虽然条件很艰苦，但是乡亲们待我像家人一样”。为了给村里的妇女定期做妇科检查，她自己花钱买了一台超声波治疗仪，村里一大半的妇女因此得到了治疗。

在这次中南海的座谈会上，钟晶代表乡村医生做了两分钟的发言。第一次见到这么高的官员，钟晶有些紧张。她不好意思地说：“我握着的稿纸都被手上的汗浸湿了。”

钟晶主要反映了两个问题：一是乡村医生的医疗风险太大，需要国家对村医的理疗风险做一定政策保障；二是应该给村医提供更多学习提升的机会，让先进的医疗技术走向农村。

她说：“很多村医都不敢做大一点的医疗处理，有时候连打针都得小心。但在非常偏远的地方，遇到着急的情况，医生如果不及时处理，有可能真的误了性命。另外，不少乡村诊所连网络都没有，医生们学习机会太少。”

小家，大爱

丈夫艾起背着周月华前往病人家看病

对于43岁的重庆北碚区村医周月华来说，收入低是她面临的一个难题。

尽管因为先天小儿麻痹患下残疾，她依然凭着对党和父老乡亲的热爱和对卫生事业的执著，在北碚区地理位置最为边远、自然环境最为恶劣的柳荫镇西河村卫生室坚守了20余年。

这些年来，她趴在丈夫艾起的背上走遍了家乡的大山小岭，每年诊治病人近3000人次，由于身体原因，周月华已经有60多公斤，身高不到1米7的艾起背起来也比年轻时更吃力。

多年来，周月华义务照顾许多老人，有时常常不收分文。即便遇到下雨天，行走艰难的她仍然在丈夫的帮助下翻山越岭，为病人检查治疗。

一些区域性报道显示，在西部和西南的一些地区，村医的年收入只有1万出头，有些赤贫地区的村医年收入还不到1万元。沿海地区的一些村医年收入则可以达到1.6万元左右。

医生，也是病人

对于村医来说，和老乡们结下的深厚情谊是难以割舍的。

2003年，广西壮族自治区乡村医生李前峰主动请缨来到六景镇最偏远的大浪村开起卫生室，成为村里第一位正规的医生。

他说："有村民告诉我，因为离城里远，很多时候都找不到医生，病情重一点的病人还没到医院就死在路上了"。他辖区内较远的居民集中点，离卫生所有15公里。即便如此，他仍然坚持一周往返两次。

就诊工作加重了，但由于常常给老弱病残看病免费，他的收入更显微薄。

2008年5月，李前峰被诊断出尿毒症，只能靠血液透析维持生命。没有医保，他只能自费治疗。家境本来就不宽裕的他，后来已经无法再负担肾移植需要的20万元费用。

听到他病了的消息，许多村民自发地送来粮食、蔬菜、鱼。还有村民给媒体写信求助。2008年11月，在村民的帮助下，李前峰成功换肾。这也让他更加坚定要留在基层，继续为民服务的决心。

李前峰希望自己7岁的女儿今后也能当一名村医，帮助更多的穷人。他说："我能理解不少年轻人不愿当村医，因为收入低、没保险等等问题都还没解决。但我相信政府会帮助我们的"。

（2013年1月6日《中国日报》）

记者感言

2012年11月8日，中国共产党第十八次全国代表大会在北京隆重举行。其中，医改作为党和国家工作的重点之一，从2003年开始到今年，已经走过了10年的风雨历程。如今，一个覆盖城乡居民的医疗卫生服务体系已经在我国初步建立，真正实现了慢病能防、大病能治、城乡居民看病就医有保障的良好格局。

在医改体系中，农村和农民的医疗保障一直是中央关注和关怀的重点。在农村，过去的10年中，以县医院为龙头、乡镇卫生院为骨干、村卫生室为基础的农村三级医疗卫生服务网络得到加强。

2013年1月5日，李克强总理会见18名来自基层的医生，倾听他们的心声，解决他们的困难。体现出国家对基层医疗的高度重视。

在我们的采访过程中，记者秉承新闻事实求是、走进基层、反映民意的原则，客观真实地讲述了受到总理接见的乡村医生们的感人事迹，也反映了他们面临的难处。一方面希望向世界展示基层卫生工作的积极面貌，另一方面也对未来基层卫生改革提供了真实可靠的素材。

在采访中，我们也深深感到基层医生的不易，更为医生和乡亲之间真挚感人的情谊所打动。医疗卫生事业关乎人民的基本生存质量和幸福感。这次对基层医生的采访，更是加深了我们对于构建全民医疗健康体系目标应该承担的义务和责任，为我们进一步“报道基层”、“倾听名声”的工作铺建了坚固的基石。

地方新闻单位作品

棉鞋厚袜“加身”做车流“疏导员”

新京报记者　郭　超

王光祖，男，26岁，北京市公安交管局东城支队和平里大队2警区巡逻班民警。

刮了一夜的风，11月28日的气温明显低了。17点，下班高峰，王光祖准时来到安定门桥上，打开红光闪闪的指挥棒走入车流。

安定门桥上是一个环岛，三个方向的车流都要汇聚过来，王光祖一会对着南来的车挥舞指挥棒，一会站路中间用身体挡住北行私家车，给排队的公交车让出一条通道。

一辆大客车停在环岛西南角，占据了自行车道，王光祖走过去要求“马上开走”。大车司机说好话、找借口，要求停一小会儿，但王光祖态度坚决，“堵在这会影响机动车道通行”。

刚处理完这起乱停车，又遇到一名男子求助："警察，能叫辆拖车来吗，我自行车胎被扎了。"这名男子刚买了高档自行车，第一天尝鲜骑着上下班就不给力，回家路上胎突然爆了。王光祖了解情况后告诉他，最近的一处自行车修理店只要10分钟路程，没必要用拖车。

问路、求助、与试图违法停车的司机斗智，这些琐碎的事情贯穿这一班晚高峰执勤。王光祖说，经常遇到路上的人求助，无论是不是交警的职责，他都会尽力帮忙，"老百姓信任你才会想到找你"。

稍微闲下来，王光祖摘下帽子擦汗，短发里腾起的热气在月亮下很容易看到。"我们执勤不停地走，身上会出汗，一停下来就感觉冷了。"王光祖说，现在天气还不算冷，穿厚毛裤，两层袜子，棉鞋就行了。更冷的时候，就得穿棉裤，套几层棉袜子。"执勤完回到队里，鞋里都是湿的。"他不好意思地低头看看笨重的大棉鞋说："还好不录像，要不这多难看。"

王光祖今年26岁，正是爱打扮的时候，但这份工作决定了他与同龄人的不同。都说警察难找对象，一点也不假，他说，成天灰头土脸不说，还没时间陪女孩儿。今年他刚找到女朋友，一提起这个，小伙子笑得嘴都合不拢。"这姑娘特好，也理解我的工作。"

王光祖说，北京的车确实太多了，交警就得当好疏导员，因为一个拥堵节点，也许会影响整个路网。他家在密云，平时就住在大队，休息时间长才敢回家。"万一队里有事叫你，你再堵路上，多着急。"

【十八大报告摘要】

加快形成科学有效的社会管理体制，完善社会保障体系，健全基层公共服务和社会管理网络，建立确保社会既充满活力又和谐有序的体制机制。

2012年11月28日晚高峰，交警王光祖正在指挥交通

【链接北京】

过去的5年是北京车辆高速增长的5年，也是交通管理水平迅猛提升的5年。2008年，北京市公安交管局指挥中心启用，集成了多种高科技技术，实现了北京交通智能化管理。与此同时，交通管理水平稳步提升，先后扩容“122”报警服务；推出“12122”车管服务热线；联合保监会推出事故快处办法。接下来，交管部门将充分利用智能化指挥系统，在早晚高峰采取削峰填谷的方式，均衡城市路网流量，最大限度在主要路口、路段投入疏导警力，保证城市交通正常运行。

【同题问答】

1. 你关注十八大了吗？印象最深的是什么？

答：我关注了，对“千方百计增加居民收入……努力实现居民收入增长……”印象最深（笑）。谁不想多挣钱啊，现在物价那么高，什么都涨价。

2. 未来10年，你对自己的生活有哪些期待？

答：好好工作，在自己的岗位上干出色点。我还想尝试别的岗位，主要是趁年轻多学习，现在我有空就看看书、上上网，到了充实自己的时候了。

3. 你认为你所在的行业最需要改变的是什么？

答：我希望天更蓝、空气更好、路上的人更注意交通安全，自觉遵守交通法规，我们交警也少吸污染空气。

（2012年12月5日《新京报》）

总编点评

该系列报道以一天24小时为时间轴，结合十八大报告中的发展前景描述，对北京不同行业的职业工作者在每个整点时段的工作状态进行了整版图文报道，并配发贴近人物生活状态的同题问答采访。策划构思巧妙，行业人物选取丰富多样并具有典型性，文本生动易读，整个系列报道展现出各行业基层员工热爱本职工作、建设美丽新北京的生动图景。

做世界上最好最快的固态硬盘

北京电视台记者　黄　洋　陈静岩

【导语】

固态硬盘是存储领域最尖端的技术，是网络时代必不可缺的核心技术。在中关村有这么两个80后，他们怀揣“以技术改变世界”的梦想，用4年的实干研制出了世界一流的企业级高性能固态硬盘。

“我们的梦想就是要做世界上最好的硬盘，我们不会做别人做过的，我们要做我们的产品。”

殷雪冰和路向峰两位80后工程师是中关村忆恒创源科技有限公司的创始人，而在路向峰的办公桌上还保存着他们几年前研制出的第一个固态硬盘。这个看来毫不起眼的电路板如今已经没有多大的用处，但是两人一直舍不得扔掉。

【忆恒创源公司技术副总　路向峰】这是我们的第一块硬盘，其中主要的心血，是花费在这一个小的模块里。它是一个芯片，里边的逻辑，是我和雪冰开发设计出来的，当时是我们两个人的积蓄（来做研发）。

而这个让两个80后拿出自己几乎全部的积蓄去做研发的硬盘，仅仅源自于2007年殷雪冰一次偶然的发现。

【忆恒创源总经理　殷雪冰】当时我在中科院工作，有一个航拍测绘项目需要大容量硬盘，传统硬盘给震坏了，不得已我们买了一个进口固态硬盘。当时国际上只有两三家可以制作。

这个无心发现的“新天地”与殷雪冰一直心存的“以技术改变世界”的梦想就这样接上了头，当他把自己的想法和同学路向峰谈起时，两人一拍即合，此后所有的业余时间，两人都会在一间9平方米的出租房中疯狂地搞起了研究，然而很快两人就发现仅仅用业余时间是远远不够的，一个大胆的想法应运而生。

【路向峰】我从微软研究院辞职全身心地投入到研究工作中。

路向峰离开了微软亚洲研究院，殷雪冰离开了中科院，这两个在很多人看来耀眼的工作就这样被他们抛在了身后，而在此后的两年里，他们开始了一段被自己描述为“暗无天日”的工作。

【殷雪冰】起来睁开眼睛，就开始写代码吧。

近千个日日夜夜里，他们都是这样在9平方米的出租房中度过。随着研究的突破，两个人自己制作的固态硬盘成功了，经过第三方权威测试，性能已经处于世界领先水平，然而研制成功的喜悦并没有维持多久，如何让产品走向市场，如何寻找投资人，又横在了两个80后工程师面前。

【殷雪冰】实际上（创办公司）就是为了见投资人的时候，能够递上一个名片，名片上有一个公司的名字。

我们刚开始根本不知道怎么去见投资人，怎么去跟他们交流，那个时候找投资人，我们从网上列了一个清单，就一个一个去碰。

【路向峰】第一次见投资人我们的ppt太专业，人家是耐着性子听的，后来还有几次是直接就打断了我们的陈述。

在经历了几次碰壁后，两个人有了一定的交流经验也迎来了事业上的转机。2011年，中关村创投和一家外国公司联合对他们进行了第一轮的投资。资金有了着落，中关村国际孵化园又为他们提供了100平方米的办公场地。

【路向峰】可能会逐渐有一种拨云见日的感觉吧，在这个基础上又会有新的问题。所以就是不停地走，就像逐渐往前跑，又发现新的景色。

2012年1月，忆恒创源公司搬进了比原来大一倍的新办公场地，产品也被多家国内大型网站所采用，他们离自己的梦想更近了一步。

【殷雪冰】只要按照梦想去做，而且你做的事情，是在努力，最终应该会有好的结果的。

【路向峰】我们试图能够把我们在存储方面的经验和经历分享给中国有需求的企业，也分享给整个世界，我希望在整个这个过程中贡献自己的力量。

滴答一秒，35万次访问完成，3秒，存储1.5G数据信息，这就是殷雪冰和路向峰两位80后的杰作，他们追寻自己的梦想，努力成为了世界上性能最好的企业级固态硬盘创造者。

（北京电视台2013年1月16日《北京新闻》）

记者感言

上网买火车票、双11淘宝抢购、刷微博……在大数据时代，固态硬盘的市场价值不言而喻，也正是因为仰望到了天空中的这一颗北斗，两个80后的年轻人，在9平方米的宿舍，闷头创业，一待4年。

用技术改变世界，是殷雪冰和路向峰的梦想，他们的行动清楚地告诉我们既要仰望星空，又要脚踏实地；既要怀揣梦想，又要努力实干。只要每个人心怀梦想而又坚持不懈，就能为实现民族复兴的中国梦提供不竭动力。

和群众坐在同一条板凳上

天津日报记者　刘冬梅

脚下沾有多少泥土，心中就沉淀多少真情。听民意、访民情，和群众坐在同一条板凳上，才能感触到群众的脉搏，贴近群众的心窝。天津市委书记孙春兰2013年2月4日在看望慰问困难群众时说，人民群众对美好生活的向往，就是我们工作的目标，各级干部要从人民群众最为关注和期盼解决的问题入手，把好事办好、实事办实，让改革发展的成果惠及全体人民。

从人民群众最为关注和期盼解决的问题入手，就要聆听群众最真实的声音，了解百姓最迫切的需求。近两个多月来，市委主要领导同志十余次深入基层调研，在老百姓家中、在社区食堂，在危陋平房区、在农民的蔬菜大棚，与居民促膝谈心、与群众深入交流。

刘冬梅在现场采访

今年本市20项民心工程的第一项——拆迁改造市区危陋房屋和城中村破旧房屋156万平方米、2.7万户。综合提升改造中心城区旧楼区480个、2000万建筑平方米，惠及32万户、110万群众……即是来自于顶风冒雪的实地调查研究。

和群众坐在同一条板凳上，好就好在“同”字，好就好在坐的是“板凳”而不是“沙发”。“板凳”可能坐着不舒服，却能了解群众的真情实感。“沙发”坐着是舒服多了，可坐久了，离老百姓的心就远了，密切联系群众的优良传统就丢了。文件和材料再详尽，也代替不了“面对面”。深入群众、深入实际，扑下身子、全心全意，多看看百姓的生活，多听听群众的愿望，才能有的放矢地制定惠民措施；掌握基层真实情况，听取群众意见建议，工作上才能少走弯路。

保障和改善民生是经济持续健康发展的最终目的，也是最大最温暖的政绩。时刻把群众的期望放在心上，才会真心实意和群众同坐一条板凳，群众也真心实意欢迎这样的干部。权为民所用、情为民所系、利为民所谋，必须落实到实际中，用行动来兑现。各级领导干部在想问题、作决策时，都应从群众的需要出发，善于换位思考，想群众之所想，急群众之所急，把“板凳”坐出实际成效来。

服务人民，没有最好，只有更好。走近你、读懂你、为了你、依靠你……和群众坐在同一条板凳上，体味群众的冷暖，获得第一手资料，及时解决最实际、最急需解决的问题，就能更好更充分地服务人民群众。老百姓有一句非常朴实的话，叫做“将心比心”。好事办好了，实事办实了，民心、民智就有了更强的向心力。实现天津更大发展、共创幸福美好未来，就有了更加坚实的基础。

（2013年2月8日《天津日报》）

记者感言

怎样用心丈量民情？如何更好排解民忧？

这是市委、市政府的工作重点，也是党报记者采写稿件时必须关注的重心。党的十八大召开之后，干部作风建设举措频出。从群众不满意的地方改起，从百姓期盼的事情做起，成为各级干部转变作风的着眼点和落脚点。下基层、接地气，以转变作风的实际成效取信于民，最形象的词汇是什么？记者想到了普通百姓家的“长板凳”。只有和群众坐在同一条板凳上，才能感触到群众的脉搏，贴近群众的心窝。

走近你、读懂你、为了你、依靠你……深入群众、深入实际，扑下身子、全心全意……和群众坐在同一条板凳上，体味群众的冷暖，获得第一手资料……这是各级干部切实转变作风的必然选择，也是一个记者写出好作品的基本要素。

协同创新　助推科技型中小企业发展

天津人民广播电台记者

【主持人】本市在加快科技型中小企业发展中，注重协同创新，着力构建以企业为主体、市场为导向、产学研相结合的技术创新体系，取得显著成效。

天津东科食品添加剂研发中心是天津东大化工集团有限公司和天津科技大学合作创立的科研机构。天津东大化工集团有限公司总经理助理陈阳告诉记者，别看它是企业内部的研发中心，他研发的甲苯酸钠连续氧化技术，却在业内具有革命性突破，使企业综合实力跃居世界第二：

【陈阳】我给你算一笔账，我们出1吨苯甲酸产品，在没有改造之前，要用400—500公斤燃料煤。煤市场价到700一吨，得省几千万，另外以前作为废水废气排放的，现在变废为宝，把里面的苯甲醛苯甲醇提出来，全部回收了。最终产品（纯度）做到99.9%，从工业级别的一下子就做到了医药级别的。

人才缺失导致的企业创新能力不足一直是困扰科技型中小企业发展的难题。滨海新区塘沽科技局局长张玉民告诉记者，企业和科研院所的协同创新，很好地解决了这一难题。

【张玉民】过去我们如果单纯靠企业创新，专利申办方面，过去一年700—800件，现在1700—1800件，增加了1000件，证明协同创新出了创新成果。通过协同创新，增强了创新能力，比如我们通过协同创新共同实施科技项目，两年多来实施了206项项目，通过这些项目实施得到政府财政支持3.5亿元。银行贷款1个多亿，带动了企业研发投入18亿元。企业实现增加收入45亿元。

据统计，本市申报的科技项目中有30%以上是企业和高校、科研院所联合研发共同申报的。党的十八大报告中特别强调要深化科技体制改革，更加注重协同创新。市科委主任赵海山表示，本市将加大力度鼓励协同创新，着力构建以企业为主体、市场为导向、产学研相结合的技术创新体系：

【赵海山】政府会从项目的角度资金的角度政策的角度引导。比如说，企业从高校购买技术，政府就要给予一部分补贴。按照成交额设定比例比如10%，还有我们现在积极推动建立产业技术联盟。里面企业是主体，还有研究院所，还有高校，这样整个协调起来，推动产业联盟共同申报项目，另外我们推动产业集群的发展，推动市级高新区建设，现在我们有5个，争取明年建6—7个。

（天津人民广播电台2012年12月14日）

记者感言

党的十八大报告确立了创新驱动发展战略，强调要更加注重协同创新。在天津，我们已经实施了很多促进创新驱动的政策，并且取得了很好的效果。

作为采访科技新闻的记者，我体会创新驱动战略关键体现在两方面，一是强调企业是创新主体，二是强调协同创新。第一方面强调了企业的主体，这如同确立了一个坐标原点，其他创新要素要在这个坐标系上找定位。第二方面协同创新，强调的是创新要素间的合作方向：由原来高校成果到企业产业化的创新方向，变为以企业需求为主导向高校、科研机构要服务。这个系列报道也是以这两方面为重点，报道天津实施创新驱动政策的经验和科技“小巨人”企业发展的蓬勃态势。

党员认领公益岗

河北日报记者　郭　猛　王峻峰　李建成

"您来啦！先坐下歇歇，我这就给您'烤电'……"2012年11月29日上午，室外寒风刺骨，承德市双滦区行宫社区健康服务室内却温暖如春。居民张桂兰一进屋，75岁的老党员张继昆大夫就热情地打着招呼。

60岁的张桂兰患有腰椎间盘突出症，近3个月来一直在社区健康服务室接受治疗，效果挺好。张继昆说话间打开电磁波治疗器，开始给张桂兰治疗。

这个健康服务室是双滦区开展社区党员网格化管理以来推出的公益服务岗位之一。该区将所有社区党员划分为18个一级网格、129个二级网格、314个三级网格，根据居民需求设立多种岗

走基层小分队在采访现场

位供全区党员认领，并公示亮责，接受居民监督和评议。2011年10月，从医多年的张继昆放弃了多家医院的高薪聘请，认领了社区医疗服务岗，把自家的血压计、听诊器、观片灯、颈椎牵引架、电磁波治疗器、电动按摩治疗仪等医疗器械全部搬到社区健康服务室，免费为居民服务。“作为一名老党员，能有机会发挥一技之长为群众做点儿事，忙点儿、累点儿也高兴啊！”张继昆说。

“党的十八大报告明确提出，以服务群众、做群众工作为主要任务，加强基层服务型党组织建设。我们探索实施的社区党员网格化管理就是创新基层党建工作的路径之一。”双滦区委常委、组织部部长赵振清介绍，目前该区18个社区共有2400余名党员认领了公益服务岗位，组建党员志愿者服务队160多支，环境卫生、社会治安等党员志愿者队伍活跃在社区的每个角落。

无职党员认岗定责，在职党员在社区参加服务。在输送机社区，记者遇到63岁的单身老人徐永存。提起双滦区委办公室年轻党员吴小妹，他充满了感激。2012年3月，吴小妹到输送机社区认领公益岗，主要负责维护网络、组织活动等。2012年夏天，吴小妹发现住在双塔山脚下的徐永存住房破旧简陋，便与社区及时沟通，帮徐永存老人搬到了社区疗养室，并和社区干部一起为他申请了廉租房。“多亏了这些好党员啊，年底我就能搬进廉租房啦！”徐永存告诉记者。

“以前在单位，觉得做好本职工作，定期参加组织活动就行了。”吴小妹深有感触地说，“现在跟群众打交道多了，才体会到‘为人民服务’的深刻含义。”据介绍，双滦区为确保在职党员认岗领责的实际效果，对在职党员实行报到卡、登记卡、服务记录卡和反馈卡“四卡”管理制度，由社区党组织对在职党员服务社区及“八小时以外”在社区的表现情况进行监督，接受社区党员和居民的评议。目前，全区已有1300多名在职党员到社区认领了服务岗位，开展清理环境卫生、健康义诊、法律咨询等活动5000多次。

“支部建设向楼院延伸、党员管理向网格延伸、党建活动向驻地单位延伸、认岗承诺向在职党员延伸、党代表履职向居住社区延伸、党建服务向千家万户延伸，通过这‘六个延伸’，党员的先锋模范作用发挥得越来越好，群众纷纷向党组织靠拢。”双滦区委书记路立营说，如今，“有困难找党员”已经成为双滦区社区居民的共识。据统计，该区近两年新发展社区党员152名，其中青年党员有93名。

（2012年12月3日《河北日报》）

记者感言

2012年12月，河北日报推出《燕赵气象新》栏目，并派出采访小分队赴各地深入基层采访。承德报道小分队第一站选在双滦区，采访目标就瞄准了社区基层党建，也是系列报道中的第一篇。

相对于农村比较成熟的基层组织形式，在城市社区党组织如何建，党员如何发挥作用至今没有统一模式，各地都在不断摸索。而承德市双滦区围绕这一问题探索推行的党员到社区认领公益岗，基层党组织建设“六个延伸”等措施，无疑是一次有益的探索。

稿件中提到的“支部建设向楼院延伸、党员管理向网格延伸、党建活动向驻地单位延伸、认岗承诺向在职党员延伸、党代表履职向居住社区延伸、党建服务向千家万户延伸”等“六个延伸”社区党建模式得到承德市市委、市政府重视。在派出工作组深入调研总结后，以承德市委、市政府名义下文在全市推广。

燕赵大地气象新

——董杖子村：好水好生活

河北电视台记者　刘　侃
摄像　张　鹏
编辑　石　磊

党的十八大报告提出，全面改善农村生产生活条件。青龙满族自治县下大力解决农村安全饮水问题。最近，曾经一度被水质困扰的董杖子村村民发现，家里自来水跟原来不一样了。

【记者】咱这水什么时候通上的？

【青龙县董杖子村村民　曹元】刚通上。通上（新）自来水了，我想把我这手艺再练练，然后重操旧业。

在青龙，几乎人人都爱吃老豆腐，老曹以前开过一家豆腐坊，生意不错。可后来，村里的水变得又咸又涩，他只好另谋出路养起了猪。今天，村里的饮水改造工程刚刚试水，老曹就迫不及待了。

【曹元】这老手艺我必须得操练起来，然后我再做豆腐，用豆腐渣这下脚料还可以再喂我的老母猪。就这事，这是循环呢！

多挣钱高兴，可少挣钱有人也高兴。记者到村里的小卖部买电池时，老板王文玉告诉我们，以前因为村里的水不行，他一天能卖出好几件矿泉水，为了方便拿，他干脆把水直接放在柜台上。可这两天，来买水的人明显少了。

【青龙县董杖子村村民　王文玉】你就这么说吧，整个村后边到必要的时候，做饭都使它做。只要这水、水质变好了，我这不卖一瓶子都无所谓的事！

就是为了村民们的这份期盼，县水务局工作人员刘印胜已经在村里住了将近一个月，一直在做着最后的供水调试。他告诉我们，董杖子村的水不好，是因为村子地处深山区，水源不稳定而造成钙、镁等元素严重超标。为了从根上解决村民饮水问题，他们采取的措施是彻底更换水源。但山区不但冬天气候寒冷，而且地形复杂，这对施工提出了更高的要求。

【青龙县水务局　刘印胜】咱们这冰冻线在一米多，所以咱们要求挖这管路深度，至少是在一米二。平原一般在七八十公分就行了。

经过几个月的施工，现在，董杖子村全村1500口村民家和村里的小学、幼儿园已经都通上了新水。但刘印胜告诉记者，为进一步把十八大提出的全面改善农村生产生活条件真正落到实处，青龙县提出，要把全县像董杖子村这样地处复杂山区的群众饮水问题全部彻底解决，这其中需要重点攻克的，就是复杂地形的水源供应和管道铺设问题。

【刘印胜】通过打深井、建扬水站、修引泉、铺设管路等措施，让大家都喝上安全、甘甜的水。

采访快结束了，已经喝上甘甜水的曹大哥特意来邀请记者，一定要去尝尝他的老豆腐。

【曹元】你用这勺子这么一哆嗦，它这个弹性特别好。原先那水还不用哆嗦呢，这样一盛这边就掉了。我们想（开）这个名字叫甘甜豆腐坊，甘甜豆腐坊。这个名字我们感觉挺吉利，将来的话，甘甜、豆腐好、水好，日子肯定也跟着过好了，我们有钱赚了。

（河北电视台2012年12月12日《河北新闻联播》）

记者感言

如何通过新闻报道，使各级政府和广大人民群众更好地将贯彻十八大精神转化为一种自觉的行动，答案就要从“走转改”中寻找。

这篇报道，我觉得最重要的就是真正做出了百姓生活中的烟火味儿。一道好水，一锅豆腐，承载了一个重要的民生命题。如何将百姓发自内心的喜悦，用一种看得见，摸得着，甚至还能“吃得到”的新闻事实来表现？如何将这种民生的改善放在“店老板卖不出矿泉水的”矛盾冲突中来强化？新闻中的每一分每一秒，不是在造概念，说道理，而是实实在在地讲故事，用细节展现百姓的真性情。这不是能想出来的，也不是能编出来的，只能是实实在在走出来的。

走基层，在路上。

三月时间　新风扑面
——山西贯彻“八项规定”改进干部作风出手有成

山西日报记者　徐补生

十八大后，党的建设开创新局面，国家治理呈现新气象。在这样的大背景下，山西发生了怎样的变化？

记者采访了解到：在晋城市，被办事群众举报将很难蒙混过关，这是因为有了“1网13平台”惩防监控体系，办事流程看得清清楚楚；在朔州市朔城区，工商、民政、公安等10个职能部门的主要负责人有问必答，有应必果，现场解决访民提出的问题；在忻州市忻府区，三位花甲老人被请上台为新落成的站前广场剪彩，他们没想到建议被采纳，更想不到会如此受礼遇；在吕梁市经济工作会上，各级领导与企业家面对面摆问题、寻对策，这种形式以前从未有过……更为欣喜的是，正是一年之计在于春的关键时节，山西改进干部作风再出新政，三级领导干部“访民生、知民情、解民事”活动在三晋大地全面展开。

“喊破嗓子，不如做出样子。”省委书记袁纯清一语中的。他说，我们就是要把作风建设成效化为转型跨越的干劲、放胆争先的闯劲、造福民生的心劲。

以密切联系群众为主改进作风

2012年12月4日，中央政治局通过了关于改进工作作风、密切联系群众的“八项规定”。带着高度的政治自觉，山西省委第一时间召开常委会，作出了以密切联系群众为主改进工作作风的决定。

新“五个全覆盖”之后再为百姓办哪些实事？省两会召开前，山西省专门开展了一次领导领题调研活动，要求所有省委常委、副省长每人一个专题，深入调查并写出研究报告，从而为掌握实情、了解民情，开好两会、科学决策奠定了坚实基础。

省两会后，正是春节将临之际，与节日慰问、为民办事相结合，山西省三级领导“访民生、知民情、解民事”集中走访活动全面铺开。具体要求是，到4月底活动结束时，保证每个县都有省领导、各个乡镇街道都有市领导、所有的村和社区都有县领导走访，并形成长效机制。具体实施情况如何呢？

在平定县，阳泉市委书记洪发科走进大山深处的甘泉井村和范家岩村，当场答应要帮甘泉井村的大棚蔬菜找销路，让水利部门论证范家岩村引泉水解决浇地难的可行性。

在吕梁市离石区田家会村，区委书记阎刚平现场办公。他说："我看咱们可以搞个专业合作社，把零散小养殖户组织起来，抱团发展，这样土地跟资金问题可以初步解决。至于技术和管理上的事，我安排农业部门来协调解决。"

在河曲县南元村和土沟村，县委书记王书东看望参加过抗美援朝的功臣张二仁，与联校的21名孤儿一起吃午饭，和农民经纪人尤金莲一起探讨脱毒种薯的种植、储藏等问题，答应大力支持。

在左权麻田，因为干部"下乡住村"，农民结识了从山西农大毕业的晋中市委常委、组织部长丁文禄。在他的引导和帮助下，去年这里的农民首次种植莲藕便大获丰收，平均每亩纯收入1.2万元，是种玉米的12倍，一时传为佳话。当记者告诉东安村农民王现林，全省正开展领导干部集中走访活动，一定会再为他们传经送宝、解忧克难时，他连连说："那好，那好。"

集中走访活动是山西省领导干部"下乡住村"一对一帮扶6000多个贫困村的深化，意在进一步转变干部作风、推动转型跨越。"点亮一盏灯，照亮一大片"。包扶村农民人均纯收入连续两年增幅达20%以上，仅去年就帮助农民解决生产生活难题近7万个，新上增收项目2万多个。

从改变文风会风入手改进作风

领导活动报道、会议报道严格控制字数和时长；领导调研不搞层层陪同，不准封路清场；各系统全省性会议尽可能采用电视电话，每年不超过1次；法律法规有明确规定的一律不再制发文件，各部门报送省委省政府简报只保留一种……为贯彻落实中央"八项规定"，山西省约法三章，迅速遏制了文件、会议及有关新闻报道过多过滥等问题。

2012年年底，山西省委全会和全省经济工作会两会套开，袁纯清所作工作报告加主持词仅用1小时，文风朴实，敢摆问题；李小鹏代省长脱稿讲话，直奔主题，用近1个小时讲了12个工作重点和问题。之后，全省组织、宣传、政法、农村工作会……无不精短高效，谢绝吃请，各地领导干部大多当天即赶回工作岗位。

2013年1月下旬，省两会召开，报告“瘦身”，变得短了、实了；领导的报道压缩，基层代表、委员成为主角；分组讨论大话、套话、吹捧的话少了，真话、实话、针对性建言多了。一个文件袋，两人一标间；吃饭不摆酒，出行不封路；会上闲人少，会外不吃请……两会求真务实、清正廉洁，成为大家共同的感受。

上行下效，立竿见影。1月7日，吕梁市委全会与全市经济工作会套开。会上，政府领导、各职能部门负责人与企业家面对面坐在一起，共谋全年经济工作总盘子。不少人感慨地说，这样开会还是第一次，没有十二分的准备，应付都应付不下来。1月23日早晨，蒲县监察、财政、发改、民政等部门组成农村危房改造工程验收组，统一乘车，悄然出发。以前联合检查时各单位的车一长串，现在大家凑到一辆车里，省了钱还方便一路交流。更有说服力的是，干部下乡拼车在许多地方已成常事。

从干部队伍建设着力改进作风

全面贯彻落实党的十八大精神，处处与以习近平为总书记的党中央保持一致。山西不仅改进作风、改变文风态度坚决，言出必行，对反腐倡廉更是认识清醒，敢动真格。

掌声，一次次响起；泪水，还未擦净又悄然流下。在阳高县十八大精神轮训班上，8名道德模范人物登台，200多名科级以上干部听课。十八大报告提出，干部任用要“坚持德才兼备、以德为先”，《山西省领导干部德的考核考察评价办法（试行）》适时出台。正是基于此，阳高在全县干部十八大精神轮训班上专门增设了道德课。

台上是挂职的“第一书记”王晋，台下是40多名村干部和村民代表，这一幕出现在长子县丹朱镇大李村述职评议现场。作为加强作风建设的又一利器，年度目标责任考核在山西已由省市两级向下延伸，如太原小店区对连续5年考核综合排名最后的领导干部实行免职处理，临猗对排名末位的乡镇和县直部门负责人实行末位淘汰，沁县对年度考核排在末位的干部进行召退回处理等，有效解决了领导干部德、能、勤、绩、廉等方面可能发生的问题。

重德促勤，更从严治吏。2013年2月1日，山西省党风廉政建设干部大会暨省纪委十届三次全会决定，今年要重点整治庸懒散奢，对调查研究、文风会风、出差出访、厉行节约方面的突出问题，公款大吃大喝和公款旅游行为，以及公务用车问题等进行专项治理。这是山西省继2012年整治吃拿卡要，查处典型案件995个，处理违纪干部1267人后，为加强作风建设祭出的又一重拳。会议还首次透露，山西开展煤焦反腐5年来，已累计处理问题官员4175名，收缴违法违规资金380多亿元。袁纯清书记表示，山西反腐倡廉必须抓住重要领域和关键部位，有针对性地加大查处力度、预防力度和警示力度。

同日，李亚力因滥用职权被免去山西省公安厅副厅长、太原市公安局局长职务。早几天，夏县公安局督察大队负责人薛俊龙则因“房媳”张彦事件被勒令停止工作，接受调查。

上有新政，下有行动。教育警示与制度约束双管齐下，改进作风举措与反腐败高压态势同行并举，为全省领导干部加强作风建设提供了坚强保证。春节过后上班第一天，天镇县纪委派出三个督察组明察暗访，许多单位及时召开节后收心会。而更多的是像沁源县那样，节后不再忙拜年宴请，迅速进入了工作状态。

作风连政风，政风连党风。访民生、知民情、解民事，改进工作作风的热潮一浪高过一浪，但山西并没有满足于此。李小鹏省长清醒地指出，山西还面临许多挑战，特别是政府职能转变、干部作风建设还需进一步加强。

（2013年3月26日《山西日报》）

记者感言

该作品是山西日报“学习贯彻十八大”大型主题采访活动最重要的报道之一，是在兰炎平总编辑亲自点题点将，亲自过问下完成的，从确定主题、深入采访到精心写作、作品发表，历时近一个月。接到这一任务后，已有新华社的两篇同类稿件在山西日报发表，要想出新出彩，难度可想而知。经过缜密思考，同时也从新华社报道《百日新政的世界印象》受到启发，记者选择以贯彻“八项规定”破题，全景式、回顾式、立体式地写出了山西改进干部作风发生的巨大变化、取得的突出成效。读后给人以既主题宏大又血肉丰满、既立意高远又真实感人、既有气势又有细流、既见丛林又见树木、既条例分明又文采斐然的印象。不仅反映了山西省委、省政府认真贯彻落实“八项规定”的坚强决心，而且写出了山西省各级领导干部大力改进作风的实际行动，读来真实可信，生动感人。同时值得一提的是，记者为把报道写好，除深入全省各地实地采访了多位市县领导和一些基层干部群众外，还与山西日报驻各市的分社记者密切联系，让他们提供大量信息，并很好地调动和利用了自己平时从事时政报道的积累。

“两化”融合　转型“智造”

山西电视台记者　陈　霞　吕胜春　白世雄

十八大报告提出，要推进信息化和工业化的深度融合，在太原钢铁集团，“两化”融合让这个传统的冶金企业诞生了一组又一组令人眼前一亮的数字。

销售订单转入生产过程的时间由4天变成了1天；不锈钢冷板的制造周期由27天变成了21天；采购计划的传递周期由7天变成了2天，这一系列数字的变化到底是怎样产生的呢？在太钢集团炼钢二厂的检化验中心，7台全自动工业机器人正在以一分半钟取一个样品的速度忙碌着，电脑屏幕上不同样品的化学成分值也在以同样的速度不断更新。

【太钢集团技术中心工程师　张爽】我们现在看到的数据就是炉

前正在冶炼的钢水化学分析成分，绿色的部分表示样品的正常分析数值，黄色的模块表示异常值，当我们在检化验界面看到成分的时候，炉前的现场操作工人在他的界面上同时也能够看到我们分析到的数值。

炼钢二厂是太钢的核心部门之一，全厂80％的碳钢和不锈钢在这里冶炼出炉，之前炉子里的钢水要派专人送到检化验中心，再经过48小时的人工检验后检测结果才能送回车间，生产等分析制约着企业生产效率的提高。现在，由7双机器手和两台电脑组成的信息化分析系统完全代替了人工检验，而一个机器人所完成的工作相当于12个人的总和，整个检化验过程也缩短了2/3。

【太钢集团检化验中心项目负责人　郑效东】我们这条线上了以后对生产的支持比较大，现在一炉钢可以节约2—3分钟时间，按转炉每天30炉钢计算，理论上计算可以节约60分钟，每天就可以多炼一炉钢。

郑效东告诉我们，检化验流程实现信息化，不仅缩短了检化验过程，而且检验的差错率也从原先的10％降低到了零。在体系庞大、工艺繁杂的太钢集团，五级网络平台让信息的触角实时延伸到采购、配料、炼钢和轧钢等成千上万个环节里。

【张爽】信息化的好处就是带给我们零距离的沟通，这个沟通不仅是时间上的零距离，更是空间上的零距离。

同样是炼钢，但我们已经分不出这钢铁里工业化和信息化的界限，每天信息化中心生产的海量数据通过软件梳理着从矿石采购到钢卷出厂的所有生产环节，使管理更加精准，给企业带来数亿元的一次性收益。今年，太钢集团的产销制一体信息化项目又获得国家的“两化”融合专项资金扶持。在山西，像这样的信息化重点推进项目有453个，覆盖了全部新老产业，其中环保物联网、智能煤矿矿井、安全监管执法决策、重大装备制造信息集成等已经初见成效，信息化和工业化的“两化”融合正推动着山西传统产业的升级改造和战略性新兴产业发展提速。

（山西电视台2012年12月18日）

记者感言

十八大报告提出，要坚持走中国特色新型工业化、信息化、城镇化、农业现代化道路，推动信息化和工业化深度融合。而对于某一个具体的企业而言，“两化”融合究竟能带来怎样实实在在的效益呢？带着问题，记者进到企业、车间，甚至每一个生产环节进行调查。

如何把枯燥的数字变成可视可感的电视语言，成为该片创作的一个最大的难点。两化融合渗透于企业的上万个生产环节中，该片选取最具代表性的检验化验流程，从检验化验过程的缩短、检验差错率的降低、劳动力成本的降低和劳动生产率的显著提高来表现两化融合所带来的效益。

片中还加入了动画的元素，把枯燥的数字用动画的形态生动地表现出来，增强了节目的可视性。

武荷香的“两不怕”和“两不白”

内蒙古日报记者　刘晓冬

2012年12月14日，贯彻落实十八大大型主题采访活动的记者们走进呼和浩特市玉泉区兴隆巷街道办事处清泉街社区。

“听说你们要来，今天就没出去。”十八大代表、清泉街社区党支部书记兼社区主任武荷香在大门口迎接。

“十八大闭幕后，我比平时更忙了，除了做好日常工作，一有空就进社区、进军营、进学校，受邀到基层宣传十八大精神。”

采访团中的许多记者不止一次采访过武荷香。大家知道，武荷香是名人，不是因为她是十七大、十八大代表，而是因为她33年如一日地为社区居民办实事。她在社区工作上体现出超乎常人的爱心、耐心、信心，每每令这些见多识广的记者们由衷赞叹。33年来，她硬是把一个贫困人口多、流动人口多、残疾人多、下岗职工多，在别人看来“令人头疼”的社区，建设成“中国爱心社区”、“全国爱老敬老模范社区”、“全国和谐社区建设示范社区”、“全国综合减灾示范社区”。武荷香本人也荣获“全国先进社区工作者”、“全国先进社区志愿者之星”、“全国劳动模范”、“中国爱心城市典范人物”等荣誉。大家明白，这些荣誉背后的甘苦，绝非三言两语能说清。

“我真的没做什么，即使做成几件事，那也是领导关注、群众拥护、媒体支持的结果。”在武荷香看来，成就永远是别人支持才取得的。这对她来说不是客气和谦虚，而是她的一种品质。

“您什么也没做？我看是做得太多数也数不清了吧！您把社区建设得这么和谐美好，有什么好方法吗？”

“什么好方法，无非是笨办法。这30多年来我就是坚持做到‘两个不怕’和‘两个不白’。”

“怎么讲？”

“‘两个不怕’就是‘不怕磨嘴’，‘不怕跑腿’。只要是能为社区居民谋利益的好事，我不怕磨破嘴，不怕跑断腿。一次不行就两次、三次地去争取。

我个人觉得社区工作做不好，不能怨别的，只能怨社区干部太懒，现在从国家到地方出台了那么多惠民政策，尤其是十八大的惠民政策，我们这些社区干部就得动起来、干起来、落实下去呀！”

“那‘两个不白’呢？”

“就是‘不白开会’和‘不白走路’。会议不分大小，每次开会我都要领会好会议精神，并把相关部门负责人的联系方式记好，以备以后为社区解决实际困难时找他们帮忙。比如我们和自来水公司、热力公司、供电部门等结对子，为社区居民解决了许多实际困难。‘不白走路’就是走到哪里发现井盖开了、管道漏了、路灯不亮了类似的事，及时给相关部门打电话解决。我也经常和我们的社区工作人员说，千万不要对这些‘小事’视而不见，你想想，要是你看见了没说，那黑天半夜掉进井里的正好是你二大爷、三舅舅你该多后悔呀！”

点滴事见功夫，细节处得民心。武荷香朴实的话语深深打动了大家。

（2012年12月26日《内蒙古日报》）

记者感言

2012年12月14日，记者作为贯彻落实十八大大型主题采访活动采访团的一员来到呼和浩特市玉泉区兴隆巷街道办事处清泉街社区。采访十七大、十八大代表武荷香。

武荷香33年来如一日，以超乎常人的爱心、耐心、信心为社区居民办实事，口碑超赞、荣誉等身。她的事迹被中央、地方媒体多次报道。如何才能报道出新？记者在武荷香介绍情况时多问了几句，试图挖掘出她工作成功的“大秘密”。没想到她果真说出了自己以前媒体未曾采访到的心得：“两不怕”和“两不白”——也就是从点滴事做起、在细微处体察民心。于是记者在成稿时就抓住这一点放大来写，并在写法上尽量转变文风，以口语话对话为主，力求短、活、实。

乌拉特草原边境“爱民固边直通车”

内蒙古人民广播电台记者 段忆娟 李 昊

哪里有群众，哪里就有党的工作；哪里有党员，哪里就有党的组织。在巴彦淖尔市乌拉特后旗的边境牧区，活跃着一支“党员流动综合服务队”，成为当地探索建立的一种边境牧区服务型基层党组织模式。

一大早，我们从巴音宝力格镇出发，沿着蜿蜒的山路向潮格温都尔镇行驶，与巴音前达门边防派出所的民警约好在镇里的菜店前会合。

巴音前达门边防派出所驻守在乌拉特后旗边境地区，距离旗政府所在地巴音宝力格镇200多公里，距离潮格温都尔镇也有100多公里。今天巴音前达门边防派出所副所长白永泉要开着“爱民固边直通车”

给这两个镇的牧民送菜。

【记者】一般主要采购什么？

【白永泉】主要是日用品，冬储一部分，平时吃的一部分。

在白永泉手里，有一份采购单，今天三户牧民要买的东西很零碎，除了白菜、土豆、西红柿等新鲜蔬菜，还有煤气罐、柴油，给羊治病的药。牧民一般要代购的都是蔬菜，为买到质优价低的蔬菜，白永泉每次采购都要货比三家。

【白永泉】今天这个豆角市场价多少？

【菜店老板】市场价三块。

【白永泉】批发价了？

【菜店老板】两块五。

【白永泉】（已经）最低了，不讲价。豆腐有了，西红柿有了，圆菜有了。按这个批发价，必须保质保量而且不能亏了斤。

民警们把牧民所需要的生活物资搬运上车，此时的温度已经降到零下十几度了，民警们说，到了牧区还会更冷。

别小看这“爱民固边直通车”，它们给牧区带来的变化不仅仅只是代购物品的便利。乌拉特后旗边境地区的3个苏木里，950多户牧民、2600多人分散居住在2万多平方公里的戈壁草原上。简单地计算一下就会发现，在这里，几乎是每21平方公里才有一户人家。白永泉告诉记者，“爱民固边直通车”从2011年4月份开始搞试点，2012年6月1号在全旗推广。通车后，他们并不只是送蔬菜等生活用品。就拿巴音前达门边防派出所来说，去年冬天送过迷路的游客；今年春天牧区干旱的时候，给小羊羔拉水；夏天下大雨的时候，又给牧民运送修整房屋的物资。只要是牧民需要的，他们都会想办法给送过去。

运行一年多来，有687户1789人受益。

为把党的工作一竿子插到底，巴彦淖尔市乌拉特后旗推行了边防派出所民警兼任当地党委职务制度，所长兼任苏木镇党委副书记，派出所民警兼任嘎查村党支部副书记。“爱民固边直通车”就是警地联建的具体活动形式。警民的积极互动让彼此之间的关系越来越和谐融洽，牧民们为各边防派出所提供了大量的维稳信息，户户是哨所，人人是哨兵，警民联手不仅为牧民生活送去了方便，也让乌拉特后旗边境地区平安稳定。

【白永泉】爱民固边直通车开通以来，牧民管边控边能力极大地增强了，咱们现在就是不出办公室就能了解谁们家在干什么，谁家来了外来人口。

跟着巴音前达门边防派出所的爱民固边直通车行驶100多公里后，我们来到了今天送货的第一户牧民孟克家，民警们从车上把给孟克代买的蔬菜卸下，然后清点签收。

【民警】按你打电话说的，这是芹菜，这是甘兰，这是西红柿，上下就是（差）几两，给你拿过来单子了。

【牧民　孟克】对，这回家里钱是紧了，下次买回来菜咱们一起算，行吧？

【民警】行行行。

孟克过去因为草场问题与邻居发生纠纷，经常上访。巴音前达门边防派出所在为他送货的过程中了解到他家的问题，积极协调相关部门帮他解决了问题。多年的上访户，现在成为了维稳治安积极分子，边防民警也成了他最信任的人，去年他卖羊的21.8万元钱都是交由民警们代收和保管。

【白永泉】孟哥，来来，回来，回来。最近忙什么？

【孟克】最近就是弄点饲草料。

【白永泉】草料储完了？

【孟克】就是准备回来一部分。

【白永泉】嫂子呢?

【孟克】就是去地里给人家帮忙捡土豆。

【孟克】他们也确实是来回沟通。

【记者】帮你解决这个事了吗?

【孟克】解决了,解决了,这是我们最相信的领导了。

(内蒙古人民广播电台2012年12月16日)

记者感言

2012年12月2日,记者来到在乌拉特后旗草原深处的潮格温都尔镇,跟随巴音前达门边防派出所的民警和他们的“爱民固边直通车”一同为当地牧民送菜,深切感受到了“警民一家”的和谐氛围。

在巴彦淖尔市乌拉特后旗,谈起“党员流动服务队”,牧民们都津津乐道,赞不绝口。“党员流动服务队”积极协调牧民参与各种文化生活,举办小型那达慕等文体娱乐活动,并协调企业设立工牧共建帮困助学金,共同解决嘎查困难户的子女助学问题,工牧之间的联系更加紧密。“党员流动服务队”使得牧民生活更加方便,在家门口实现转移就业,让他们的腰包实实在在地鼓了起来,牧民与企业、牧民与牧民之间的纠纷也在无形中消失了,警民之间的关系和谐融洽,也让当地边境地区更加平安稳定。

作风一转政风新

辽宁日报记者　姜义双

2013年2月6日，农历腊月廿六。程育等3名沈阳市发改委的干部马不停蹄赶到他们的帮扶单位——华晨宝马二期工程项目部和金杯产业园，现场办公，帮助企业解决遇到的难题。

和程育一样，眼下，全省广大党员干部积极转变作风，深入基层为群众办实事、解难题。

2013年1月22日，沈阳市政府召开动员大会，动员机关干部开展“走进项目、走进企业，解决问题、解决困难”活动。随后，围绕290个重点项目、500户重点企业，近千名干部以“一对一”实名制帮扶的方式，深入工地、车间现场办公，帮助企业解决难题。活动领导小组办公室负责人李景武告诉记者：“首批204个重点项目，今年计划投资

1596亿元，目前已分解到各个帮扶小组，6月底将全部实现开复工。”

与此同时，各地落实转作风的措施也都纷纷出台，治浮、治庸、治散、治奢、治空，已初见成效。

在新宾满族自治县，机关干部如今出门办事归来，就连车辆耗油维修的费用，也要登记归档，定时公开。在大洼县，一页纸两面用，人走灯灭，随手拧紧水龙头已成为机关干部自觉行动。在昌图县，为节省费用，17家单位主动取消了年终联欢活动。

在清原满族自治县，由人大代表、政协委员组成的监察小组，对干部迟到早退、工作时间玩游戏、上网聊天等现象进行暗访。一个月来，先后对56人次进行了电视曝光和通报批评，全县干部为之震动。

随着转作风的步步推进，广大群众真切地感受到了变化：会议少了，领导讲话短了，调研陪同少了，空谈的少了；而干部的工作效率高了，服务更周到了，下基层、访民情、办实事的多了。

春节前，各地党员干部纷纷深入村屯社区，访贫问苦。大石桥市各级领导干部与困难家庭结成帮扶对子，解决实际问题200多件，帮助2000多人实现再就业。本溪市5万名党员干部纷纷与低保户、贫困户攀亲结友，送去粮油和慰问金。朝阳市7450名党员干部深入村屯社区，帮扶生活困难党员和老党员。

作风一转气象新。说实话、办实事、重节俭、讲效率已经成为我省党员干部的自觉行动。这样的变化，广大群众看在眼里，暖在心里。

（2013年2月19日《辽宁日报》）

记者感言

新年伊始，我省各行各业的党员干部认真贯彻落实党的十八大精神，积极转变作风，深入基层为群众办实事，为了生动反映各地的一些好做法、新经验，记者深入各地，进企业，下田头，进行了大量采访，掌握了丰富的素材，成就通讯《作风一转政风新》。

这次采访让我进一步认识到：新闻的源泉在基层，基层是新闻的富矿，要想写出生动鲜活的好新闻就得多到基层去。2013年2月6日，已是腊月二十六，记者冒雪陪着沈阳市发改委的程育等3位同志赶到铁西华晨宝马二期工程项目部和金杯产业园，亲眼目睹了他们为基层解决困难的过程。与此同时，新宾县、清原县、大石桥、本溪市等各地党员干部纷纷下基层、访民情、办实事，用实际行动贯彻十八大精神，推动全省经济稳步发展。

“慢三步”一样舞出好增长

辽宁电视台记者 阮 峰 陈 昊 侯 森

西方传统的圣诞节一过，在大连港，“本钢牌”产品镀锌卷板就被装上货轮，开始远赴北美市场。而在本钢集团国贸公司，经理吴绍刚的手里早已握稳了来年头几个月的产品出口合同。

【吴绍刚】一月份已经超额完成了月平均签单数量，达到35万吨以上，这样的基础数据很有希望保证我们（2013年）全年出口仍然保持高数量、高增利的效果。

对于这样的判断，吴绍刚有着十足的底气。他刚刚拿到的年度统计数据显示，2012年，本钢集团产品出口签约量达到了400万吨，比上一年增长了48%，与此同时，本钢也再一次领跑全国钢铁行业三大央企，连续第三年夺得全行业出口第一。

更让吴绍刚胜券在握的是，今年，面对产能严重过剩、市场急速萎缩的困境，本钢集团用高附加值产品和个性化服务打开了销路，建立起了遍布全球的销售网络。

【吴绍刚】把研发、生产、销售结合在一起，针对用户需求，为用户提供一个一揽子用钢解决方案，针对不同用户定制不同产品，进一步提高了本钢产品的竞争力。

【本钢集团国贸公司总经理助理　刘岩松】新开拓了一些直供用户，例如越南、印度等地区的冷轧厂，我们加大了营销力度，合作的数量增长幅度非常大。当前市场情况下很多钢厂是没有外贸订单的，而我们胜在持续稳定的合作。

持续稳定的合作不是一朝一夕建立的。其实从金融危机到欧债危机的几年间，国内钢铁行业一直徘徊在微利和亏损边缘。面对危机，本钢没有向困难低头，而是选择迎难而上。

【本钢集团有限公司董事长　张晓芳】如果没有整个行业的不景气，没有经济危机的冲击，可能我们本钢还不会有现在这样强烈的危机感，我们也不会进行大规模的技术改造和升级。

正如董事长张晓芳所说，本钢恰恰在这段时间里，不急不躁，在逆势发展的舞台上，犹如一个老练的舞者，扎扎实实地跳了一支奠定胜局的“慢三步”：一是大刀阔斧淘汰落后产能，几年来相当于淘汰了一个“老本钢”；二是本钢和北台钢厂“两钢”合并重组，精简压缩，真正实现了“1+1大于2”的效果；三是每年技改投入200多亿元，不上产能，不扩规模，只在提升技术水平、装备水平上下功夫。

这支“慢三步”舞下来，本钢的家电板、汽车板、管线钢、螺纹钢、特殊钢等品种相互弥补，钢铁主业市场份额稳中有升。同时，贸易、金融、工程技术等多元化产业也成为增效的亮点。“三步慢棋”调出了本钢的核心竞争力。

【张晓芳】通过这几年的技术改造和技术创新，我们获得的就是我们的品种调整到位，而且还在逐渐优化，我们的客户群得到了极大的调整和丰富，而且我们已经形成了抗风除的产业链和产业团队。

高技术含量、高附加值产品和高市场占有率，用“三高”绝招在国际市场的“擂台”上占据擂主的位置，借多元化产业优势打出突围“组合拳”，通过转变发展方式，调整产业结构、产品结构，本钢集团步入了逆势增长的新阶段。2012年全年，企业销售收入已顺利突破1000亿元，同比增长了10%。而在本钢出口产品中，高附加值产品出口比例已达到85%以上。

（辽宁电视台2012年1月25日）

记者感言

党的十八大召开之后，辽宁省各行各业迅速涌起学习宣传贯彻十八大精神的热潮，本台新闻中心精心组织策划了《贯彻落实十八大》大型系列报道，并在辽宁卫视《辽宁新闻》的头条位置播出，《“慢三步”一样舞出好增长》就是其中的一部代表作品。

该消息是一篇典型的成就类深度报道，作者并没有简单地将年中成就罗列出来，而是通过对本钢集团有限公司年终岁尾生产销售业绩的深度分析和采访，点面结合，将本钢取得优异成绩的原因分析出来，更可贵的是能够将本钢调结构、转方式的过程总结归纳，并用以“慢三步”

的形象比喻，使普通受众很直接地理解一个大企业稳步发展的深层次原因，并且在结尾还配有简单扼要，提纲挈领的启示，是一篇有故事、有人物、有深度、有示范意义的深度报道。

作者是多年采访冶金行业的记者，凭借对行业的熟悉和对本钢的了解，深入了解和分析本钢在危机中逆势增长的前因后果，同时深入企业多处生产一线实地采访，获得了既有时效性，又有分析性的同期声和画面，同时稿件的处理尽量避免了专业化，使文稿更加通俗易懂。

此篇报道在年终岁尾播出，是反映我省重点企业积极应对危机、实现稳增长的生动范例。在经济形势复杂多变的影响下，这篇报道的播出，起到了良好的宣传和示范效应，给所有辽宁企业调结构、稳增长打了一支“强心剂”。

炕头宣讲会　实地议民情

——首场“全省百人千场基层宣讲员宣讲党的十八大精神”活动侧记

吉林日报记者　陈　沫

2012年12月8日，是我省入冬以来最寒冷的一天，但农安县较为偏僻的村子——巴吉垒镇和平村却是暖意融融。由省委宣传部组织的“全省百人千场基层宣讲员宣讲党的十八大精神”宣讲团来到这里，宣讲员路亚兰、张美兰与村民面对面，用老百姓的语言讲解党的十八大精神，为村民解惑答疑。整个活动犹如一股春风，暖在村民的心头，笑意露在村民的脸上。

在前往和平村的路上，两位宣讲员与记者攀谈起来。路亚兰是长春市南关区长通街道龙兴社区党委书记，这次她是以草根宣讲团成员的身份来到和平村。作为基层干部，她表示很高兴能有这样的机会来到农民中间宣传十八大精神，希望能通过自己的语言让农民群众真

炕头宣讲会，讲师正在宣讲十八大精神

正理解十八大精神。“要用口语化、大众化、通俗化的语言给村民讲解深奥的理论，让他们能听得进去，能够真正的入耳入脑入心。”此次宣讲的理论志愿者、吉林省委党校讲师张美兰对记者说。

宣讲团一行走进和平村，在一户农家院门外停下，走在迎接队伍前头的是村民韩宝兰。说起韩宝兰，还有一段小插曲。此次宣讲活动之所以能在和平村进行，是因为韩宝兰通过新闻得知这一消息后，立即与省委宣传部联系，争取到了这次听取宣讲的机会。作为一名普通农民，能如此关心十八大，让组织者着实感动。

在村民的热烈欢迎下，宣讲团一行来到了村民孙柏和的家里。屋内宽敞明亮，村民们围坐在炕桌旁，眼神里流露出疑惑和期待。在宣讲过程中，宣讲员就十八大报告中有关小康社会以及“三农”方面的相关精神，用平实质朴、直白易懂的语言向村民们进行了耐心讲解，村民们脸上的疑惑消失了，屋里洋溢着村民们爽朗的笑声，整个过程轻松愉快。

听完宣讲员的讲解，村民刘士利说：“十八大报告中的惠民政策，能让我们农民切实得到实惠，特别是在孩子上学、农民住房、农民就业、合作医疗问题上，都让我们农民比较满意。让我们对未来的生活有了明确的目标，更有了奔头！”

宣讲活动结束后，宣讲员与村民进行了互动。

村民马占富问宣讲员：“什么是小康社会？”张美兰解释说：“小康社会不仅仅能解决温饱问题，而是要从政治、经济、文化等各方面满足城乡发展需要。经济更加发展、民主更加健全、科教更加进步、文化更加繁荣、社会更加和谐、人民生活更加殷实。”

在现场，记者采访了村民韩宝华。她介绍说，几年前，她家还是村里的特困户，父母都是残疾人，生活十分困难，现在已有了三间半房、3公顷地，而且年收入3万余元，日子一天比一天好。谈到对未来生活的憧憬，韩宝华说：“希望孩子能够到县城读书，能够考上好大学。现在党的惠民政策让农民的生活好起来了，收入增加了，希望能给家里多添置些好的设施，日子越过越红火。”

巴吉垒镇党委副书记、纪委书记王荣刚对记者说：“非常高兴党的十八大宣讲团走村到户，给农民兄弟答疑解惑，农民兄弟非常期盼这样的活动。我们也制定了学习十八大精神的计划，决心把十八大精神认认真真地贯彻下去，让农民真正领会十八大精神。通过此次宣讲活动，对我提高理论水平有很大帮助，可以说是受益匪浅。作为一名基层干部，首先讲党性，要重品行、做表率，要将此次宣讲活动的成果原汁原味地宣传给大家。”

（2012年12月9日《吉林日报》）

总编点评

这是一篇新闻性、可读性很强的报道。党的十八大召开后，在全国范围内掀起了学习贯彻十八大精神的热潮。记者凭借高度的职业敏感，跟随省委宣传部组织的“全省百人千场基层宣讲员宣讲党的十八大精神”宣讲团走到农民中间，挖掘新闻资源，对“深入田间炕头宣讲”的创新形式，进行了多角度全方位的报道，并用细腻生动的笔触，再现了宣讲团走村入户，坐在农民的炕头上，用老百姓的语言讲解党的十八大精神，并受到农民热烈欢迎的场景。记者深入一线，抢抓新闻，表述生动，语言鲜活，抓取“活鱼”，在全省媒体中第一时间报道了省委组织的十八大基层宣讲这一小中见大的主题报道，既是对十八大精神的深刻领会，也是改文风行动的具体体现。

小康路上：农林村的绿色选择

吉林电视台记者　张旭岩　吴晓礼　王子军

在农林村花卉基地，我们见到了正在和园艺师们一起忙碌的农林村党支部书记王成坤，他告诉记者，眼前这些花卉都已经被预定出去了，大家正在忙着最后的修剪。这个2007年由农林村党支部牵头建设，占地5万平方米的花卉基地，眼下已经是农林村的龙头企业；无污染、附加值高、市场竞争力强、效益好的花卉、苗木品种，已经成功打入了松原市及周边城市花卉市场，年销售额达250万元。

【松原市宁江区新城乡农林村党支部书记　王成坤】从中间销售的盈利额上呢，可能是百十余万。

农林村绿色的选择带来了可观的经济效益，2011年，仅依靠

“绿色农业”，这个村人均收入就突破了5000元。在引导农民逐步富裕起来的基础上，农林村帮助有条件、有意愿的农户进行了房屋改造、围墙翻新，并投资30万元修建了300座环保厕所。走进今天的农林村，以往摆在村里十几年的柴草垛不见了，堆放了十几年的粪堆、土灰没有了，取而代之的是由常绿植被组成的近3万延长米的绿化长廊和整洁干净的庭院街路，在加强村容村貌建设的同时，农林村同样没忘记和村民的生活息息相关的实际问题。

【王成坤】新农合、新农保，包括老百姓的保险，都是由村集体免费给老百姓提供的。

离开花卉基地，王成坤带着记者来到了一户村民的家里，坐在炕头，王成坤和几位村民唠起了标准化、规模化种植。

【王成坤】合作社加农户加基地，这样给你们的基地拿上来，咱们作为村集体租赁，整体建设，看你们的意见啥样。

王成坤告诉记者，这已经是他这几天第六次和村民坐在一起筹划蔬菜基地的发展了，为的就是想尽快做通村民的思想工作，把合作社建立起来。

【王成坤】十八大精神，让百姓在2020年之前，经济水平要翻一番，所以咱们农林村，就组织群众，把零散的土地集中起来，成规模化，打造农林村品牌，绿色蔬菜种植品牌。

王成坤告诉记者，如果2013年5月份再来农林村，眼前的这块土地上，将会看到一个成规模的绿色蔬菜基地，而他也有信心，用农林村这个绿色新选择，带着大家奔小康。

（吉林电视台2012年12月9日）

记者感言

党的十八大确定了到2020年全面建成小康社会的宏伟目标，对今后一个时期我国社会主义现代化建设和改革开放进行了全面部署。如果说，农林村“花卉基地”的绿色选择，让村民走上了小康路，即将成型的“绿色蔬菜种植品牌”，又将让村民在小康路上跨出一大步的话，那么学习贯彻十八大精神，则让行走在这条绿色小康路上的村民，看到了更加美好的未来和憧憬。

好政策让农民的腰包鼓起来

黑龙江人民广播电台记者　高　祥

十八大提出的国民经济和民众收入倍增目标，在全国上下产生了热烈的反响。根据报告，到2020年，百姓的腰包要在2010年基础上翻一番，让更多的人分享到经济增长的成果。如何让农民收入实现翻番，是收入倍增计划的重中之重。对于农业大省来讲，怎么让我省的农民在未来的8年里直奔小康呢?

【记者】走进呼兰区富强村，放眼望去，沿路两边上千栋的大棚，林立在茫茫雪海中，像是一座连绵起伏的行军宿营地。晨光蔬菜种植合作社理事长王喜光三句话不离本行，一直和我叨咕着，咋把大家的合作社做大做强。

【王喜光】种出点好东西，打出一个品牌，让大伙都知道我东西好，都上这来买，但价格也提升了，也省中间环节了，接着口碑相传。

【记者】王喜光边走边唠，把我领进了一个温室暖棚里。刚踏进门，一股暖意扑面而来，室外的积雪已经没过了脚脖子，而棚室内松软的地面上，却长出了一片绿油油的小苗，看上去更像是铺着一层毛绒绒的地毯。王喜光说，这茬叶菜春节前就可以上市了，价格不用说，赶在了最好的时候。

【王喜光】这两年国家政策也好，交通也方便了，菜价也能提升了，产量也在增加，种植技术也在提高，一亩地它的效益比往年强多了。比如说冷棚吧，现在四层膜覆盖，这样春能提早半个月，它的价钱就能翻一倍了。

【记者】这几年，国家对老百姓"菜篮子"十分重视，对蔬菜产业给予了很多扶持政策，王喜光的蔬菜合作社也是借着政策的春风越办越红火。合作社225家社员，1000多栋大棚，每户一年收入个三四万块钱都不算事！和种大田相比，现在菜农们的收入已经翻了好几番。

不过，让王喜光犯愁的事也有。他告诉我，他们合作社的蔬菜是按绿色标准种植的，上的全是农家肥，不打任何农药，小菜摘下来不洗就能吃。绿色标准种植的蔬菜虽然深受市场欢迎，但因为没有认证，合作社的蔬菜很难迈进超市的门槛。即使卖到了超市，好菜也难卖上好价。他盘算着，赶在年底，赶紧把绿色食品标志办下来。

这时候王喜光的电话响了，原来前几天王喜光给省绿办打电话，咨询绿色食品认证的事，现在省绿色食品发展中心认证科科长徐晓伟现场办公来了。

【王喜光】没办过这事，给我们指点一下，需要啥材料。

【徐晓伟】蔬菜首先要有固定原料基地。

【王喜光】怎么整理？

【徐晓伟】去下载一些申请书，企业调查表一些资料，再一个把有关资质啊，商标啊，再一个需要做的是制定有关蔬菜生产技术操作规程。

徐晓伟把一项项政策，一个个条款仔细地解释给王喜光，王喜光也一条一条地仔细记下。徐晓伟说，合作社申报系列绿色食品标志，可以减免一部分费用，而且有了认证，王喜光的收入又要再上一个台阶了。

【徐晓伟】有了这个入门证以后，进入一些超市、商场是必须的。认证完以后，它的售价是比较高的，提高农民的收入，给消费者提供健康、优质、安全的蔬菜。我们会尽心尽力为你们的合作社服好务！好吧，有事打电话联系。

送走了省绿办的工作人员，王喜光这个直爽的种菜能人笑得合不拢嘴。他告诉我，正是因为政策好，让菜农的腰包一天比一天鼓，现在他和社员们信心满满，奔上小康路不成问题。

（黑龙江人民广播电台2012年11月13日）

编后话

2011年，我省农民人均纯收入7591元，同比增长22.2%，居全国第十位。按照收入倍增计划要求，到2020年，我省农民人均纯收入要实现1.5万多元。在下一个8年里，我省将积极稳妥地实行农业产业化经营、加快小城镇建设进程、提高劳动力转移质量、发展生态农业、科技农业，确保2020年农民收入再次跨上新台阶。

落实十八大精神　建设富饶龙江

黑龙江电视台记者　杨国栋

十八大代表孟广彬在哈尔滨第一社会福利院义务修鞋20多年了，今天他再来，任务就不光是修鞋那么简单了。

【十八大代表　孟广彬】出会场的时候，都觉得火辣辣的，手拍的，那真是雷鸣般的掌声。特别激动人心。

换下参会时穿的西服，老人们说，“老孟”从电视机里走出来了。握着手一坐下，问题就一个接着一个。大会堂里面啥样，选票是红的不，望着老人们期待的脸庞，孟广彬笑得开心，回答得也真切。

【孟广彬】为建成小康社会而奋斗，这是大会报告的主题。现在生活方方面面都好了，咱们得有个好的身体。这不写到，健康是促进人们全面发展的必然要求。特别关注老年人今后的生活。这些领导特别关心。

【哈尔滨第一社会福利院老人 孙秋芳】我们心里听了很舒服，听不够，真的听不够。

十八大代表钱丽敏从北京返回哈尔滨时已经是周末，但她顾不上休息，直接赶到医院，翻查病例、查房询问，准备新一轮的手术。在探视病人后，钱丽敏向同事们讲述了这次参加十八大的感受和经历，为大家讲解十八大精神。钱丽敏说，医疗系统肩负的责任重大，之后还要组织更多的医生护士领会十八大精神，为患者提供更好的医疗服务。

【十八大代表、哈尔滨市眼科医院院长 钱丽敏】回来之后能够继续宣传和学习好十八大精神，同时带领好我们眼科医院这个团队，这个医疗团队，更好地工作，为卫生事业今后的大发展做出自己应有的贡献。

今天很多双城市农民起早赶到黑龙江省农科院的花卉温室，在他们看来，这次充电非同一般，因为讲解人是省内著名的农业专家、党的十八大代表——韩贵清。

【十八大代表、黑龙江省农科院院长 韩贵清】我建议在城市郊区，要大力发展蔬菜果菜生产，包括花卉。

韩贵清认为，落实十八大精神，促进农民增收，关键是要调结构，因地制宜，种植经济效益高的作物，像这些农民，居住地离哈尔滨不远，完全可以发展温室，依靠种植蔬菜、花卉致富。

【韩贵清】贯彻十八大的精神，就是要从我们十八大的实际出发，就是要把科技成果真正地转化到田间地头，现在正值冬季，我们想抓住有利的时机，就是培训农民。我们最近还要组成10个科技服务团，下去跟踪给农民服务，让农民通过科技真正能致富。

（黑龙江电视台2012年11月18日）

记者感言

解读报告，传递民意，党代表们身上的这份认真，映照出强烈的代表意识，也让我认识到，深入学习领会好十八大精神，最根本的就是要始终坚持中国共产党的领导，始终坚持和发展中国特色社会主义。同时，作为一名当代新闻工作者，要立足岗位，认真钻研业务，努力提高自身能力，将十八大精神与自己的日常工作和学习结合起来，以更加饱满的精神状态投入到新一轮事业中去。

协商：最大公约数是公共利益

——凌云街道闵朱居民小区社区事务自治调查（上）

解放日报记者　张　骏
通　讯　员　袁昭宇

“书记，帮我们开个协调会吧？”走在徐汇区凌云街道闵朱小区，居民区支书陈艳常会遇到居民提出类似要求。停车问题、噪音问题，乃至邻里之间吵架红了脸，居民们最认可的就是“协调会”。

闵朱小区是一个由商品房、售后公房、动迁安置房等不同类型组成的混合型小区，1283户人家，居民以工薪阶层、老人为主。在陈艳的记忆中，自从开展社区居民自治以来，整治乱停车、清理垃圾，选聘物业，虽然过程繁复，成果倒也不少。不过，最让陈艳感到自豪的，是曾经发生矛盾后“剑拔弩张”的架势越来越少，居民慢慢养成了坐下来“摆事实、讲道理”的习惯。

协商自治是如何开展的？

一杯水和一个对话平台

前不久，住在闵朱小区一幢居民楼的业主跑到居委会说，一楼的业主把承重墙敲掉了，“房子塌了怎么办？谁来保证我们的安全？”

居委会工作人员打了一圈电话，了解到：一楼住户装修时确实破坏了承重墙，物业公司于周五开出整改通知，并向街道房办报备。第二天相关部门休息，居民却等不得了。“工作流程走掉了，火还在烧，怎么办？”陈艳立即打电话，将正在外地的房东请回小区“商量商量”。

晚8点，物业管理人员、居委会干部和楼里居民聚集在楼下。陈艳开场把情况跟大家讲了讲，请大家表达意见，不忘给一楼房东说话的机会。“舆论”自然是一边倒，房东最后表态：既然如此，少数服从多数，明天就买砖头把墙砌上。事情就顺利解决了。

“给居民们倒上一杯水，让大家消消气，再给他们提供一个对话的机会。”陈艳对居民自治有着朴素的理解。居委会是居民自治的组织，但居委会干部并不天生代表居民，在利益面前尤其要“撇清”，还是让居民自己来说话。闵朱小区居民自治，正是由居委提供平台，在一个大家都心平气和的氛围里开展对话。

这“一杯水”的感悟，陈艳和她的同事琢磨了七八年。小区业委会副主任蔡爱丽说，2004年那会儿，居民曾为开发商要在一块空地上建楼闹得不可开交。“实际上，这块地确实是属于开发商的。”居民们也承认，但又觉得在此建楼会影响居住环境。在跟开发商一轮一轮的协商中，居民们学会了表达，并成功说服了开发商将这块地的使用权交给小区。

寻求最大公约数

走进闵朱小区，一片樱花林郁郁葱葱，林子周边铺了一圈绿化砖，停了十几辆车。小区居民告诉记者，这就是曾经“闹了好几年”的那块空地。

从开发商手中接过这块地后，大家众说纷纭，有车的居民建议做停车场，没车的建议做休闲场地。还有居民提议什么都别做，自己却偷偷在空地种上了菜。一次征询下来，居委会无功而返。结果，空地上垃圾遍地、乱停车，中间零星还长出了小青菜。再后来，居民们自己都受不了了，要求整治这块空地。2009年，再次在居民中征询意见，这回空前一致：做成绿地外加停车场。

为何前次征询未成，而后次能成？街道办事处主任徐清认为，小区自治中，最大的公约数是公共利益。只有在公共利益的基础上，才能形成协同共治的局面。

有意思的是，改建绿化并不是许多居民的“第一选择”，却是最后大家都能接受、“阻力”最小的方案。“这恰是寻求最大公约数的最好注脚，公共利益是需要通过协商来发掘的。”

多样利益外的黏合剂

这些年，与闵朱小区居民们一起寻找公共利益，社区代表李佩玉感觉到，其实还需要一种“黏合剂”，一些愿意付出的人，来帮助大家开展协商。越来越多的社区工作者也感到，社区的共同性问题，比如治安、环境等，只是产生社区共同行动的一个基础，却并不是一个充分条件，这里面需要开启的是共同意识。

“比如小区里装健身器材，是大家的共同利益。但最靠近器材的住户，会受晨练的噪音打扰，这些人家自然希望器材离自家远一点。”业委会副主任顾兆珍说，这些自感受干扰的人家会采取协商的办法，也会用扔水袋、扔剩菜馊饭等方式表示不满。“选哪种方法能解决问题？有了比较，大家都清楚了。而且协商多了之后，居民们也知道了，社区不是一个人的想法说了算的。”

这个共同意识，经由这几年自治经验，在闵朱小区慢慢形成。让不少小区感到头痛的物业管理问题，在闵朱小区仅花了一个多月时间就顺利解决。原物业管理公司2012年10月底合约到期，9月告知业委会因企业转型退出物业管理行业，不再续约。小区立即启动选聘物业流程，经过几轮选择，剩下4家竞聘的物业公司，居委会、业委会和业主代表还暗访了这几家物业公司管理的小区，同时将物业公司的基本情况和暗访结果用书面形式发给每个业主，一周后业主代表投票“四选二”产生两家备选物业公司。之后的业主大会上，两家公司被请到现场参加“答辩”。投票后，一张张选票在监票人的监看下摊开，无效票还专门写上备注为何无效。11月1日，新选聘的物业公司与老公司顺利交接。一直持“怀疑”态度的一个老居民说：“这次我服了，每个环节都没有藏着掖着。”

（2012年12月24日《解放日报》）

记者感言

党的十八大将“完善基层民主制度”作为推进政治建设和政治体制改革的重要任务之一，提出了健全基层党组织领导的充满活力的基层群众自治机制，强调扩大有序参与、推进信息公开、加强议事协商、强化权力监督。《协商：最大公约数是公共利益》、《搁置争议：也是一种选择》系列报道，正是徐汇区凌云街道以及闵朱小区居民学习贯彻十八大精神的思想体会和实际行动。沉在小区开展近1个月调查，他们的事例无疑是鲜活的，社区矛盾在自治中慢慢化解。每一次协调会的场景，令记者感受到来自基层的热情和活力。而他们对于居民自治中“协商”与“搁置争议”的思考，对“公共利益”的追求和对自治评价标准的反思，更是值得基层社区学习借鉴。

远郊求医之路不再艰难

文汇报记者　陈　青

虽然不是仁济医院南院的职工，可家住上海市闵行区浦江镇世博家园二街坊的乔粉英阿姨却毫不客气地自封为仁济医院的“名誉职工”，因为她对这家新医院太熟悉了。

这份熟悉源于乔阿姨对优质医疗的渴求。2006年，作为世博家园的第一批动迁入住居民，她从黄浦区董家渡迁至浦江镇，当时镇上只有14万本地居民。告别繁华的南京路，除了生活不便外，最让动迁居民感到不安的是，看病太难了！这里，仅有两家看小毛小病的门诊部，而且一到下午三四点钟，门诊部就打烊了。若要找专家看病，就得起早贪黑赶回市区，一来一去至少要花四五个小时。更令人担心的是晚上，一旦有人突发急病，“连吸口氧气的地方都没有”，要送到最近的九院、二院，最快也要40分钟的车程。

就医难，成为浦江镇居民的“心头之痛”。因此，仁济医院南院从规划起，就成为附近居民的关注点。

乔阿姨清晰地记着与自家小区一墙之隔的仁济医院南院的诞生过程：3年前，浦江镇政府顺利搬迁，原址规划为仁济医院南院；2009年，仁济医院南院打下了第一根桩，南院临时门诊部同期开诊；2011年8月，仁济南院结构封顶。2012年2月起，每个月第二周的周三成了仁济医院专家开讲座、义诊的日子；11月30日，南院门诊试运行；12月12日，仁济南院将全面开放。

望着家门口的仁济南院，浦江镇六七十万居民的心安定下来：今后再也不用害怕夜的黑，求医之路不再那么艰难。

这样的安心，如今也出现在上海的其他远郊。那些地方的人们，等优质医疗实在已经等得太久了！

来自上海市卫生部门的一组数据显示，目前郊区常住人口占全市的65%，区域面积占全市的96%，而总床位数仅占全市的45%。至于优质医疗资源，郊区的缺口则更大：全市33家三级医院中仅有9家位于郊区，三级医院2.59万张床位中，郊区仅有0.44万张，占17%。郊区是优质医疗资源的洼地，已成为不争的事实。

如何填补医疗资源洼地，成为新医改一项重要的课题。2009年2月，上海市委、市政府将医疗资源布点调整列入本市新医改近期重点工作，启动了新中国成立以来上海规模最大、力度最强、投入最多的新一轮医疗资源布点调整项目——上海郊区三级综合性医院“5＋3＋1”建设工程，以促进优质医疗资源均衡。其中，“5”即在浦东新区、闵行、原南汇、宝山、嘉定5个区分别引入长征、仁济、六院、华山、瑞金等三级医院优质医疗资源，床位规模600张；

“3”是对崇明、青浦、奉贤3个区(县)的中心医院，提升其硬件设施和技术水平，评审通过后升级为三级医院；“1”即迁建金山医院。

有别于以往“拨款+贷款”，由医院自筹建设资金的模式，“5+3+1”被业内称为“钥匙工程”，从基本建设、大型设备的配置到开办经费以及日后运行经费补助均由市区两级政府予以保障。医院管理者第一次有了“松绑”的感觉，为公立医院的回归奠定了良好的基础。

2012年2月，整体迁建至金山新城西北的复旦大学附属金山医院全面投入使用。新院开诊短短的半年，便实现“开门红”：门急诊总量达55万人次，日均门诊量4000人次、日均急诊量800人次。优质医疗不仅满足了上海西南远郊居民的医疗卫生需求，更因位于东海之滨而辐射长三角，引来越来越多的浙江患者。

10月26日，位于临港地区的市六医院东院正式开诊，成为市郊首个投入使用的新建三级医院。六院东院常务副院长范存义说，临港地区毗邻洋山深水港，区域内有大学，15平方公里范围内现已有30多万人口，而根据新城发展规划，到2020年人口将达到80万。“早期布点卫生、教育等民生资源，将为区域发展打下坚实基础。”范存义说。

12月中旬，位于嘉定新城的瑞金医院北院、位于闵行浦江镇的仁济医院南院以及位于宝山顾村的华山医院北院在经过近三年努力后，均将正式对外接诊。与此同时，按三级乙等医院标准建设的上海市奉贤区中心医院新院也已全面试运行，他们已通过上海市教委高等医学教育评审专家组评估，成为了上海交通大学医学院教学医院。在青浦、崇明，复旦大学附属中山医院青浦分院、上海交通大学医学院附属新华医院崇明分院不仅优化硬件配置，而且在医疗质量、人才培养、管理上狠下功夫，朝着三级乙等的目标冲刺。

至此，上海市政府调整医疗资源布局的“5+3+1”郊区三级医院建设取得重大进展，离新一轮医改“提升郊区居民享有优质医疗服务的可及性”目标更近了。上海将形成较为完善的医疗服务体系，市民将享受“1560”就医圈带来的便利：即居民步行15分钟可到达最近的社区卫生服务站点；通过公共交通工具1小时可到达三级医院，就近享受优质医疗服务。

更值得期待的是，伴随着优质医疗资源在远郊的落户，公立医院改革的攻坚战将拉开序幕，从医药分开到成立医院理事会等改革试点的推出，将带来不同的就医新体验。

（2012年12月10日《文汇报》）

记者感言

在医疗过程中，“看得到病”、“看得起病”、“看得好病”是三个重要环节。就上海这样一座特大型城市而言，医疗资源不可谓不丰富，然而，优质医疗资源分布的不均衡，让上海长远郊居民求医之路有些艰难，尤其是近年来随着城镇化建设的步伐，许多居民迁至远郊落户。远郊居民渴望就近得到优质医疗资源服务的呼声越来越高。

在3年前启动的新一轮医改中，上海市政府对这一呼声予以了积极回应，将调整医疗资源布局的“5+3+1”工程列入了深化医改的“重头戏”。而这是上海自新中国成立以来最大规模的医疗资源布局调整。

记者以新建的远郊三级医院开业为契机，通过浦江镇居民乔阿姨记录的仁济医院南院诞生记，在反映了居民对大医院落户远郊的期盼之情的同时，也体现了市政府为民办实事的决心。而伴随着“5+3+1”工程的推进，在享有与市中心三级医院同质化服务的同时，医药分开、药物零差率等公立医院改革试点新举措相继在新建医院推进，让远郊居民又收获了意外礼物——公立医院开始回归公益性。

新农合，病有所医掉“馅饼”

新华日报记者 陈 明 付 奇 杨 梅

2012年12月16日，周日。寒冷的冬日淅淅沥沥飘了一整天细雨，显得格外阴冷。记者费尽周折找到南通市通州区二甲镇北潭村时，村子已星星点点亮起灯火。在村民曹玉兰的指点下，记者敲开了一直在家养病的蔡凤娟的家门。

老人刚从镇上医院回来，正准备生火做饭。记者搬张小板凳坐在灶口，和老人聊了起来。

“都说天上掉不下馅饼，可最近这馅饼真的就掉到我头上了。”蔡凤娟说，前几天，正为今年年关怎么过犯愁的她突然接到了一个镇上打来的电话，叫她去拿支票，而且数额还不少。

“这钱从哪里来的？”蔡凤娟心里不禁犯起嘀咕：2011年3月在

上海做手术的费用，当年5月份“新农合”就给报销了1.7万多元，后来在县城住院，出院时就结报了，怎么还能再领钱呢?

镇上负责发放的工作人员告诉她，这是区里新推出的“新农合二次补偿”政策补偿款!

“真是太意外了！”攥着这张崭新的支票，蔡凤娟对“新农合”有着更多的感慨，“不幸中的万幸啊，要不是‘新农合’，像我这种久病缠身的人，早没法过了！”

蔡凤娟不到30岁时就得了风湿性心脏病，不仅丧失了劳动能力，还时时受病痛折磨，因为家里没钱，就只好一直这么拖着。20世纪90年代时到上海求医，医生建议手术。“那时候，我们这样的农民没有医保，家里也不富裕，哪看得起啊！”

给蔡凤娟的“病情”带来转机的，是区里2005年起开始推行的“新农合”。“每年只要交十几二十几块钱，手术、住院就都能报销，而且一年比一年高。2011年，我和老伴商量后，下决心到上海做手术，花了8万多块，很快就给报了17500多块，我们已经很知足了。”说起报销，这位朴实的农家妇女还有点不好意思，“没想到，这次又有二次补偿。我总担心，怕是我一个人把全村人交的钱都报了呢。”

一旁的曹玉兰告诉记者，几年前刚开始实行“新农合”时，她也犯过嘀咕：我没病没灾的，凭什么交这10块钱。后来还是蔡凤娟劝导，说花点小钱买个大防备，心里安实，这才去交了钱。如今，看到老姐姐几年下来总共只交了200多元，却报销加补偿拿到3.6万元，这让曹玉兰很庆幸当年的决定。

通州区卫生局合管办主任金剑南告诉记者，在通州，蔡凤娟不是唯一领到这笔“天上掉下暖心钱”的农民。2011年以来，该区连续两年实施了“新农合”二次补偿，累计发放二次补偿金2795万元，先后有14675名农民感受到了这种“新农合”二次补偿带来的惊喜，其中有22人拿到年度最高补偿款12万元。

“农民得实惠的背后，是政府真金白银的投入。”金剑南给记者算了笔账：区里从2005年开始实施“新农合”制度至今，基金盘子从启动时的2852万元猛增到2012年的3.1亿元，增长了10倍多。其中各级财政补助金就达2.4亿元，是绝对大头。截至2012年11月底，7年来累计住院报销38.6万人次，报销资金80366万元；累计门诊报销12644万元。这，确实温暖了成千上万患病农民的心。

金剑南介绍说，“新农合基金盘子成倍增长，一方面说明农民参合积极性高，另一方面也暗示还有许多资金沉在账上，没有真正派上用场。”于是2011年区政府对这笔结余资金进行专题调研后，决定对参合农民实行二次补偿。“具体标准分三个等级，累计医药费在1万—4万之间，第一次报销不到30%的，二次补偿时补齐；4万—10万之间的，补齐35%；10万以上的补齐40%。像蔡凤娟的医疗费是8万，就按35%标准补齐。”

记者把金剑南的话转告给蔡凤娟，她更高兴了，立马催促老伴赶紧把老两口明年的参保费缴上去。“我们老两口每人只要缴费80块，政府就给每人补助300块，听说往后这样的补助标准还要提高到450块甚至更多呢！”说这话时，蔡凤娟脸上的皱纹里都流淌着笑意。

此情此景，让记者对十八大提出的加大民生建设力度、确保民众病有所医，有了更深的理解，更充满了期待。

（2012年12月27日《新华日报》）

记者感言

看病能报销部分药费是患者的福音，而报销后还能获得“二次补偿”，则是“天上掉馅饼”了。2011年冬天，记者深入通州区农村采访，长年患病又没有经济来源的蔡凤娟老人依靠该区创新实施的“新农合二次补偿”政策，不仅“病有所医”，更实现“有病能医”。尽管饱受病痛折磨，但这一惠民政策阳光的普照，却让她的脸上时时洋溢出温暖的笑意。

如何宣传十八大提出的“确保民众病有所医”等一系列惠民政策，记者感慨，千言万语喊破嗓子，不如脚踏实地寻找给老百姓带来看得见、摸得着的好处生动例子。作为宣传十八大精神“走转改”报道的《新农合，病有所医掉“馅饼”》的采访及读者反馈，让记者深切体会到，任何好的大政方针，都必须实实在在落实到基层去，只有百姓说好，才真正“叫好”。民生利害，是永不过时的量度。

变"残山剩水"为"生态乐园"
——"石老板"阮连根的生态"畅想曲"

江苏电视台记者　陈　辉　顾道远　谢学敏　常大召

【记者】咱们这个照片是什么时候拍的?

【宜兴市民】这个3年前拍的，原始的一个照片。

【记者】那时候上面好像一棵树都没有啊?

【阮连根】没有，那时候一棵树都没有，现在呢复耕了以后，现在已经栽上去了，有一大片的。

【记者】这个绿化的面积有多大这块?

【阮连根】三四百亩。

抬走10多万方的乱石，运来40多万方的熟土，3年时间，阮连根已经让近1万亩的矿山宕口披上了绿装。对于这来之不易的满眼绿色，阮连根相当珍惜。

【阮连根】基本上每个星期都要来几趟的，把坏掉的树，缺苗的我再把它补上去。

张嘴就是生态，闭嘴就是环保，这让你很难把阮连根和原来那个开山毁绿的“石老板”联系在一起。十几年前，阮连根就在这里开矿，从2003年起，宜兴市开始了大规模的矿山禁采和山区环境整治，2007年，阮连根的矿山被彻底关停，这让他断了每年近千万的财源。关门歇业的阮连根沉寂了大半年，那段时间里，他还常常会来到矿山宕口，看着眼前的乱石嶙峋，阮连根暗暗下了决心：不管多难，都要把这片“残山剩水”变成“生态乐园”。

【阮连根】原来我是开矿的，几十年破坏掉了，我想把它重新修复，心态呢比较平衡一点吧。

如今的生态园已经初具规模，可阮连根难忘当初的艰难，花280万的大价钱做了规划图，将近一个亿资金投下去，可问题也接踵而来，要想完成这么大的生态园，必须要先申请立项，符合规定才能动工。看着一张张送到面前的停工通知书，一腔热情的阮连根懵了。

【阮连根】感到发懵的时候，晓得这样干不了，花这么多的钱，自己钱全上去还不够。

虽然给阮连根发了不少的停工通知，但宜兴市的相关部门并没有简单地对他进行处罚，而是多次找到阮连根，帮他出点子，理思路，直到生态园得到立项。

【宜兴市发改委科长　周洁】我们根据政策要求，召集规划、国土、环评、旅游等部门对这个项目进行了综合论证，我们根据这个审查意见，对项目进行了审批。

立项下来了，手续齐全了，再加上各级政府先后出台多项措施引导支持矿山综合治理，阮连根的生态“畅想曲”也越奏越欢快：生态园里，景亭、长廊、别墅相映成趣，800亩的绿色有机蔬菜基地生机蓬勃，一片片蒿草荒凉的残山废地变成了果园，一潭潭残宕死水变成了清粼粼的湖塘和瀑布，江苏唯一的越野车赛道已经投入使用，动物园、游乐场也进入了快速建设阶段。这一切都提振了阮连根的信心。

【阮连根】这里明年国庆就会打造成水上乐园，我这个整个一片要在3年之内打造成国家4A级景区。

【记者】看着眼前的美景，已经很难和当初那个一片废墟的矿山宕口联系在一起。在几天的采访中，阮连根经常打趣说自己是个标准的“靠山吃山”的人，可在记者看来，这两种吃法却大不一样，前者吃的是开山毁绿的“资源饭”，后者吃的却是修山造绿的“长远饭”。“美丽中国”、“美好江苏”，随着生态文明建设力度的不断加大，随着石老板阮连根们的转型升级，一曲更加恢弘的生态畅想曲已经在江苏大地奏响。

（江苏电视台2013年2月6日）

记者感言

“走下去”“沉下来”，才能为观众奉献带着泥土气息、带着记者情感体温的新闻报道。2013年2月5日，《新春走基层：“石老板”阮连根的生态“畅想曲”》在《江苏新时空》栏目中播出，生动的现场、朴实的话语、真切的感悟，讲述了一个“石老板”将一片“残山剩水”打造成“生态乐园”的曲折历程。

十几年前，阮连根是当地的矿山老板，靠着开山采矿成了当地数一数二的成功人士。但从2003年，宜兴市开始了大规模的矿山禁采，2007年，阮连根的矿山被彻底关停，他决定将这片“残山剩水”改造成“生态乐园”。在采访中，阮连根经常打趣说自己是个标准的“靠山吃山”的人，可在记者看来，这两种吃法却大不一样，前者吃的是开山毁绿的“资源饭”，后者吃的却是修山造绿的“长远饭”。阮连根身份的转变其实是江苏生态文明建设的一个缩影，随着生态文明建设力度的不断加强，一定会有越来越多的阮连根转型发展，而江苏也将谱写一曲生态文明建设的美好篇章。

村邮站里话"便利"

浙江日报记者 吴晓鹏 王庆丽
通 讯 员 吴邯宁

从宁波市区出发，驱车两个多小时，我们来到鄞州区瞻岐镇合一村村邮站办公室。村庄地理位置偏远，给这里5000多位村民的日常生活带来极大不便，充公交卡、缴电话费或水电费，都得到4公里外的镇上去。

最近，该镇首个信息化村邮站在合一村落成，让村民减少了来回奔波。除了最基本的邮件投递，合一村的村邮站还增加了邮政缴费功能，居民可以在此为手机充话费、交水电费和充公交卡，还能代购飞机票和汽车票。

2012年12月4日上午，来自瞻岐镇和各村的干部、村民代表齐聚一堂，就如何进一步加强村邮站的公共服务功能，与宁波市各级邮政部门的工作人员进行商讨。

“十八大报告指出，要加强基层社会管理和服务体系建设，结合我们镇的实际来说，创建好村邮站这个平台，因地制宜地拓展邮政以外的各种服务项目，使之逐步变成一个多功能的便民服务站，让农民办事便捷，节省出更多时间去搞生产、谋致富。”瞻岐镇党委副书记戚燕枫首先发话，闹哄哄的会场顿时静了下来。

“戚书记，现在可真方便多了，”50多岁的合一村村民邵赛仙接过话茬，“开会前我刚在这儿充了100元公交卡，天气虽然有点冷，可我几分钟就从家里走过来把这事儿给办好了，以前坐公交到镇上，来回一趟，要一上午时间呢。”

合一村村邮站工作人员范春飞，拿起办公桌上的缴费登记本告诉大家，村邮站10月份的业务量为150笔，11月前20天就已上升至245笔，其中以公交市民卡的充值业务最受欢迎。“希望大家帮我们多宣传，让乡里乡亲都知晓村邮站的新功能，能来享受服务。”范春飞说。

“那是当然！”合一村村支书李华忠积极回应，“下周开村委会时，我再跟大家把这事说一遍，也让村干部配合你们把宣传单子发到各家各户，让大家一传十、十传百！”

“村邮站今后有没有可能增加取款功能？”从外地来合一村做小生意的杨华对此非常关心。小杨说，在村里有时急需小额资金周转，想快点取笔钱出来却不容易。

“我们去跟邮政储蓄方面协商，争取让村邮站办理小额存取款业务，或者在村邮站里装上ATM自动存取款机。”宁波市邮政局市场部大客户中心副主任傅毅平答道。

傅毅平说，十八大报告专门提出要强化企事业单位、人民团体在社会管理和服务中的职责。作为国企，邮政局也在调整工作思路，化被动为主动，积极开拓便民业务，力争实现公共事业费收缴业务的全覆盖，“就是要让老百姓感到，一出家门就能办好这些事。”

他还告诉大家，其他一些缴费项目，如有线电视和煤气费收费等，邮政部门正在同有关部门洽谈，争取近期开发上线。届时，宁波市2300多个信息化村邮站，在公用事业费方面的代收代缴业务将达到8种以上。

“便民很重要，富民更关键。十八大强调了农民增收问题，提出要促进工业化、信息化、城镇化和农业现代化的同步发展。我们能否借村邮站这一平台，利用信息化手段，带动全村人增收致富？”戚燕枫接着提问。

瞻岐镇背山靠海，盛产小海鲜，是鄞州农业资源最丰富的地区之一，但落后的农村物流阻碍了农产品流通，成为当地发展的一个瓶颈，能否借助村邮站这个平台，推动农村物流发展，是镇干部一直在思索的问题。

“我们也正有此打算！”鄞州区邮政局副局长董武斌频频点头。他说，宁波已有部分村邮站正在进行试点工作，由市交通委牵头，集合邮政部门、交通物流龙头企业、相关技术公司等单位，依托村邮站和物流信息平台整合农村物流资源，改变当前农村物流薄弱的困局，真正为农户实现便利的农村物流服务，条件成熟后也将在鄞州逐步推广。

（2012年12月5日《浙江日报》）

记者感言

浙江日报《走基层——学习十八大民生现场会》大型主题采访活动，是一次深入宣传、贯彻、落实党的十八大精神，也是一次进一步深化“走转改”的主题报道。本次大型采访活动的最大创意和亮点，是发挥记者的主观能动性，选取基层关注的一个民生热点问题、现实难题或热门话题，组织相关单位、人员，在基层召开现场会，充分发挥干部群众的聪明才智，围绕十八大报告，广泛听取民意，齐心协力解决问题，既体现了十八大精神，也体现了“走转改”发现问题、解决问题的要求。

从2012年11月下旬起，浙江日报记者奔赴山区、海岛、农村、社区、企业、学校、工地……结合各地学习贯彻十八大精神的生动实践，精心谋划发展新思路、新举措，报道持续一个多月，在要闻版面共刊发稿件40多篇，有人物、有故事、有细节、有场景、有议论。尤其是本报党的十八大代表俞佳友积极参与，更增加了报道的分量和影响。

宁可没有政绩，也要治好污水

浙江人民广播电台记者　李方存　钱　葳　沈杭珍

近日，平阳县委、县政府出台政策，对于在今年年底前主动退出生皮制革的企业，将以每只30万元的价格收购企业的制革转鼓。为实现全县“无制革”目标，曾经的“中国皮都”平阳县付出了持续不懈的努力。

人们仍然记得，2004年，时任平阳县委书记戴祝水为治理制革污水而向省领导悲壮地表态：“我们宁可当一届没有政绩的领导，也要把这个污水治理好。这是个艰难的工程，要相当长一段时间，这5年可能还出不了成果，产值还增不上去，我现在是非常痛苦，痛苦是现在，是治理的过程，但是，我为下一任能够打好基础。”

凭借祖传的制革工艺，平阳县水头镇人把一张“皮”做成了一个大产业，皮革业年产值占全县工业产值1/3以上，被誉为“中国皮都”。然而，蓦然回首，母亲河鳌江却已是乌黑一片。2003年，浙江唯一一顶“国”字号污染的帽子扣在了水头镇头上。

水头镇1000多家制革企业被关停并转，平阳县的GDP也迅速下降，财政收入负增长，经济增速居全省末位。这样的政绩，让戴祝水在汇报工作时惴惴不安，如坐针毡。

抉择是痛苦的，但后退将更加痛苦。归根结底，发展不是为了政绩，而是为了人，是为了人们能够在这片土地上更好地生活。正如时任浙江省委书记习近平强调的：“你的政绩就在于，怎么把这一方秀山丽水保护好，青山不老，绿水长存，这是你最大的政绩。”

宁可没有政绩，也要治理好污染！治理好污染，就是最大的政绩！

这一年，浙江第一轮“811”环境污染整治攻坚战全面打响。长兴县召开震惊全省的“不发展”会议，对蓄电池铅污染物等采取铁的手腕；绍兴县对印染污水掀起“染缸革命”；台州关停多家重金属及电镀污染企业；东阳画水镇竹溪工业园区撤下污染企业，重新规划。“既要金山银山，又要绿水青山，绿水青山就是金山银山”，人与自然和谐相处的发展理念从此深入人心。

（浙江人民广播电台2012年11月16日）

总编点评

大型系列报道《浙江声音》是浙江广播电视集团学习贯彻十八大的重点节目。这一系列报道紧紧围绕“科学发展、成就辉煌”主题，从浙江发展中具有现实意义的一系列重大战略、重要事件和标志性成就入手，深入采访当事人和见证者，讲述浙江发展中的生动故事，以一个个生动的声音形象，盘点过去、关照现实、反映未来。一经播出，受到了各界的好评，取得广泛的影响。

为了做好报道，浙江之声抽调了骨干采编力量，组成了特别报道小组，对过去十年的重要事件进行了全面梳理，并专门听取了政治、经济、社会、文化等各方专家意见，最终确定了选题，几易其稿，最终成形。

千里连线“夜谈会”

安徽日报记者　胡劲松
通　讯　员　曹传林

2012年11月27日傍晚，记者冒着弥漫的寒雾，驱车近百公里，来到十八大代表汪术华所在的太湖县牛镇镇南阳村。夜幕降临，村里虎形塘治理现场却热火朝天，群众正借助灯光在加班加点、干得正欢。

南阳村位于花亭湖水库尾梢，用汪术华的话说，是一个“三不靠”的村，既不是山区，不能靠山吃山；又不像畈区，不能大面积种植，也不像圩区，作不了“水文章”，地形不好，遇到暴雨，成熟的庄稼只能睁眼看着被山洪吞没。指挥虎形塘治理的小组长李章柱告诉记者：“十八大一结束，汪术华就赶回村里组织党员集中学习十八大精神，会上大家都感到村里发展步子还是不够快，思路不够鲜明，关

胡劲松在采访现场

键是要下决心改变‘三不靠’面貌。现在我们抓紧农闲时节搞水利，为全村大发展打基础！”

晚上7点，在村两委会议室里，视频开通了，正带领流动支部党员们在上海开学习会的汪术华出现在视频影像里，跨越千里的山村与上海视频连线学习会开始了。电脑里，汪术华的话铿锵有力：“要改变‘三不靠’，建设现代化新农村，需要进一步明确全村发展路线图。能不能干好，关键看村‘两委’过不过硬，特别是党总支这个‘火车头’有没有劲！”

记者看到，部分路线图已经上墙，每项任务又进行了分解，并落实了领办人：近期快速完成4口当家塘治理和2公里村级水泥路、2000人安全饮水井的建设，中期加快农家书屋、农民文化培训中心、老年活动中心和村卫生室、苏冲小学的建成，远期落实800亩公用毛竹林和600亩南阳河圩的改造工程，建成竹艺加工厂和休闲垂钓中心。彻底解决老百姓行路难、上学难、就医难、生活难、发展难。

“夜间学习不耽误白天的工作。这样的视频学习会，汪书记和村两委搞了多次。不光村两委搞夜间学习，到目前为止，全村32个组，像这样自学的组已经超过了半数，其他组正在逐步安排。”村总支副书记钱锋介绍。

“这次回上海流动支部召开学习会，我们支部决定，除了在流入地做好新市民，还要进一步利用外出务工经商的流动党员资金实力相对雄厚、信息来源丰富、思想观念开放的优势，组织他们支持村里的公益性事业。”视频那一端的汪术华充满信心。

紧接着，正在上海组织小组夜谈的汪术华和在太湖组织夜谈会的钱锋搞起了电话连线。“请大家放心，有十八大精神的指引，有山里人的勤劳，有流动支部的支持，用不了几年，南阳一定会成为太湖县的首富村，全省有名的致富村！”大山夜谈会上响起一片掌声。

【百姓心声】

十八大报告提到进一步推进城乡一体化发展，让我们农民大受鼓舞。而且大会再次把农业发展放在更加突出的位置，让老百姓对幸福生活更有盼头，我们的日子会越过越红火。

——南阳村民、肉猪养殖大户　聂正丰

（2012年12月9日《安徽日报》）

记者感言

十八大召开后，全国各地掀起了深入学习贯彻十八大精神的热潮，把学习贯彻十八大精神转化为建设美好中国的正能量。

为深入报道安徽各地学习贯彻十八大精神的情况，《安徽日报》在重要版面先后开设“十八大精神在基层”等栏目。为此，记者走进大别山区，报道了太湖县牛镇镇南阳村干部群众学习贯彻十八大精神的情况。由于该村地处大山深处，党员主要分布在两地：一部分在本村务农，一部分在上海务工，根据这一情况，他们采取网上视频连线学习的新形式，既不耽误工作，又打破了时空限制，增强了学习实效。记者夜访小山村，现场报道了该村两委这一创新性的学习方式。

让文化与旅游深度融合

安徽电视台记者 张阿林 刘 飞 奚 源
胡明江 吴 刚

【记者】我现在是在黄山市刚刚建成的徽雕博物馆，它已经成为黄山文化旅游的新景点，在这里广大游客不仅可以看到艺术精湛、价值不菲的艺术品，也可以买到像我手上所拿的几十块钱的工艺品，从而让博大精深的徽文化流向寻常百姓家。

这个建筑面积9000多平方米的徽雕博物馆，目前收藏了2000多件竹雕、木雕、砖雕和石雕作品。从2012年年底开馆以来，参观的游客络绎不绝。

【游客 洪建华】感觉很震撼，看到了很多我们徽文化传承下来的记忆。

【游客 戴雪梅】来黄山旅游不仅欣赏黄山，看黄山风景，希望来到黄山脚下，看看这边的徽州雕刻。

在游客们感叹于徽文化魅力的同时，我们更惊叹于这座博物馆的诞生。34岁的朱伟是这座博物馆的馆长，年纪轻轻的他和弟弟朱宏已经从事木雕雕刻近20年，现在他们不仅拥有一家竹雕木雕生产厂，2011年年底在当地政府的支持下，还建起了这座博物馆，目的就是走文化和旅游深度融合的路子，拓展黄山旅游新空间。

【黄山徽州竹艺轩雕刻有限公司总经理　朱伟】我们要设计更多的产品，来适合我们的现代家居，在生产中保护，把我们的产品融入现代生活，这样子市场会更广。

近年来黄山市抓住皖南国际文化旅游示范区建设的历史机遇，通过实施博物馆集群建设、“百村千幢”古民居保护利用、文化演艺和文化产业园区建设等一批重大项目，努力把文化资源优势转化为文化产业优势。这样的思路同样在皖南旅游重地池州得到了彰显。为了打破“只知九华，不知池州”的怪圈现象，池州市借力示范区建设，在做大佛文化品牌——大愿文化产业园的同时，正在重点打造以杏花村为代表的历史文化品牌和以升金湖、牯牛降为主体的自然生态文化品牌，进而带动全市旅游经济的强劲发展。

【池州市旅游委员会主任　章健】我们要打造星级的线路，星级的企业，星级的商品，提升池州旅游发展的核心竞争力。

【记者】游黄山、拜九华，当我们从这两个景点出来之后，走高速只要两个多小时，就可以来到安庆的天柱山了。像我现在就来到了天柱山风景区的山谷流泉摩崖石刻，我身边的石壁上刻着大大小小300多幅各朝代的作品，这给天柱山又平添了一分文化气息。

如今当你来到天柱山，可看的不止是山上的怪石奇松了。走下山，摩崖石刻，三祖寺等极具文化特色的景点也吸引了大家的目光。

【游客　谢轶寒】这里的摩崖石刻很多，年代很久远，以前去过其他的景区，是没有看到的，感觉这里的历史文化很深远。

相比黄山和九华，天柱山上的景点相对较为集中，这在方便游客观赏的同时，也带来了游客在这里停留的时间不长这样的问题。为了更好地打造天柱山旅游，让这里的风景留得住人，当地大力开发周边的文化旅游资源，一个天柱山风景群正在逐渐形成。

【安徽天柱山旅游发展有限公司总经理　余海兵】文化应该是旅游的灵魂，我们潜山的人文资源比较丰厚，我们在建设的过程中，首先是高起点、高标准地做好规划，尽量地保护好这些现有的遗留下来的文化遗产。

在旅游界有着“天造黄山、佛造九华、人造方特”的说法，芜湖方特的迅速崛起，正是皖江城市创新精神的生动载体。从2007年11月开园以来，芜湖方特已经接待了15000多万人次的游客，在完成欢乐世界和梦话王国的基础上，方特正在酝酿非遗博览园等更多创意型文化旅游。

【芜湖华强文化科技产业有限公司营销总监　佟兴】我们会把我们所有的创意文化新产品、新的思路在芜湖来实现，实现我们的质变，通过三园的建设，打造一个我们真正的产业旅游目的地，而能把我们的竞争对手远远地甩在后面。

在文化强省建设的过程中，安徽省委省政府审时度势，从“两山一湖”自然风光景区的重点打造到皖南国际文化旅游示范区的提出，文化在旅游产业中的作用越来越被提升到新的高度。只有将文化之魂与旅游之体深度融合，旅游产业才能迎来转型升级，提质增效，推动安徽由旅游大省向旅游强省跨越，促进文化软实力不断增强，在美好安徽的建设中奏响文化强省的最强音。

【安徽师范大学国旅学院副院长、博导　苏勤】旅游的本质就是文化，我们的皖南旅游应该讲更是要起到一个领头羊的作用。这个地方的发展，它的总体的定位，不应该是我们国内，而应该是一个国际上面的知名的、有示范效益的旅游区。

（安徽电视台2013年1月16日）

记者感言

文化是旅游的灵魂，文化在旅游产业中的作用越来越被提升到新的高度。只有将文化之魂与旅游之体深度融合，旅游产业才能迎来转型升级，提质增效，推动安徽由旅游大省向旅游强省跨越，促进文化软实力不断增强，在美好安徽的建设中奏响文化强省的最强音。

同时，发展旅游，就要提炼本土的优秀文化资源，打造精品旅游。在我们的实践发展当中，大凡对文化遗产利用得好的地方，也都是旅游文化遗产保护和弘扬好的地方。皖南地区达到成为国际化的旅游目的地，应该讲是非常有条件，也一定能实现。采访中，我们还感受到，随着旅游产业的不断发展，民间资本在皖南国际文化旅游示范区中的比重越来越大，并使旅游资源得到了有效的补充。利用好民间资本，是发展皖南旅游的重点。政府应加大对民间资本的支持力度。

长乐念好“‘网、通、达’三字经”推进社会和谐

福建日报记者 梁建平 卢 雅 郭 政 林 蔚

“亲，有什么困难不，随时找我们哦。”2012年12月13日，记者走进福州长乐金峰镇政府办公楼，看到镇党委书记周晓翔的“淘宝体”联系卡就摆在前台，上面印着他24小时热线电话号码。据悉，这是长乐创新社会管理工作的一个举措。目前，长乐18个乡镇、街道的党委书记已全部亮出名片，和群众保持顺畅沟通。

长乐市辖4街道12镇2乡，总人口70万，经济实力居全省县市十强。近年来，随着城镇化的推进，流动人口不断增加，征地拆迁、看病住房、交通环境等各类问题日益增多。如何应对新生社会问题，为科学发展创造和谐社会环境？长乐市政法委书记吴文琪介绍，诀窍在于念好“‘网、通、达’三字经”。

“网”，即网格化管理，将行政区域划分为若干网格，使这些网格成为政府管理基层社会的单元。2012年年初，长乐梅花镇在福州农村中率先试点网格化管理，将全镇6个建制村分为10个网格，建立“一格多员、一员多能、一岗多责”的工作机制，同时实行“一线工作法”，让干部将服务触角延伸到基层最底部。

“群众找上来，干部走下去。”梅花镇党委书记吴永忠说，实行网格化管理后，原来被动、定性和分散的管理，转变为主动、定量和系统的管理。

在梅花镇试点基础上，长乐快速“织网”，推进吴航、航城、漳港、营前、金峰等镇（街）网格化管理工作。在城区，将16平方公里的行政区域分为25个责任网格和142个基础网格。

“通”，即民意诉求渠道畅通。长乐在网格管理的基础上，设立城市管理服务指挥中心。群众通过“12319”24小时服务热线、爱长乐城市贴心管家网站等，向中心反映诉求；中心即刻立案，5分钟内将任务派到责任单位，要求其到现场处理，能马上办结的立即办结，不能马上办结限时办结。同时，由网格巡查员对“网”内的民生诉求进行全面调查、汇总、解决和反馈。

此外，长乐在福州市率先试点成立市委群众工作部，在全省率先成立18个镇乡（街道）综治信访维稳中心；市四套班子领导轮流每天接访，街道乡镇党委书记公开联系方式。通过信访工作、群众工作、社会管理工作，“三渠同疏”，密切干群联系。

“达”，即有效满足群众诉求，化解矛盾纠纷。

在梅花镇党委门前的公示栏上，电子屏幕滚动播放诉求人、诉求事件、处理结果等信息。每月，该镇定期编发《网格化管理服务工作简报》，寄送给诉求百姓，及时反馈。2012年1—11月，该镇共受理群众诉求839件次，已办结

710件。

从10月试运行至今，长乐城市管理服务指挥中心总受理量268件，已办结222件。

“念好‘三字经’，群众办事方便了，抱怨减少了；政府形象、干群关系改善了。”长乐市委书记王绍知表示，“社会管理创新虽不产生GDP，却大大促进了GDP的增长。”

（2012年12月15日《福建日报》）

记者感言

在推进城镇化进程中，长乐市努力探索社会管理新路子。他们“三字经”创新的根本点，就是人民为上，以民为本。

网格化管理的出发点和立足点，就是让百姓的事有人管，有地方管；让我们的干部和社会组织，有一个平台，有一种责任，能够为百姓办事，认真为百姓办事。

为了让百姓的需求得到响应和落实，最重要的是让党和政府与百姓之间建立起诉求畅通的信息通道。长乐市为此采取了一系列行之有效的措施，让干部能走下去，让百姓能找上来，让群众的需求与呼声能够很快通达办事部门和人员，同时采取有力措施，确保民有所呼、我有所应。通则不痛，一通百通。特别是长乐市认真解决百姓诉求的办法，使民意民情不仅“通”，而且“达”，得到解决和回复。许多矛盾和问题，因此得到化解，社会管理因此而和谐。

采访中，长乐市的同志说，做社会管理工作，又细又杂又累，也很难一下子看到“政绩”。但是，这是百姓的呼唤。人民为上，人民的期盼就是我们奋斗的目标，只要心中装着“人民”二字，再苦再累，也要把这些事情办好。

福建文化产业：转变赢市场

福建电视台记者　黄山君　陈　辰

台上正在演出的是传统莆仙戏《三请樊梨花》，记者发现虽然只是一场很普通的下乡演出，但却吸引了超过千名观众。

【莆田市忠门镇西沙村村民】跟平常的小剧团比起来，这个团在唱功、表情各方面水平都高一些，感觉很专业，很好。好的剧目、好的剧团要经常下乡，传播一下。

台下群众看得兴起，而台上的演员也演得高兴。

【福建省莆仙戏剧院有限公司演员　林春红】这3天要演6场，中午一场、晚上一场，这三天每天都是这样。

【记者】这样累吗？辛苦吗？

【林春红】虽然演得很辛苦，但是演得场次多了，我们工资也高，大家也很高兴。

演员们说，如此叫好又叫座的火爆场面在前几年是不敢想象的，以前的国有莆仙戏剧团是事业单位，拿着铁饭碗、吃着大锅饭，在节目创作上缺少激情，演出时又不愿意走出剧场。这种情况2011年改变了，这一年，在国有文艺院团纷纷转企改制的大背景下，福建省莆仙戏剧院有限公司成立了。这个公司实行绩效工资，多演多得，激发演员积极性，并借助莆仙大剧院这个平台，创作排演精品剧目。

【福建省莆仙戏剧院有限公司董事长　王少媛】改制之后，我们企业更加重视市场，加强下乡巡回演出和其他商业演出的场次和演出水准，（创作的）精品也不再只是为了赛场，也要兼顾广大观众的喜爱，做到赛场、市场双丰收。

2012年，福建省莆仙戏剧院有限公司组织各类演出近200场，场均观众达2000人，盈利超过100万元。转变理念赢市场，这样的经历不仅仅发生在国有文艺院团身上。

（动画片一小段）

这是正在央视少儿频道热播的动画片《小瑞与大魔王之快乐擂台》的片段，而这已经是《小瑞》动画系列仅一年的时间里在央视播出的第三部，100多集的播出量可以看出它的高人气。而这正是厦门本土动漫企业大拇哥公司的力作。眼下，《小瑞》第四部已经进入收尾阶段。

【厦门大拇哥动漫股份有限公司总导演　唐海鹏】以前就是像木偶一样固定的几个表情，现在你看它的眉毛，上下都可以动，非常的灵活。

制作一分钟的动画，平均成本就是一两万元，但卖给电视台播出每分钟只有一两百元。动画片，如何盈利？

【厦门大拇哥动漫股份有限公司总经理　蔡凡】靠动漫纯播出，想把钱赚回来是不太可能的，所以在渠道的推广方面，我们还延伸了一些动漫延伸产品的一些东西。

2012年秋季，大拇哥公司全面挺进动漫衍生产品市场的开发与运营，通过与泉州的服务企业联手，启动动漫品牌授权业务，旗下集娱乐、购物一体化的连锁零售业态——大拇哥动漫时尚体验馆也启动了特许加盟招商。现在，公司已经在全国开设了300多家动漫时尚体验馆，2013年计划超过1000家。

【信心解读】

福建省文化产业研究策划基地执行主任曲鸿亮认为：2012年，福建省文化产业增加值达到985亿元，同比增长22.8%，占全省GDP的比重达到5%，根据国际通用的衡量标准，文化产业已经初步实现成为福建省国民经济支柱性产业。

【站在新起点】

2013年《政府工作报告》提出：要实施文化大发展大繁荣“八大工程”，文化创意等十大文化主导产业占文化产业增加值的比重超过75%，年均增幅超过30%。要建设一批国家级文化产业示范园区和示范基地，力争到2016年，文化产业增加值占地区生产总值的比重要达到8%，真正成为国民经济支柱性产业。

（福建电视台2013年3月1日）

记者感言

党的十八大报告提出全面建成小康社会的新要求，其中包括“文化产业成为国民经济支柱性产业”。尽管中国的经济总量已经位居世界第二位，但是中国还不是一个文化强国，文化产业输出远不如其他产业输出。面对国家日益激烈的市场竞争，以及西方社会的强势文化入侵，中国的文化产业已经走到了必须转变的十字路口。让文化产业彻底走向市场经济走企业化的道路，是大家的共识，但是该如何走，成为一个难题。这次主题采访，记者从传统演艺产业和新兴动漫产业入手，从国有企业和民营企业两个角度切入，报道了福建的企业从体制机制上，从经营思路上进行改变的探索，总结出一定的经验，希望能给福建的文化产业提供一些经验和案例，告诉大家只有转变才能赢得市场，才能在相对弱势的局面下闯出一片天。

@江南都市报　共筑中国梦

江南都市报记者　金路遥　何柳斌

曾伟：盼加气砖厂投产为事业“添砖加瓦”

本报搭建微博平台邀请70余万粉丝倾诉自己的梦想。

盼加气砖厂投产为事业“添砖加瓦”

姓名：曾伟　性别：男　年龄：29岁　家庭住址：新建县城　年收入：20万元

曾伟和朋友经营着一家公司，年收入可观，但他不想安于现状，这次将目光瞄向了国家鼓励发展的环保领域，正筹划开新建县首家加气砖厂。昨日上午，手拿一叠材料为砖厂办报批手续的曾伟，语气豪迈："在我看来创业无止境，年轻人就要敢闯敢试！"

"我现在最大的梦想就是加气砖厂能尽快建成投产。"曾伟说，砖厂投产后，既能为自己的事业"添砖加瓦"，又可为环保事业贡献一份力量，这样的创业感觉一定很美妙。

想开家男装店"既赚钱又顾家"

陆红霞的梦想是开一家男装店"既赚钱又顾家"

姓名：陆红霞　性别：女　年龄：24岁

家庭住址：新建县城　职业：饭店经理

年收入：4万元

初中毕业后就出来工作，陆红霞年纪不大，"工龄"很长。近10年来，她先后在服装厂、超市、服装店打过工，目前在南昌红谷滩新区金融大街一家饭店站稳脚跟。昨日下午，穿着饭店经理制服的陆红霞和记者聊起梦想这个话题时感叹，虽说现在收入比较稳定，但很难顾得上家，年幼的女儿很少见到妈妈，她梦想开一家男装店，一来自己有这方面的工作经验，有信心赚到钱；二来又可以把家安在店里，"安安心心当好一名家庭主妇"。

考取教师资格证今后圆教师梦

张鹿：考取教师资格证今后圆教师梦

姓名：张鹿　性别：女　年龄：23岁
家庭住址：南昌县　职业：学生　年收入：暂无

“如果你赖在床上睡觉，只能完成一个梦；早点起床，很可能可以完成一个梦想。”这是南昌航空大学大四学生张鹿常说的一句话。虽然被保送为该校的研究生，但她丝毫没有懈怠，而是每天早出晚归，泡在学校图书馆里。

“如今有的同学找工作屡屡碰壁，也给我敲响了警钟。”张鹿说，现在学校考证的人非常多，去图书馆占座得趁早，晚了就没位置。张鹿梦想成为一名耕耘在三尺讲台的园丁，现在盼望着考取教师资格证。

油价降下来加气站多一些

姓名：潘华　性别：男　年龄：41岁　家庭住址：西湖区系马桩
职业：出租车司机　年收入：5万元

40岁出头的潘华是名“老”司机了，在江西大众交通运输有限公司干了10

多年。妻子贤惠，家庭和睦，他希望上小学三年级的女儿成绩能更好一点，自己收入能涨一些。

“现在油价比较高，每天烧油要花300多元钱，最大的梦想就是油价降一点，再涨就会影响我们的生计了。”潘华笑着说，现在很多出租车“喝”天然气，但只在高新区有一处加气站，很不方便，希望加气站能多一些，运营成本就会节省很多。

老公辛苦采集的蜂蜜运回南昌不愁销

姓名：缪细连 性别：女 年龄：27岁 家庭住址：新建县北郊 职业：蜂农 年收入：7万元

阳光下，缪细连肤色浅黑，看上去比实际年龄要大一些。用她的话说，平时既要带好小孩，又要忙着四处卖蜂蜜，没时间保养，“和我老公相比，我做的这些不算什么。”

缪细连和老公李亮华打理着一个“流动”养蜂场，哪里有好的蜜源，他们就请货车将蜂箱运到哪里。每年开春后，李亮华就带着蜂箱一路北上，最远要去内蒙古，风餐露宿，采集到的蜂蜜通过物流运回南昌，由缪细连销售。

缪细连最大的梦想就是老公在外地辛苦采集的蜂蜜运回南昌后，都能很快销完，“这是对我老公辛苦付出的最好回报。”

（2013年3月21日《江南都市报》）

总编点评

2013年3月17日十二届全国人大一次会议闭幕会上，国家主席习近平以中国梦为主题的讲话，激荡人心，催人奋进。江南都市报及时策划、开全国纸媒先河，于次日推出了以“百姓梦反映中国梦”为主题的“中国梦·我的梦”大型主题策划报道，记录干部群众在十八大精神引领下奋发进取、实现新梦想的行动轨迹。

该系列主题策划报道从推出至今，时间跨度近2个月，推出了20余篇报道。通过集纳各行各业的中国梦，以百姓的梦想来展示中国梦这个主题，以可触可感的追梦故事表现人们对中国梦的期盼。所有报道都用人物来展现，言之有物，有血有肉，可触可感，既带有鲜明的主题性又具有可读性。同时，江南都市报官方微博与报纸报道进行互动，同步征集“微梦想”，活动吸引了38万多网民晒梦想，形成了强大的网上网下舆论场，收到了很好的舆论引导效果。

江南都市报中国梦策划还与十八大精神宣贯及中国特色社会主义宣传教育相结合，通过选取种粮大户、村支书、大学生村官、创业典型、政府官员等群体，以他们的经历和切身感受，体现出时代飞速发展给百姓生活带来的翻天覆地变化，证明只有中国特色社会主义的伟大旗帜能够最大限度地团结和凝聚不同社会阶层、不同利益群众的智慧和力量，只有中国特色社会主义道路能够引导中华民族实现伟大复兴，只有中国特色社会主义理论体系能够引领中国发展进步。

峡江水利枢纽：“抬田”破解国内水利建设头号难题

江西电视台记者　朱　林　温　俊
编辑　王志奇
摄像　朱　隆

建设大型水利枢纽，必然会涉及移民搬迁，淹没耕地等问题，可以说，安置移民、保护耕地是国内水利工程建设中绕不开的头号难题。而在江西投资最大的水利工程——峡江水利枢纽，建设者们创造性地采取大面积“抬田”的做法，最大限度地保护了群众利益，成功破解了这道难题。

吉水县水田乡富口村距离峡江水利枢纽主体工程不到100里。村民王振球介绍说，按照以前的规划，水库建成后全村3000多亩耕地都要淹掉。几年前村里搞了抬田，自己家里的水田增高了两米五，这样，即使将来水库蓄水，耕地也不会被淹。王振球还告诉记者，抬田以前，自己家里八亩水田高低不平、田块零碎，灌溉、排水都不方便。抬田工程给水田配套了完整的田间灌溉渠道，现在自己每年不但能种两季水稻，还能多种一季冬季作物。

【吉水县水田乡富口村村民　王振球】现在我们种了油菜，有排水沟，灌溉的地方都有，那个油菜长得现在还是比较好。

10里外的西田村是抬田工程的另一个受益点。村民王玉发告诉记者，早在两年前，全村老小就做好了移民去外乡的准备。去年村里1000多亩水田全部搞了抬田，政府就近在10里外的山坡上规划了一块地作安置点。

【吉水县水田乡西田村村民　王玉发】水淹掉就没田种了，就要往外迁了，现在抬起田来了，我们这里就可以后靠（搬迁）了，不用外迁了。

按照工程设计，峡江水利枢纽蓄水以后，周边的吉水县、峡江县和吉安县将有3.75万亩农田被水浅淹，失去生计来源的3万村民必须移民外迁。为了挽救这3万多亩耕地，保住村民的饭碗，工程建设部门想到了“抬田”这个办法。由于国内没有大面积抬田的先例，施工人员经过了多次技术实验。据他们介绍，抬田并不仅仅是增加耕地高度，对于土层的选择和处理都非常有讲究。首先要把农田上面的耕作土层进行剥离，然后覆盖2米左右厚度的基础料层，再铺上35厘米的黏土作为防透水层，最后把原先剥下来的耕作土层压实到顶部。抬田完成后，耕地的海拔将比原先升高2.5—3米，高出水库设计蓄水位1米。平均下来，每亩耕地需要投入抬田经费2.6万元，3.75万亩抬田工程的总投资达到了9个多亿。另外，由于抬田需要占用库区土方量，整个峡江水利枢纽因为抬田要减少0.6亿立方的库容，一年少发电40多万度。但保留下来的耕地每年可以产出1800万公斤粮食，能解决3.5万人一年的口粮。

【峡江水利枢纽工程建设总指挥部常务副总指挥　姚毅臣】与群众的生产、生存、生计问题相比较的话，我们减少一点库容、牺牲一点发电量，这个还是值得的。

抬升两三米的海拔高度，保住了3万多亩农民世代赖以生存的耕地，换来了3万移民的就近安置，峡江水利枢纽抬田工程成为群众满意工程。

（江西电视台2012年12月6日）

总编点评

学习贯彻十八大精神，贵在落实。在十八大结束后不久，江西在峡江水利枢纽工程建设中推广“抬田”这一做法，最大限度地保护了群众利益，我们认为，这就是对十八大精神最生动的诠释和贯彻。抬田保护耕地，是江西在大型水利建设中探索出的一项创举，该片准确把握了这一新闻事件的重要价值，开宗明义地点出了阐述了峡江水利枢纽大面积“抬田”对于国内水利建设的指导性，在正文又对这一做法的首创性进行了阐述；同时在制作手法上，采取了动画制作的方式，对“抬田”的具体步骤做了形象的再现，使观众一目了然，充分发挥了电视的优势。

小财政撬动大民生

——看无棣如何解决“学老贫病”

大众日报记者　王福录　魏　然
通　讯　员　李　政　蒋惠庆

保障和改善民生，让人民过上更好生活，是十八大提出的要求。但民生是个花钱的“差事”，上学、养老、看病无不需要花钱，很多地方苦于“钱不够花”。

情况真是这样吗？鲁北小县无棣提供了一个不同的解答。这个年财政收入只有8亿多元的“欠发达县”，近几年却交出一份令人刮目的民生答卷：平安校车“村村通”、五保老人“全供养”、居民就医“全报销”……

无棣的秘诀是，运用市场手段、发动社会力量、巧花钱算细账。

2012年12月12日，记者来到无棣采访，体会他们如何用“小财政”撬动“大民生”。

算细账，“住院全报销”完全能实现

上午9点，无棣县海丰街道卫生服务中心二楼病房，医生们正忙着查房，48张病床已经住满。

50岁的杨振岭10天前肩周炎犯了，搁以前能捱就捱了，这次是听说全报销才来的。“一共花了1430.2元，您只要交200元就行。”蒋秀芹医生办好出院手续，把费用清单递给他。

8月1日起，参加新农合和城镇居民医保的人，在无棣9处乡镇卫生院和2处

算细账，住院全报销

社区卫生服务中心住院只需掏200元起付线，其他费用全部报销。

“以前不舍得住院的农民现在也愿意住院了”，水湾镇卫生院副院长赵梦泉认为，全报销可以防止农民把小病拖成大病，带来的正面效应无法估量。

“全报销经过周密测算。”县新农合管理委员会办公室副主任王清泉说，此前，无棣新农合参合农民有38.8万人，基金总额1.38亿元，起付线和报销比例是150元、80%；城镇居民基本医疗保险参保人数为5580人，基金总额134万元，起付线和报销比例是500元、70%。经过测算发现，实行100%全报销，新农合和城镇居民基本医保需新增补偿费用1350多万元，但如果把起付线统一定为200元，再严格控制乡镇卫生院住院次均费用和医药费用不合理增长，这块新增费用完全可以消化掉。

县长丁海棠说，明年无棣还将提高对重大疾病的补偿标准。

全社会关爱，五保老人“全供养”不是难题

午饭时间，县民政局副局长邵元亮带着面粉、面条、食油等直奔水湾镇敬老院。一进食堂的门，饭菜香扑鼻而来。

“今天吃小鸡炖蘑菇、白菜炖豆腐，老人们牙不好，炖菜最受欢迎。”院长郭元岐说，菜是院里自己种的，绝对无公害。

“还天天不重样！”85岁的老人马连荣在一旁接口。住在敬老院的82位老人中，除20位行动不便在房间就餐外，其余都来餐厅吃饭。

宽敞明亮的楼房，每个房间都有液晶电视、沙发、暖气、卫生间，作为一间乡镇敬老院，这里的条件算是一流。

香喷喷的鸡块真好吃

2011年7月，无棣县委决定，全县12个乡镇敬老院，分别由1—3个县直部门、企业帮扶，每年扶持经费10万元，将老人的供养费由每人每年的2500元提高到5000元。同时发动社会各界捐赠献爱心，至2012年12月份，已收到24个帮扶单位、17个爱心企业捐款869.4万元。

五保老人的供养费翻番，城乡低保标准也在不断提高。2012年年初，无棣城市低保标准由每人每月350元提高到了410元，月人均补助水平从210元提高到275元；农村低保标准由每人每年1500元提高到每人每年2300元，月人均补助水平从90元提高到了155元，提高了城乡困难群众的生活水平。

借力市场，“全国第一个校车公司”这样诞生

下午5点，县第二实验学校。七年级学生马振东和孟维忠说笑着走出校门，直奔停在不远处的一辆黄色校车，刷卡后找座位坐下。

校车看护员文如娥清点了一下人数：“63人全了，杨师傅，咱们走！”司机杨海峰启动校车，稳稳地向鲁北商城方向驶去。“上车刷卡，家长马上就能收到短信通知。”文如娥说。

在无棣县校通服务公司，经理崔宝龙带记者走进控制室，智能电子运行图

学生们高高兴兴走下校车

上，119部校车的运行轨迹看得一清二楚。2010年8月，无棣最大的民营企业滨州永胜集团投资2500万元购买了这119辆校车，配备专职司机和随车看护员，成立了全国第一个校车公司，目前每天接送7300余名学生上下学。

“以前接送学生的多是旧客车或农用三轮车，存在严重安全隐患”，县委宣传部长荆晓玲说，现在由市场化运营，专业又安全。坐校车的学生每人每月交140元买月票，县财政补贴70元/月，低保家庭的学生可以免费乘车。算下来，政府每年需补贴500万元。明年还将提高乘车补贴标准。

“这说明政府认可我们的服务”，崔宝龙闻讯又订购了23台新校车，准备2013年1月份投入运营。

在无棣县委书记李恩波眼中，民生事业离不开强有力的财政支持，但好钢要用在刀刃上，需要精心打造惠民工程才能让更多人受益。连年来，无棣对教育、医疗、养老等民生事业的财政投入比例年年提高，“十大惠民工程”年年翻新。2011年，累计完成民生投入11.2亿元，占财政总支出的66%，2012年1—9月全县民生支出10亿元，增长22%。

（2012年12月18日《大众日报》）

记者感言

针对十八大提出的保障和改善民生要求，记者到多地采访。无棣这个年财政收入只有8亿多元的“欠发达县”引起了记者的注意，原因无他，在民生这个花钱“差事”前，记者鲜听见无棣各级各部门“哭穷”，相反，民生问题解决的令百姓舒心、放心。记者由此深入采访，探访“小财政”解决民生问题之道。

连续多日，记者在无棣的中学、医院和敬老院采访，与大量学生、住院病人和敬老院老人聊天，采访普通市民，了解他们的感受，逐渐还原无棣民生工程始末：只要用心想办法，小财政一样能做出大民生。无棣经验不仅可供财政“小县”借鉴，对富裕地区同样具有参考价值。

掌握大量素材后，记者同编辑反复研究，认真修改，逐步提炼深化主题，最终成稿，在头版突出刊发。稿件见报后，被多家网站媒体转载，引起广泛社会反响，认为此稿是地方贯彻十八大精神的生动体现。

胡福祥和他的吕剧团

山东电视台记者　左宪南　张　杨　张　旭

【滨州市邹平县吕剧团团长、国家一级导演　胡福祥】演戏，作为一个演员来讲，应该是用心去演，刻画人物要达到一种忘我，不是在表演，而是演的人物应该是自己，才会打动观众。

（文化下乡演出现场）

【胡福祥】这是我们演员的化妆室，演员们正在紧张地化妆。哎，演员们能摊上这么一间化妆室就烧高香了。以前我们经常到农村去，后台没有房子，没有房子天气又冷，有时候飘着雪花，下着雨，怎么办？我们就自己搭个帐篷，有时候冻得手就哆哆嗦嗦的拿不住化妆笔。她是我团里特邀小演员，演了几个小品，在“平民书记”那个剧中，扮演了一个小女孩，唱一段吧，来两句。（女孩唱戏“可气死我啦……”）

【老百姓】生活水平提高了，现在天天跟过年一样。我看场戏，我看个演出，我自己参与表演个节目，他心情特高兴。有许多的观众随着我们的演员，演员在台上哭，底下的观众也陪着哭，我们戏演完了，老大妈老大爷还不走，我说大妈怎么还不走啊？哎呀，还没缓过神来呢。哈哈哈哈哈哈。

（山东电视台2012年12月6日）

总编点评

为宣传贯彻落实十八大精神，新闻中心策划推出了《十八大报告关键词解读》、《代表在基层》、《走基层·我上电视（广播）》、《走基层·17市贯彻落实十八大精神》四大主题策划。其中《走基层·我上电视（广播）》专栏，是通过“走转改”的方式，反映基层党员干部群众对党的十八大精神的理解和拥护，对贯彻落实好党的十八大精神的期盼和心愿。这条新闻报道就是《学习贯彻十八大·走基层我上电视》专栏的优秀新闻作品之一。在策划“走基层我上电视”设计之初，就提出了要区别于一般的“走基层”报道，强化采访对象为唯一的主角，以采访对象的真实讲述充实新闻。从这条新闻作品来看，选择的是一个县级吕剧团团长，从他对艺术的看法和感受到老百姓丰富的文化生活，展现出现在文化大繁荣大发展的盛景。全篇内容没有一句解说，全部用现场和同期串联一起，在后期编辑时记者也是很好地把握了片子的节奏感。画面与同期、背景声与同期一气呵成，自然流畅，画面有冲击力。

河南省各地学习贯彻十八大精神

河南人民广播电台记者

濮阳：加大投入力度，推进基层文化建设

十八大报告指出，文化建设要坚持面向基层，服务群众。濮阳市加大投入力度，推进基层文化建设。

濮阳市清丰县城关镇有一支小有名气的老年秧歌队，领队陈美玲告诉记者，如今加入队伍的人越来越多，可在以前满打满算不过五个人。

【陈美玲】一开始没人玩，几个人一商量成立了个队伍，大队也

支持，上面也支持咱，买的服装，又给买的腰鼓带，正儿八经成了大队伍了。

如今，乡亲们参与文化活动的积极性越来越高，精神面貌也得到改善。同时，为了彻底解决基层工作力量薄弱、投入不足等问题，濮阳市不断加大资金投入，激发基层群众活力。

【清丰县城关镇文化服务中心主任　高庆华】以前我们没有资金，想干事不能干，现在市委越来越重视农村文化生活，每年市财政拨款5万块钱用于文化建设，我们的文化工作越来越好做了。

今年起，濮阳设立了市级农村文化建设专用资金500万元，引导鼓励社会力量的支持，努力做到基层文化工作有人管、有人干、有事干、有钱干，激活基层文化的一池春水。

【濮阳市委常委、宣传部长　徐兰峰】一定要按照十八大精神要求继续抓好乡村的文化“四有”建设。通过这种文化生活来服务社会，推动经济发展，使广大人民群众享受到改革开放的成果。

新乡：大力发展新能源产业，推动产业升级转型

十八大报告提出，支持节能低碳产业和新能源、可再生能源发展。新乡市利用当地电池产业优势，将电池及电动车产业作为支撑全市产业升级转型的战略新兴产业之一。

段师傅是新乡市一位普通的出租车司机，听说当地陆续投放了100辆纯电动出租车在市区示范运营，即省钱又环保，于是也报名申请换上了新车。

【段师傅】现在我们开这个新能源汽车比过去的普通车成本要低，平均每

天低40块钱，一月下来我们收入要多1000多块钱。

新乡市新能电动汽车有限公司的一位负责人告诉记者，目前该厂已具备5万量电动汽车的产能，未来将有更多的纯电动汽车投入运营。

【负责人】十八大报告提出支持低碳环保、新能源和可再生能源的发展，我们学习以后信心大增，很受鼓舞，使我们有决心把这个产业做好、做强。

下一步新乡市将不断加大电动汽车产业投入，同时以培植新乡经济发展战略支撑产业为目标，重点培育新型电池产业，带动发展绿色清洁型电池材料产业，形成产业链完整的新型电池产业体系。

【新乡市委书记　李庆贵】紧紧抓住中原经济区建设这样一个战略机遇，加快跨越发展和三化协调发展。今后我们将不遗余力抓好这些新兴产业，培育新的增长点，为中原经济区建设作出我们应有的贡献。

焦作：拉长产业链条，装备制造业迈出新步伐

十八大报告提出，加快工业经济结构调整和发展方式转变，促进现代产业体系建设。焦作市强力推进工业结构转型升级，促进产业集聚发展。

河南中轴控股集团股份有限公司是焦作一家以制造汽车零部件为主的企业，产品多销往山东、广西等地，随着一批产业关联强的项目在焦作入驻，中轴集团得到了极大的便利。

【副总经理　王志明】对于我们汽车零部件产销拉动超过20%，对我们技术提升和技术进步的作用也会越来越明显。

不久前正式在当地投产的瑞庆汽车发动机技术有限公司所需的部分零部件

已经实现了当地生产，如今拥有年产25万台发动机的瑞庆公司也进一步推动了焦作市汽车零部件产业发展。

【总工程师　门学武】下一步我们将充分利用当地优质的资源，完善生产产业链，实现企业优质快速发展。

作为中原经济区经济转型示范市，焦作市大力实施工业强市、开放带动战略，先后引进建设了一批科技含量高、产业关联强、市场前景好的重大项目，为加快产业转型升级提供了强力支撑。

【焦作市工信局局长　兑恩奇】十八大报告中提出，加快工业经济结构调整和发展方式转变。结合我们焦作的实际，我们将紧紧抓住建设中原经济区经济转型示范市这个契机，以转型升级为主线，通过高新技术改造传统产业，发展培育新兴产业，持续提升全市工业发展的质量和水平。

农民过上城里年　新型社区四个好

郑州日报记者　杨玉玺　史治国

火红的灯笼、簇新的对联和不时响起的爆竹声，虽然春节已接近尾声，但是荥阳市豫龙镇槐西新型农村社区依然笼罩着新年喜庆气氛。

昨天上午，记者来到槐西新型农村社区。正在散步的社区居民赵先洲笑容满面地告诉记者："今年是住进新型社区后第一次在这儿过年，社区里可得劲儿，跟在城里过年一个样。"

住在新型社区里，到底有哪些变化？赵先洲细数了四个"好"。

工作好找。以前他们一家四口人才4亩多地，日子过得紧巴巴的，自打土地流转住进槐西社区后，自己在社区附近工厂上班，每个月都有固定的收入，儿子刚毕业，又在社区附近开了个电脑维修部，老婆也开了一个养殖场专养鸽子，一年收入也有10万元左右。

东西好买。在社区门口有一家大型超市，里面的商品种类齐全，购物不用再到城里拎着大包小包挤公交了。2012年过年，他们家在社区超市里就置办齐了年货。

道路好走。不管去荥阳还是去郑州，社区附近都有公交，很便捷。

服务实施好。在社区周边分布着银行网点、药店诊所、饭店宾馆以及各类商铺。

正说着，楼下广场传来了音乐声，赵先洲急急忙忙和记者告辞，他要到社区广场和大伙儿排练龙灯。赵先洲说，以前过年，就是打打牌、侃侃大山。现在可不一样了，我每天都到社区服务中心和村民一起练龙灯，既锻炼身体，又心情舒畅。

据了解，2012年，荥阳启动了39个新型社区，2013年将再启动16个。随着新型城镇化建设的加快推进，荥阳将会有更多的“村里人”就地过上“城里年”。

（2013年2月19日《郑州日报》）

总编点评

这篇稿件是从郑州日报新春走基层系列稿件中挑选出来的。这篇稿件有几个特征：其一，记者从基层一线选取新闻的立意、视角，因此显得生动、鲜活，有现场感，记者虽然在客观描述一些新闻事实，但文中带着真情实意，有很强的感染力。其二，文章切口都选得很小，但都能以小见大，通过对槐西新型农村社区过年的一个个情节的叙述，反映出了农村出现的巨大变迁。其三，叙事的语言风格，亲切自然，没有生僻的字词，多用群众语言，多用直接引语，偶尔夹杂几句方言，从而让水灵灵的新闻得到朴实无华的呈现。再加上一些辅助手段比如数字、背景资料的运用，文章又具有很强的说服力。

散去了，田野上那滚滚浓烟
——感受公安县循环经济魅力

湖北日报记者　周对葵
通　讯　员　陈念祖　夏　峻　刘锡斌

循环经济

着力推进绿色发展、循环发展、低碳发展，形成节约资源和保护环境的空间格局、产业结构、生产方式、生活方式……发展循环经济，促进生产、流通、消费过程的减量化、再利用、资源化。

——摘自党的十八大报告

大力推进节能减排和淘汰落后产能，发展循环经济和低碳产业，走资源节约型、环境友好型发展之路。

——摘自省第十次党代会报告

叫买声中烟散去

2013年1月6日，寒风凛冽。公安县章庄铺欣荣村王宗柏正走村串户收稻草。“快过年了，各家都要把房前屋后收拾干净，正好凑个热闹。”他说，秋收以来倒腾稻草赚了1万多元。

在毛家港镇螺丝村，孙建安经营的一家秸秆打包站秋季以来收购了3000吨稻草和棉梗。李孝玉家就在“打包站”旁，她说：“烧火做饭用沼气，家里又没养牛，稻草用不上，以前图省事一把‘荒火’在田里就烧了。现在，政府不让乱烧，又有人上门收，能卖个钱是个钱。”

公安县章庄铺镇韦厂秸秆打包站，现金付账，吸引相邻的松滋市杨林市镇黄土坡村赵平专门为之收购稻草

以往收获季节过后，农民纷纷焚烧秸秆，田野里浓烟四起，严重时，遮天蔽日甚至酿成火灾。2011年4月，公安县明令禁止焚烧秸秆，鼓励多种渠道利用秸秆。

2012年夏收后，收购秸秆的叫买声逐渐在公安农村响亮。因为两家龙头企业——万华生态板业（荆州）有限公司和湖北天乐新材料有限公司开始大吞大吐式消耗农作物秸秆。为了给企业组织原料，公安县供销社成立秸秆综合利用专业合作社建立收储中心，王宗柏和孙建安就是收储中心的经纪人。目前，这类经纪人全县有800多人。

“禁焚令”下不曾熄灭的“荒火”，在“经纪人”的叫买声中烟消雾散。

田里换了收割机

在公安县，可利用秸秆在100万吨以上，“荆州万华”和“湖北天乐”现有生产规模仅消化秸秆10万吨左右。但他们仍需舍近求远组织原料，“荆州万华”所用秸秆2/3采自外地，采购员最远到了江苏盐城。

“没草卖正常。过去用全喂入式收割机，只割穗子，长长的草茆留在田里，农民一把火烧掉了事。”毛家港镇青羊岗村4组曹志元说，为适应新形势，他才买了台半喂入式能割长草的收割机。

公安县农机局局长陈秋林说，要收购稻草得改变收割方式。去年秋收时，他们从外省组织回500多台半喂入式长草收割机，还利用“农机购置补贴”引导农机手更换收割机。

两家龙头企业给合作社和经纪人留出利润空间：每吨20—30元，以推广新的收割方式。

孙建安在毛家港镇推行“免费收割，稻草抵费”的做法。他与农户各自算账：他算费用，花钱收一亩田稻草与出资帮农户割一亩稻谷大体相当；在农户看来，割谷不花钱，整田不再为处理草蔸劳神费力。

春节将近，章庄铺镇的马朝军一边忙着给大伙送年货，一边抓紧清账往家里拖秸秆。他在镇上经营小超市，探索“以物易物”收购秸秆：赊给村民日用品，抵回等价的稻草、棉梗。

公安县供销社顺着“合作社—收储中心—经纪人”的思路，在龙头企业与千家万户之间架桥。与2011年相比，“荆州万华”2012年在县内就多收购6000吨原料。

秸秆托起大产业

“荆州万华”利用秸秆生产人造板，“湖北天乐”利用秸秆生产木塑板材。

利用秸秆生产人造板社会效益明显。“荆州万华”突破技术瓶颈，提高秸秆综合利用率。过去，秸秆有效纤维被利用后余下15%的粉尘直接排放，造成空气污染。现在，他们通过技术改造，利用粉尘烧锅炉，既满足生产需要，又降低了成本。

上规模企业才能取得规模效益，才能真正发挥龙头作用。过去，“湖北天乐”只有一条生产线，一年消化秸秆2000吨。该公司投资1.45亿元进行技术改造，增加生产线10条，年消化秸秆可达3.5万吨。

企业支撑产业，造福一方。公安县委书记张万超说，为了形成节约资源的产业，县里正积极争取申报循环经济产业园，全县若以秸秆为原料进行加工，年产值可达6亿元，可为全县农民人均增收300元以上。

（2013年1月22日《湖北日报》）

记者感言

经济工作是一个复杂的系统。这个系统充满矛盾。今天，中国经济高速发展，矛盾也以前所未有的速度集结。党的十八大提出的一系列英明举措要在960万平方公里的土地上落实，举国上下就得直面矛盾，解决一个一个越扯越紧的扣。

收获季节过后，农民纷纷焚烧秸秆，田野里浓烟四起，严重时，遮天蔽日甚至酿成火灾。这已是全国普遍、长期存在的问题，既是资源浪费，也污染了环境。公安县和全国其他地方一样，曾采取行政命令禁焚农作物秸秆，不仅没能解决问题，还激化基层干部与农民的矛盾，有的基层干部甚至就是睁一只眼闭一只眼对待此事，结果有禁无止。资源化，让农民得实惠的资源化，才找到解扣的线头。

解决矛盾还得有一股韧劲。农民做饭不用稻草了，懒得收，割谷时，只收稻穗。要收稻草，就让农民得到好处。要收稻草，就得更换收割机，也要让农机手有经济利益。面对按下葫芦又起瓢的局面，就得有解连环扣的韧劲。同时，公安县培育利用农作物秸秆龙头企业也是在国家产业政策支持下历经了10年之久才壮大起来。十年之因，才有今日之果。所以，解决矛盾还着眼长远。

感受福星村的城乡一体化

湖北人民广播电台记者　李　丽　熊义柏

十八大首次明确提出“城乡发展一体化是解决三农问题的根本途径”。位于我省汉川市沉湖镇的福星村将城乡一体化发展深深烙入发展轨迹，从工业化起步，到城镇化加速，如今福星村已步入信息化和现代化快车道。

10条大街林荫夹道宽阔洁净，一排排现代化的厂房整齐划一，2000栋别墅式居民公寓古朴典雅；银行、宾馆、商场、学校、剧院、体育场、公园、医院、福利院、自来水厂等一应俱全；6条通往外界的公路纵横交织，四通八达。这就是汉川市沉湖镇的福星村。

对比10年前，如今的福星村不仅基础设施城镇化，村民生活水平也达到了城镇化水平。今年65岁的福星村九组村民谭业新每天都和老伴一起打打太极拳，无忧的晚年生活让谭老倍感幸福。

【谭业新】“我屋里人在厂里上班，现在退休后，一个月发1000多块钱退休金，我没上班，一个月有900多元养老金。比以前种地生活水平、经济上大大提高了，我们两人过得多舒服。”

福星村的城镇化之变源于村办企业转型升级后的突破性发展。创办于福星村的汉川铁木加工厂，经过多年发展改名为汉川钢丝绳股份有限公司。紧接着，又实施了系列产品、精品名牌、高新技术“三大战略”，产业结构、产品结构“两大调整”，产业由金属制品业向房地产业、工业地产、生物业、药业、机械、电子等产业扩展。如今，福星集团销售收入早已突破百亿元大关。

“饮水不忘掘井人”。强大后的福星集团又开始在全省率先探索用以企带村的模式对福星村实施城镇化改造。当了福星村12年村支书的谭业亮全程见证了村庄变化。

【谭业亮】“开始走这条路的时候，是乡镇企业起来后，为了带动地方经济，就说以工养农，以厂带村，用经济这个杠杆把老百姓带富。形成这个模式。”

就业是民生之本。福星村的城镇化变革首先是通过福星集团在村里兴办的加工厂吸纳农村剩余劳动力，提高村民的收入。接着，企业又协助政府对村庄实施了基础设施改造。道路硬化了，耕地实现了规模化整治集约化经营，一栋栋农民小别墅拔地而起……企业富了，村庄变了，村民笑了，今年66岁的村民张正群说，他过去做梦也没想到不出村庄就能过上像城市人一样的小康生活。

【张正群】现在你走到哪一家，你翻箱倒柜找不到一双胶鞋，全是皮鞋。下雨全部走的好路，夜晚就是日里，这两天五点半钟所有的全地区的路灯通明，掉一颗针在地下也看得见。我们这个地方以前是农村，说到底是提前解决了城乡一体化，那就是小城镇。

（湖北人民广播电台2012年12月29日）

总编点评

“学习贯彻十八大精神·基层记录”，是湖北之声在党的十八大召开之后，结合省委宣传部组织的大型主题采访活动，精心策划并推出的一档新闻专栏，至今已持续4个多月，播发报道近50件。该新闻专栏的报道，一改以往主题性报道做法，要求记者用走转改的方式，深入一线，使十八大精神贯彻在基层，落实在行动。被采访的人物要具有典型性，所关注的事件要围绕大局，所报道的工作要突出重点。要求每篇报道要有场景，有故事，有新进展。

到目前，专栏所播发的稿件，都是记者下农村、进工厂、到社区、跑学校，深入采访基层干部群众“讲述自己的故事”，点面结合，既有一定深度，又表现生动，具有很强的可听性，社会反响良好。

在贯彻、结合、转化上狠下功夫

湖南日报记者　禹振华

学习党的十八大精神，目的在于运用，关键是抓好落实。必须牢记“空谈误国，实干兴邦”的道理，在贯彻、结合、转化上狠下功夫。

2012年12月12日，湖南省委办公厅、省政府办公厅下发《关于严格控制各类检查评比考核验收活动的通知》；12月6日，省委十届四次全会审议通过了《中共湖南省委关于学习贯彻党的十八大精神进一步开创科学发展富民强省新局面的意见》；12月5日，省委书记周强主持召开省委常委会议，学习贯彻12月4日召开的中共中央政治局会议精神；11月23日，省政府召开传达贯彻党的十八大精神会议；11月17日，省委召开传达学习贯彻党的十八大精神大会……

一项项决策部署，一个个具体举措，上下齐心的实际行动，我省贯彻落实十八大精神和中央政治局关于改进工作作风、密切联系群众的八项规定，部署早，行动快，效果好，下一步要继续在贯彻、结合、转化上狠下功夫。

贯彻，就是要把十八大精神贯穿经济社会发展的全过程，体现到改革发展稳定的各方面，落实到各地区各部门各单位的工作中；结合，就是要紧密联系改革开放和现代化建设的实际、紧密联系党的建设的实际、紧密联系干部群众的生产生活实际和思想实际，切实找准十八大精神与实际工作的结合点；转化，就是要把学习贯彻十八大精神的成效转化为高举中国特色社会主义伟大旗帜的坚定意志，转化为运用科学理论分析和解决问题的实际能力，转化为推动科学发展、促进社会和谐的方针政策、具体措施和实际行动。

首先，各级领导干部要带好头。“带头”体现高度的政治自觉、政治责任、政治担当，“带头”蕴含对党的忠诚、对人民的负责、对事业的执著。学习十八大精神，在贯彻、结合、转化上狠下功夫，领导干部的带头作用，只有“进行曲”，没有“休止符”。

习近平总书记日前在广东考察工作，轻车简从，不封路，不清场，不铺红地毯，住普通商务间，吃自助餐，车队与私家车并行……一系列细节，传递出带头的勇气、智慧与信心，真正做到了“要求别人做到的自己先要做到，要求别人不做的自己坚决不做，以良好党风带动政风民风”。

其次，要更加注重执行力。社会主义现代化建设，无论多么宏伟的蓝图，多么正确的决策，多么严谨的计划，如果没有高效的执行，最终的结果都是纸上谈兵。你对上级决策虚与委蛇，下级对你也会阳奉阴违。

习近平总书记在深圳宣示——“改革不停顿，开放不止步”，其中也包含了对执行力的期望。以更大的政治勇气和智慧冲破思想观念的障碍、突破利益固化的藩篱，敢啃硬骨头、敢于涉险滩，加强顶层设计和总体规划，更加注重改革的系统性整体性协调性，十八大精神就真正落到了实处。

再次，要力戒空谈。规划头头是道，总结天花乱坠，实效却看不见、摸不着，实在要不得。学习贯彻落实十八大精神，无论说得好不好，最终都要用干得好来唱主角。欺骗上级、糊弄同级、无视下级，那真是误国误民。

12月13日，省委书记周强在长沙专题调研时就又一次告诫，把全部心思和精力用在谋发展、抓落实上；大力倡导少开会、开短会、开解决问题的会、开务求实效的会；讲短话、讲真话、讲实话，讲群众听得懂的话；力戒“以会议落实会议、以文件落实文件”等形式主义和官僚主义。

世界上的事情都是干出来的，不干，半点马克思主义都没有。这一点，全省干群务必牢记。

（2012年12月14日《湖南日报》）

总编点评

学习贯彻会议精神，很容易流于形式，成为纸面上和口头上的落实。在党的十八大闭幕一个月后的当天，《湖南日报》特意刊登本报评论员文章，总结湖南省一个月来学习贯彻的经验，查找学习贯彻过程暴露的问题和不足，并结合习近平总书记最近的讲话精神，指出学习贯彻十八大精神，必须牢记“空谈误国，实干兴邦”的道理，在贯彻、结合、转化上狠下功夫。

本文也是一篇改文风之作，在力求观点鲜明言之有物的前提下，体现“短、实、新”的文风。段落和句子化繁为简、化长为短虽只是形式上的改变，但却实实在在契合了读者读报喜好快速、轻松、易记的心理与习惯，更容易使文章入眼入心，从而有效扩大阅读率，增强传播力。

小康，你好

湖南电视台记者　李越胜　肖永根　李　欣　熊　军等

【记者】您觉得您的生活小康吗?

【市民】达到了，吃得饱穿得暖。

【市民】退休了，工资可以，生活不错，很幸福。

【市民】有条件买车买房了。

【市民】养老、医疗、收入都提高了。

【市民】前几年街上只要刮一阵风，到处都是垃圾，现在很好了，亮化绿化都还可以。

【市民】家门口就能上班又方便。

【市民】我们单位领导上个月还跟我说要给我加工资。

【市民】以前待在家里，现在一年出去旅游一两次。

【记者】您对全面小康社会有什么期待？

【市民】教育方面，学费再低一点。

【市民】房价再偏低一点就好了。

【市民】环境，还有食品安全这方面希望能提高些。

2011年永州市全面建设小康社会总体实现程度为77.6%，比10年前（2000年）提高20.9个百分点。

六大类、23项监测指标中，9项指标实现程度达100%，主要有城镇调查失业率（3.89%）、地区经济发展差异系数、基尼系数（0.395）、城乡居民人均住房使用面积（40.4平方米，目标值27平方米）、5岁以下儿童死亡率（9.53‰）、平均预期寿命（74.97岁）等。

经济发展实现程度仅为53.5%，是六大类指标中实现程度最低的。尤其人均GDP现为13178元，小康目标值为31400元，实现程度仅42%。研究开发经费支出占GDP比重为0.19%，小康目标值是2.5%以上，实现程度仅7.6%。到2020年的8年中，经济发展的全面小康实现程度，每年须提高约5.2个百分点。

生活质量实现程度84.0%。其中居民人均可支配收入为8024元，实现程度53.5%。

2011年永州市全面小康实现程度落后于全省平均水平3个百分点。如何迎头赶上，加快全面小康社会建设进程，来听永州市委书记张硕辅的一席谈。

【记者】我们之前进行了一个随机采访，大部分市民还是认为现在的生活已经小康了，但也有一部分市民认为自己还没有小康。作为永州市委书记，您是不是心里有一个预判？

【张硕辅】这个也是意料之中的事情。主要我想老百姓关心的还是他们的收入，我觉得这是第一个，收入水平有差距。然后，第二个就是对我们生活的环境，比如说方便程度，还有就业啊，就学等。

【记者】您刚刚也提到了，收入排在第一位，确实在随机采访中，大家对这一块儿的呼声是最高的。结合十八大报告提出的收入倍增计划，结合永州发展实际，我们要实现收入倍增，压力大吗？

【张硕辅】确实压力很大。我们永州市属于全省经济欠发达地区。之所以有这么大的差距，也正因为经济基础比较薄弱。那么我们在做大蛋糕的过程当中，更要去考虑能够增加城乡居民的收入。所以，我们一方面要把国家对于老百姓这一块儿的政策不折不扣地落实好。另外一方面，我们还是要加快我们的经济发展，要通过我们构建现代产业体系，通过加大承接产业转移，加大对接东盟、对接央企、对接省企的力度。还有就业，我觉得还是要通过创业带动就业，通过就业来从根本上提高城乡居民的收入。

【记者】产业转移这一块，去年获批了国家示范基地，目前发展情况怎么样？

【张硕辅】我们的矿产深加工、农产品深加工，这些产业都得到了提升。同时，我们也依托现有的产业基础和我们的资源优势，我们也培育了、壮大了我们的新兴产业。像我们的先进装备制造业，以达福鑫为代表的电子信息产业，还有我们的光伏新能源产业。所以，我们现代产业新体系的轮廓，我觉得已经初步形成。

【记者】我们有没有一个时间表，每一年大概引进一些什么样的项目？

【张硕辅】高污染、高能耗的我们一律不引进、一律不承接。第二，我们现在承接产业转移，应该更多的是依托我刚才说的这几个现代产业新体系轮廓里边的相关产业。所以，我们现在承接更多的是产业链承接。为了做大做强我的支柱产业，来实行我们新一轮有选择性的承接。

【记者】今年永州完成全年各项目标任务，目前进展得是不是顺利？

【张硕辅】实事求是地讲，我们要完成今年的目标任务有难度。数据上主要是我们的增长幅度低于我们预期的目标，大概比我们预期目标低5个百分点左右。

【记者】我们大概的增幅是多少？

【张硕辅】大概是16%左右。

【记者】原来预计21%？

【张硕辅】对。所以我们在最后30天，实际上我们从第四季度开始就按照省委省政府部署的稳增长、促和谐的专项活动开始部署，就是要怎么千方百计来帮扶企业，把工业经济这一块儿能够尽快地赶上去。尽管有压力，但是我们更有信心，能够通过我们的努力，全面完成或者超额完成全年的各项目标任务。

【记者】您之前刚到永州来工作的时候，是把自己定义为一名考生，在科学发展的考场上面，现在一年多以后，这种心态有变化吗？

【张硕辅】还是一名考生，因为我们每天面临的都是新的情况和新的问题，必须以一种考生的身份不断地去解决新的问题，不断地去为老百姓办更多的实事。

（湖南电视台2012年12月6日《湖南新闻联播》）

总编点评

百姓调查走上街头，海采当地市民，展示他们内心对小康的期盼。数字小康，全面观照百姓对小康的理解和期盼，以小康标准的23项指标作为参照系，采用三维在线包装技术，直观生动展示，算清差距，找到努力方向。年轻记者群做足功课精心设计话题，对话市州委书记，突出一个“实”字，结合当地实际，抓住关键，展示湖南各地干群只争朝夕的精神状态和实干作风。节目播出后，各市州委书记纷纷第一时间致电，称赞节目形式丰富活泼，把准了当地发展特点和重心，对全面建成小康社会起到了凝心聚力的推动作用。

与重复检查说Byebye

羊城晚报记者　夏　杨　沈　璞

周平来广州就诊之前，已在佛山的两家医院做过检查，各花了近千元。在广州已经住院3天，医生通知她马上要手术，而她交的总费用还不到两千。“真不算多！”周平惊喜中带着疑惑，悄悄核对了诊疗单，终于发现了“少”的原因，几项大检查项目，如核磁共振、CT等，这里都免了。

省里大医院为她省了不少钱

湖南人周平今年37岁，一直在佛山南海平洲打工。2011年4月开始，她感觉每次上下楼时，膝盖明显不舒服，开始还没当回事，认为过几天就好了。但后来出现肿胀、疼痛，走路都困难了。一同打工的姐姐劝她，“赶快去医院看看吧”！

2011年11月她去了南海第二人民医院做了核磁共振和其他检查，花了1000多元，排除了骨骼癌变的可能，认为只是半月板损伤。为把病根查得更清楚，她又转到佛山市中医院做检查，确诊就是半月板损伤。但那里的医生对这项手术没有把握，就推荐她去中山大学附属第一医院。

周平动身来广州前确实很担心，到两个医院做检查已花了2000块，去省城大医院住院、做手术，不知道还要花多少！她带着以前检查的病历资料来到中山一院。中山一院医生在看完她带来的片子后，只做了血常规的检查，就决定为她做膝关节置换手术。这让周平有点惊讶，她没提出任何要求，医生为她省去了核磁共振和CT等检查项目，直接使用了以前的检查结果。

“我已经住院3天，手术准备已完成，医生通知马上就要手术了，全部费用不到2000元！”周平说，最主要的是，那几个比较贵的检查项目没重复做，仅仅核磁共振和CT就省了1000多元！

能不重复的检查一律不做

真的不用再检查？周平开始还将信将疑，医生明确告诉她，之前的检查时间不久，经过影像科医生分析，和她目前的病情相符，出于为病人节省费用考虑，不需要另做检查了。“这样也省了排队等待时间，能尽快安排手术！”

“当然，并不是所有患者的核磁共振、CT检查都能省，还要看具体情况。”中山一院关节外科主任廖威明说，周平的情况是符合的。

廖威明介绍，影像学检查在骨科诊疗环节中非常重要性，确诊病情一定要有清晰的数据，如果病人在其他医院进行过影像学检查，而检查结果与临床症状一致，原先的结果就可以采纳；但如果患者带来的片子不够清晰，或者过去时间太久，就不行了。但在不影响病情判断的情况下，能不重复做的检查一律不做。

“但手术前，三大常规、肝肾功能等检查还是要重新检测，这些检查结果随时会发生较大变化，手术前必须看到最新的数据。”廖威明说，有些检查项目必须重复做，这也是为病人的安全着想，而且这些费用也不贵，一般一项只要几十块钱。

检验结果互认给患者实惠

去医院看病，个别医生的大处方、大检查是最令人头疼的事，这也是感觉看病贵的一个重要原因。因为医院利益问题，病人转院后容易遭遇重复检查。如今医改在不断推进，2012年年初广东省卫生厅牵头签订协议，珠三角医院率先实现医学检验结果互认，这一举措给患者带来了实惠。

不过，这项举措在落实中还有些问题需要解决。记者在省内多家医院调查采访中发现，各医院仪器设备、操作水平等都存在不均等问题，导致医院间信任度难以提高，“这需要卫生行政部门牵头成立相关质量中心，对实行检查结果互认的医院严格把关”。

有些检查难以互认，是个别医院的责任问题造成的。比如省内有的医院给病人检查后不给胶片，直接给一张刻有图片的光盘。“这种做法不可取，会诊时很不方便。”有位医生直言：“说得严肃点，这就是不负责任，患者交了检查费，就应该给人家出胶片！”

（2012年12月2日《羊城晚报》）

记者感言

备受诟病的看病贵问题，一个重要因素是医疗大检查、重复检查，患者去到不同的医院，许多检查项目都要重来一遍，这加重了患者的负担，引起很大怨言，恶化了医患关系。广东在医疗改革过程中，率先向这一积弊开刀，宣布珠江三角洲九市试点医学检验结果互认，受到群众广泛好评。在学习贯彻落实党的十八大精神过程中，广东进一步扩大了检验结果互认范围，实现了全省三甲大医院检验结果互认。羊城晚报记者意识到这一民生政策的重大意义，深入医院基层挖掘最鲜活的故事，用患者的亲身经历来展现这一民生政策的实际效果。文章见报后反响强烈，网站纷纷转载。

统筹推行城乡社会保障体系建设，民众期盼社会保障更具公平性

广东人民广播电台　陈明杰　罗　苏　央　珍

社会保障关乎养老、医疗，是老百姓最为关注的话题之一。十八大报告提出，要统筹推进城乡社会保障体系的建设，对未来的政策，老百姓有哪些期盼呢？

杨青草是河南人，来广州10年。不同于在工厂打工的其他同乡，她一直都是自己做点小生意，这种灵活就业的方式使得她的社保只能在户籍所在地购买，因此也没法在广州享受待遇：

【杨青草】我问过我在这里买不了社保，他说我不属于那里肯定不让买。

【记者】你特地去问过这事是吧？

【杨青草】问过问过。为了方便嘛，经常在这里不想回家嘛。

广东是外来务工人员大省，对于远离家乡，在外工作的他们来说，社保可以带来一份安心。正因为如此，杨青草特别希望像自己这种以灵活就业方式工作的外来务工人员可以在广州购买社保，而她最美好的期盼则是全国社保可以连成一张网，领取待遇可以不受户籍限制。

【杨青草】全国联网最好啦，想在哪里用就在哪里用，你看回家都要多少钱啦。

刘春云是一名新客家人，由于子女全部在广州安家落户，他退休后就从江西就来到广州居住。

【刘春云】现在就感觉异地养老有很多不方便的地方，在广州看病必须回到户籍所在地去报销医药费，而且报销医药费的程序很复杂，我们老年人的记忆不好，资料准备不全还要回来重新准备再回去保障。

老人家每年奔波两地，这几天，他正在南昌办理药费报销。老人家说，最期盼医保可以实现异地的结算，养老金的领取也可以实现跨省的领取。

【刘春云】实际上我们希望国家能够重视这个事，这些东西解决起来不是很难，因为现在的信息很发达，网络很发达，只要把它联网，把政策统起来，我们老年人要求不是很高，只是希望生活能够更方便一点，生活更幸福一点，能够安度晚年就可以了。

（广东人民广播电台2013年12月7日）

总编点评

党的十八大提出到2020年全面建成小康社会的宏伟目标，宣示了中华民族实现伟大复兴的决心和意志，人民群众充满期待。

从2012年12月5日起，广东电台组织记者结合“走、转、改”活动，深入基层，推出大型调查报道《基层心声》，传递出人民群众的愿望。累计发稿35篇。该系列报道，倡导“短、实、新”的文风，力求观点鲜明，言之有物，收到了“听众愿意听，听得进”的传播效果。推荐作品选择其中一篇。

“保医”上了双保险
再添“保乐”新内容

广西日报记者　王万程

2012年12月1日，记者去贺州市钟山县采访，喜闻新鲜事。人人都说看病贵，该县红花镇五保村五保老人卢景秀，住院1个月，却“赚”了3元钱。

咋回事？原来，钟山县财政拨专款为3200名农村五保户购买了“新农合”，并实行“零起付线”制度。今年又出新政策，在“新农合”规定报销的金额基础上，对不足部分，发放二次救助金，尽量让其看病治病不花钱。由于救助金都是整数发放，五保老人经常“倒赚”。卢景秀住院花了4538元，“新农合”报销了3341元，又享受救助金1200元，两项相加，“倒赚”很正常！

1994年1月，国务院公布施行《农村五保供养工作条例》，规定

钟山县清塘镇敬老院里老人们在吹拉弹唱其乐融融，该县一文艺干部去现场指导。王万程摄

五保供养主要内容是“保吃、保穿、保住、保医、保葬（孤儿保教）”。社会上把享受五保供养的老人称为“五保老人”。钟山县在2002年尝试建设了五保村，首创五保老人集中供养模式。这一独创性的做法荣获第三届“中国地方政府创新奖”，已在全国推广。

各地学钟山，钟山追求更上一层楼。一是追求“人有我更多”，已建五保村（含乡镇级敬老院）177座，覆盖了所有10个以上五保对象的自然村。二是追求“人有我更优”，加强五保村服务体系建设，在广西率先配备服务五保村的民政专干116名。三是在问题比较突出的“保医”上下功夫，先后推出了“零起付线”制度和二次救助制度，给“保医”上双保险，尽量让五保老人看病治病不花钱。四是追求“人无我有”，在“五保”的基础上，提出在五保村里给五保老人“保乐”。

如何“保乐”？该县177座五保村全部设立集体娱乐室，配备电视、棋牌、二胡、口琴、电子琴等娱乐设施，还抽派文艺骨干到五保村辅导老人吹拉弹唱。此外，不断送文娱活动进五保村。五保老人们发挥余热，帮周边村民看孩子，老有所乐、所为更受敬爱。

12月1日下午，记者走进清塘镇五保村，看到五六个老人，或吹口琴，或拉二胡，或唱桂剧，很惬意。周边村民送来七八个小孩请五保老人看管，孩子们快乐地在老人身边玩耍，好一幅“老幼嬉戏图”。

五保老人潘宏财和记者算了一笔账：“‘五保’照常享受，‘新农保’算发‘外快’，月领55元，每人每月获补160元、15公斤米、半公斤油，再加衣被等救助财物，人均月补价值320多元。现在又‘保乐’，‘五保’变‘六保’喽！”

（2012年12月18日《广西日报》）

记者感言

我曾多次去钟山县的五保村采访，十八大召开后我思考着十八大提出的新课题“努力让人民过上更好生活”，再次去了我国五保户集中供养模式首创地钟山县采访。五保老人是弱势群体，他们的生活是否幸福在社会发展中更具代表意义。深入了解发现，该县进一步解决五保老人“保医”难问题，还为177座“五保村”新建了娱乐设施，添置了娱乐器材。传统意义的“五保”，是确保五保老人最起码的生活问题，现在他们精神生活也引起了重视，岂不是“努力让人民过上更好生活”一个可供借鉴的好典范？于是，采访多日写了这篇新闻。通过这件事我进一步认识到，“走转改”活动不仅是记者发现好素材的不二法门，更是记者落实十八大精神，为社会发展积极做贡献的好途径。

广西：让农村儿童享受同等教育资源

广西电视台记者　满　熠
来宾电视台记者　韦小莉　杨　彪

在广西，未成年人有1400多万，其中2/3生活在农村，为了让这些孩子享受与城市孩子同等的教育资源，广西加大投入，在全区普建乡村少年宫，为乡村孩子创造良好教育环境。

在广西来宾，有55万农村孩子。由于教育资源不均衡，教育设施简陋，孩子们的课余生活非常单一。

【广西文明办未成年人工作处处长　廖荣生】推进乡村学校少年宫项目创建的目的，就是为了进一步缩小城乡农村未成年人的校园活动的差距，不断地丰富完善农村未成年人的课余文化生活。

从2012年5月起，来宾投入2800多万元，在66个乡镇建了837所少年宫，率先在广西实现乡村少年宫基本覆盖。

【记者】我现在是在广西来宾市凤凰镇中心小学，在校园里，我们发现一栋很特别的粉色小楼，它就是乡村学校少年宫。

唱歌、跳舞、画画、做手工，这些都是孩子们现在放学后，最喜欢干的事儿，老师兼职辅导员免费对学生进行辅导。

【记者】手工课是孩子们最喜欢的课程之一，桌上摆满了孩子们亲手制作的手工艺品，我们来看看，有绣球，机器人，这个是生日蛋糕，是顶帽子，可以戴在头上，还有玫瑰花，都很逼真、很形象，这些手工艺品都是孩子们用废旧物品来制作的。

【来宾凤凰镇中心小学学生　谢思堃】这是飞机，(用什么做的？)这是易拉罐，这是纸壳、塑料。（你见过飞机吗？）见过，在天上。想坐飞机去广东看爸爸妈妈。

12岁的壮族女孩谢思堃，是一名留守儿童，她的父母常年在广东打工。自从乡村少年宫建在校园里，她不仅接受了专业的舞蹈训练。还可以通过学校的多媒体教室和在外打工的父母视频聊天。

【谢思堃】妈妈，我做的(飞机)送给你。

【谢思堃母亲】哇，女儿好聪明啊，谢谢，谢谢你。

【谢思堃】妈妈你快点回来看我。

十八大提出，要大力促进教育公平，合理配置教育资源，重点向农村、边远、贫困、民族地区倾斜，积极推动农民工子女平等接受教育。为解决乡村少年宫的投入资金，《广西壮族自治区中央专项彩票公益金支持乡村学校少年宫项目管理实施办法》近期出台。

【广西文明办未成年人工作处处长　廖荣生】2012年中央彩票公益金给了广西68个指标，今年是77个指标。去年是1300多万，今年又增加了几百万，达到1500多万吧。

从2013年起，广西将在全区普建乡村少年宫，同时加强少年宫师资力量的培训。年初，近200名乡村少年宫辅导员在南宁接受了专业培训。2013年起，乡村老师将接受一对一培训，并邀请专家教授定期到农村对乡村少年宫辅导员进行专业分类培训。

（广西电视台2013年2月19日）

记者感言

记者满熠以来宾为切入点，以走访调研走基层的方式，深入到偏远山区的村镇，用记录的手法真实地呈现农村留守儿童在少年宫的学习情况。经过半个多月的采访，虽然很辛苦，但是，记者深切地感受到无论是在偏远山区的山村，还是乡镇，都在有意识地建设和完善少年宫设施。在新建的来宾凤凰镇少年宫，孩子们优美的舞姿、奇思妙想的手工艺品和绘画书法作品，深深地感动着记者，农村孩子也享受着与城市孩子同等的教育资源。此片反映了广西克服各种困难，加大投入，在全区普建乡村少年宫，为乡村孩子创造良好教育环境，不遗余力地贯彻落实十八大中提出的“让农村儿童享受同等教育资源”。

“我们奔小康的路子走对了！”
——十八大代表刘庆鸯与乡亲话小康

海南日报记者　陈成智　张谯星

小雨后的三亚崖城镇坡田洋土地半干半湿。刘庆鸯的高跟鞋上满是泥巴。

明知穿这鞋下田洋就得“拖泥带水”，但刘庆鸯——这位党的十八大代表、崖城镇东关社区党支部书记兼居委会主任、海源实业有限公司总经理，今天愣是忙得没时间回家换鞋！

上午，在三亚市学习贯彻党的十八大精神大会上作报告；下午，到各瓜菜种植基地查看台风“山神”重创后的田洋生产恢复情况，了解东关社区居委会办公楼盖得怎么样了，农村资金互助社发展遇到了什么新问题？这是刘庆鸯排得满满的一天。

刘庆鸯没办法不心急：在北京开会，去了10天，熟人们怕惊扰她开会，约好了似的，都不给她打手机！平时忙碌的手机，一下子安静得让她有些不适应。

偶尔打电话回来问起她最关心的这些问题，大家都让她“放心”。她能放心吗？不是亲眼所见，她放不下心。当然，她也急着要把北京带回来的好消息带给大家，给大家吃“定心丸”。

下午3点，刘庆鸯一头钻进公司“一号基地”，哈密瓜新种“小可爱”长势喜人，看到品相好的瓜菜，刘庆鸯跟看见自家孩子般亲切。她对身旁的老党员、海源实业有限公司副总经理李家芬说：“老李啊，十八大报告明确提出，发展农民专业合作和股份合作，构建集约化、专业化、组织化、社会化相结合的新型农业经营体系，我们奔小康的路子走对了！”

的确，刘庆鸯领军的三亚香顺哈密瓜农民专业合作社和南山寿果农民专业合作社，如今已吸引1747户农户抱团。有了合作社，有了资金、市场、信息、品牌的全面支撑，大家的日子越过越红火。

下午3时50分，刘庆鸯冒雨快步走进东关社区居委会还在进行后期清洁的新办公楼。得知她来，村官王少青、陆大慧、陈秀娟都跟了过来。

“新办公楼的一楼，以后就是我们居委会的服务大厅！”刘庆鸯说，这次到北京，从十八大报告里听到了振奋人心的消息，报告提出“为全面建成小康社会而奋斗”，以前讲“建设”这次改“建成”，这一个字的改变，需要许多惠民政策支撑，基层干部，就是要踏踏实实地落实政策，让百姓过上幸福安康的生活。

走出办公楼，和记者走在一起的王少青，聊起了十八大报告中的新表述：第一次提出“建设海洋强国”，第一次提出城乡居民收入倍增计划……一路兴味盎然。

众树农村资金互助社是今天下午刘庆鸯的第三站，这里也是她的骄傲：成立两年多时间，一群基本不懂金融知识的农民妇女，依托简单的联保和农民的诚信，硬是让949笔贷款无一出现赖账坏账，360万元的启动资金以及后续投入资金，撬动了农民扩大生产经营规模的积极性，帮助农民增收1000多万元。

经典的例子是：社员施仁黎去年贷款17万元，赚了150万元！

“我要带给大家好消息：蒋定之省长明确表示，要加大财政贴息力度，继续支持资金互助社和农户。蒋省长还教我期货知识，教我如何更加精准地了解市场需求。我们和海航集团的食品公司还达成了合作意向，质优安全的瓜果菜，以后就有了订单和稳定的价格。这么多好消息，大家说，能不高兴吗？”刘庆鸯对在场的社员说。

掌声热烈。每个社员的脸上都写满了对未来生活的憧憬。

下午4点50分，刘庆鸯再次穿着高跟鞋钻进了崖城万亩坡田洋黄秋葵基地。基地新引种的5亩黄秋葵，亩产可达2000斤左右，目标市场价高达每斤15元，效益十分可观。

“老黎，你得确保这片田洋出产瓜菜的质量和安全，向农户推广效益高的新品种，给加盟社员带来更多的实惠，让大家提前实现小康生活！”刘庆鸯对45岁的管理员黎仲刚说。

她的高跟鞋上挂满泥巴，但一举手、一投足，精气神十足……

（2012年11月23日《海南日报》）

记者感言

党的十八大胜利闭幕后，全国各级党报都在开展贯彻落实会议精神的宣传报道，但是，以什么样的形式能让这样的报道入脑入心，是要下功夫的。

为采写本文，记者整整跟了十八大代表刘庆鸯一天。而后选取了其中最有意思、现场感最强的场景和对话，既生动地宣传了十八大精神，又凸显了刘庆鸯风风火火的人物性格。

这篇特写，从一双沾满泥巴的高跟鞋下笔，巧妙地点出刘庆鸯一天的繁忙。而后，在瓜棚和社员聊“发展农民专业合作和股份合作”，在未建成的办公楼里谈惠民政策的落实，在众树农村资金互助社谈到蒋定之省长的北京承诺，在坡田洋谈到瓜菜的效益、质量和安全，都与宣讲十八大精神息息相关，却又如聊家常一般不露痕迹。稿件以沾满泥巴的高跟鞋结尾，呼应开头。

通观全文，构思巧妙、细节生动，不失为宣传贯彻落实党的十八大精神的佳作。

我的"海南梦"：
让海洋文化创意成为旅游新风景

海南电视台记者　贺潇鹿

（上篇）

27岁的赵勇强，是四川人，在海南念的大学，毕业后，就留了下来，几年摸爬滚打，现在是海南传世海洋文化传播有限公司的总经理兼设计总监，6个月前，他入驻海南国际创意港，成立了这家创意公司。记者在他办公室，遇见从广东来的客商正在选购他的产品。

【赵勇强】本草纲目里有记载，海南沉香一片万钱，就是说价值非常非常高。然后我们这个礼盒里面包含了一个组合，同时有两款海南沉香的线香。（这是装的线香吗？）对，这个香筒，它是用花梨来做的都是海南元素。

赵勇强说，海南本土元素、中国传统元素、自然生态元素三大块，是他每件设计作品所吸纳的。而打造具有海洋文化的旅游产品，则是他最核心的理念。

【赵勇强】（海南）有这么巨大的海洋丰富资源待挖掘、待包装、欠包装，所以说当初确定了这么一个题材，以打造海洋文化的一些特色礼品，然后成为一个发展的方向。

目前，海南市场上的贝类旅游商品多属于低端加工，产品不够精致。海南建设国际旅游岛对旅游商品市场，也提出了更高的要求，赵勇强认为，开发精细化、产品特色化、设计创意化，肯定是未来发展的方向，如何能在市场中走出一条属于自己的文化品牌之路，创意格外重要。赵勇强现在计划开发一些便携的、具有本土元素的旅游商品。

【赵勇强】（例如）砗磲的手链，现代人都喜欢戴一些佩饰，然后我们这个产品在包装设计的时候就特别选用了这一款茅草的方式，然后手工编织的方式，然后旁边这个纽扣是用了我们海南的椰子壳。

平时，赵勇强除了喜欢骑自行车到处转转，一边亲近自然，一边寻找灵感，他还经常去创意港的创意产品展示区走走，这里展示了创意园区内76家创意企业的2000多件展品，给创意类同行之间的交流学习营造了很好的氛围。

【赵勇强】当然很期待我们的产品能够获得市场的认可，我们同时也期望通过我们这个创意的注入，能够使海南的旅游商品产业提升更高的附加值。

（下篇）

潭门镇一半以上的人家都从事贝类工艺品生意，工厂大大小小加起来有300多家，全镇砗磲产品年产值约1.2亿元。这家砗磲加工厂有40多位雕刻师，每年能出产300多件手工艺品，每件都上万元。

【记者】这个一般是适合什么样的人群来买这个东西？

【工艺师】一般这个适合我们中国比较（欣赏）传统文化的一些懂艺术的人来购买，这个应该有收藏价值。

【记者】这个尺寸蛮大的，也挺重的吧？

（大概有差不多两百斤）

【工艺师】两百斤重，那还需要几个人抬才行。

砗磲生于南海，是我国一级保护动物，但砗磲贝化石是可以利用的。作为近些年新兴的加工原料，目前砗磲加工还处于初级阶段。

（坐着展示物品、交流）

【工艺师】就是我们在提供一些这个大型雕刻件的同时，我们也能够满足更多游客的一些中低端需求。

（主要是大众百姓能够接受得了的）

【工艺师】对。这款产品是我们刚刚自己设计的，是用砗磲加上花梨来搭配，做的这么一款汽车挂饰。

赵勇强带来的小玩意，让工厂的雕刻师们开了眼界。他们说，做了那么多年的砗磲雕刻，一直都是按部就班地雕一些传统图案。

【潭门镇民间贝雕设计师　陈明华】这样的产品以前没有见过。

【潭门镇民间贝雕设计师　祝桂林】心里想出的好多的（想法）把它要体现出来，要以最大的努力，反正是不断地创新。

【潭门镇民间贝雕厂主管　韦勋日】今天所看到的情况，感觉到心里有一股冲劲，就想冲出去，（但要）做好设计包装宣传宣传也不能光靠我们这些人，因为要靠社会力量啊，政府啊，各方面。

【赵勇强】这些贝雕工艺师们,他们的技艺都非常精湛。然后，今天我觉得也看到了一些我们中间能够有机会合作的一些空间，希望我们能够一起把海南的这个海洋文化打造得更深，把海洋文化的礼品做得更精更细。

【记者手记】每个人都有梦想，赵勇强5年前大学毕业时，因为喜爱海南，他的梦想很简单，就是留在海南。工作之中，他接触了旅游工艺品的设计，并意识到建设海洋大省将是海洋文化旅游产品发展的契机。难能可贵的是，赵勇强把知识服务社会，走进潭门渔民中间，意欲实现他的“海南梦”，做深做细海洋旅游产品，做强做大海洋文化产业，为度假天堂奉献一道美丽的风景。

有梦想，有希望，赵勇强说，青春无憾，人生精彩！

（海南电视台2012年12月30日）

记者感言

“我的‘海南梦’”是《海南新闻联播》为贯彻落实十八大精神

而特别策划的系列报道，记者领的任务是在海南的新型工业领域里寻找典型。文化创意产业作为新型工业的有力推手，这类题材也很适合电视的表现形式。记者在海南国际创意港找到了创意设计师赵勇强作为采访对象。

在与他的交谈中记者发现，他所从事的海洋产品创意设计正与海南的产业发展方向——做强做大海洋产业，做深做细海洋旅游产品高度契合。

而就在不久前，海南省委书记罗保铭到琼海市潭门镇（海南前往南海捕鱼的主要是潭门镇的渔民，这里也是海南最大的贝壳集散地）宣讲十八大精神，叮嘱当地要提高旅游工艺品的附加值，这二者之间正巧有了可以交集的联系。因此，记者与赵勇强一起走进了潭门。赵勇强将自己的创意设计与当地的手工艺人进行交流，既带去了新的启发，也找到了可以合作的空间，双方都有了不小的获益。

由于采访内容充实，记者做成了上下两篇，采写编总共用了两天时间。

王一鸣：中国不能错过新一轮科技和工业革命机遇

重庆日报记者　罗静雯

2012年12月4日，我国宏观经济和区域经济领域知名专家、国家发改委宏观经济研究院副院长王一鸣研究员来渝，为市管主要党政领导干部作了题为《中国宏观经济的走势与转变经济发展方式》的报告。王一鸣认为，面对全球新一轮科技与工业革命浪潮，十八大提出实施创新驱动发展战略，抓住了转变经济发展方式的关键。

中国经济连续七个季度下滑　四季度有望“筑底企稳”

截至2012年三季度末，中国经济已连续七个季度下滑。王一鸣说，这表明中国经济增速在明显放缓，其原因很复杂。既有外部需求受挫，也有内需增长放缓，既有周期性调整和结构性因素相互交织，也有短期需求波动和中长期潜在增长率放缓相互作用，加之全球金融危机带来的巨大震荡，使得经济下行周期大大拉长。

“但目前构成GDP增长的一些主要项目均出现回暖迹象，四季度我国经济有望‘筑底企稳’，预计明年状况会好于今年。”王一鸣认为，从长远趋势看，我国经济增长还有很大潜力。比如当前国内市场正在加速扩展，预计到2020年中等收入人口将达4—5亿，内需潜力巨大。教育、留学等人力资本投资效益开始逐步显现。企业的研发能力还有很大提升空间。城镇化和产业梯度转移会产生巨大带动效应。他预计未来十年，我国GDP仍有望保持7%—8%的增速。

“世行专家经过研究，也预计中国‘十二五’年均潜在增长率为8.4%，‘十三五’为7%。”王一鸣认为，中国有能力跨越“中等收入陷阱”，不会像拉美、东南亚一些国家陷入经济停滞。

新一轮工业革命趋势明显呈现“五化”特征

世界金融危机正“倒逼”全球掀起新一轮科技和工业革命，正如美国未来学家杰里米·里夫金在《第三次工业革命》一书中称，互联网技术和可再生能源将结合起来，再次深刻地改变世界。

王一鸣说，这一轮变革趋势明显：第一是经济服务化，生产性服务正在成为产业链中价值增值的主体，传统制造商如西门子、通用等大公司，都在转变为全方案提供商。第二是制造高端化，制造业内部也在向研发、设计、营销网络、供应链管理等两端拓展。第三是生产智能化，由于云计算等大规模数据库的出现，信息技术使生产活动更加智慧和灵巧，3D打印技术就是典型案例。第四是组织网络化，生产环节被配置到成本最低的区位，再整合形成网络，实现各种要素的最优化组合。第五是发展低碳化、绿色化。

“国际产业变革对中国加快转型发展提出了更加紧迫的要求。”王一鸣说，中国不能错过新一轮科技和工业革命机遇。十八大报告提出实施创新驱动发展战略，就是旨在构建更有活力、更富有竞争力的发展方式。

创新驱动　企业是主体

王一鸣说，当前我国人均GDP超过5400美元，东部和沿海发达城市人均GDP超过1万，总体上已向工业化后期迈进，进入了精深加工，技术密集型产业和知识密集型服务业主导的时期，也是传统的靠要素投入，高强度投入向创新驱动转变的阶段，对创新需求大大增强，实施创新驱动发展战略正当其时。

应该如何实施这一战略？王一鸣认为，企业是创新的主体，要加快推进企业主导、市场导向的科技创新，让科技资源、科技要素向企业流动。要把科技创新与完善现代产业体系结合起来，大力发展战略性新兴产业。要强化创新驱动的教育和人才基础，营造浓厚的创新文化氛围。同时必须加强知识产权保护，通过法律保障确保创新的动力源；深化科技体制改革，使科技与经济真正“融为一体”，实现科技成果效益最大化。

（2012年12月8日《重庆日报》）

记者感言

党的十八大胜利闭幕后，如何更好地领会十八大精神成为各地当务之急。重庆迅速启动了党政一把手学习贯彻十八大精神的专题培训班，邀请曾参加十八大报告起草的一批全国知名专家来渝作专题讲座。对于媒体而言，这也是宣传十八大精神的大好契机。记者先期做了认真准备，查阅了创新驱动战略相关资料，仔细听了专家讲座，并抓紧做了专访。在掌握大量素材基础上，记者对讲座进行了全面报道，准确把握住了其中的重要战略思维。报道刊载后，市委干教办给予肯定，认为既对重庆本地发展有借鉴意义，也对全国学习贯彻十八大精神有推动作用。记者本人也通过这次报道，对十八大精神有了更深入透彻的体会，收获颇丰。

听大学生村官讲十八大精神

重庆电视台记者　田　园　毛江波

【璧山县大学生村官　廖益琴】十八大报告中有个专题是关于美丽中国的，我们要结合起来，我们是农村，怎么样建设我们的美丽农村。

【村民】房前屋后多栽一些花草树木，早上起来空气都很清新，出门可以看到青山绿水，把自家院落周围打扫干净。

美丽乡村就是屋前屋后，种瓜种豆嘛。哈哈哈！

今年27岁的廖益琴，是重庆师范大学研究生，虽然当村官只有一年时间，但如何和村民打交道，她已经有自己的一些心得。她说，以这次宣讲十八大精神为例，不能仅仅开个院坝会说一说，而且要挨家挨户上门讲。

【廖益琴】你不下来你就不知道，村民特别耿直，他有什么事儿了，不到万不得已他不会到村办公室去反映。你下来之后，眼见为实，到实地去看一下，村民才会找你跟你说："小廖呀，有个什么事情要跟你说一下，你看怎么处理一下。"他才会跟你说，你不下来，他不一定会找你反映的。

小廖说：基层老百姓最关心的是油盐酱醋茶这些切身利益，自己上门去找人的时候，必须结合大伙关心的问题来讲十八大精神。比方说，十八大之后，璧山县里出了新政策，要给农村老年人免费体检，很多村民对这事就很关心。

【廖益琴】我回去问一下。

【村民】问一下要好大的岁数才可以去体检，好好，谢谢哈。

除了把大伙关心的医疗社保教育等好政策问个清楚说个明白，小廖说，怎样结合实际情况发展村里的经济，也是自己在宣讲十八大精神时，必须注意的问题。马家桥村种无公害蔬菜已有一定规模，但对外运输的道路一直是个大问题。乡亲们都希望：大学生村官能够发挥所长，尽快做好道路拓宽改造工程。

【马家桥村党部支书记】因为你电脑比较熟悉，你看看这条路要打多宽多厚，根据老百姓的意愿做一个调查，还有车流量这些都要做一个调查。

【廖益琴】我们已经向上级争取了，现在已经把路基铺平了，准备把它硬化了，之前还要窄，而且下雨天很泥泞，那些蔬菜就不好运输，给村民带来很大的困扰。你说好不容易辛辛苦苦把蔬菜种好了，丰收了，不能变现，村民们心里也很着急。

想老百姓所想，急老百姓所急，小廖说：自己就能当好村官，就能把十八大描绘的美好蓝图，在马家桥村变成现实。现在唯一有个问题，她的老家在湖北武汉，在学校读书时说的是普通话，和乡亲们说话感觉有些别扭。

【廖益琴】听重庆话是一件很享受的事情，只是我自己可能是外地人的原因，说的过程中总是觉得有点别扭，说的不是那么利索。就像平常你和村民刚开始接触的时候，他会觉得我是一个外来人口，天然会与我有一些距离，这可能和我至今没有学会普通话有一定关系。

【记者】没有学会普通话？

【廖益琴】哦，不，是没有学会重庆话有一定关系，当然这也是我今后工作生活中继续努力的方向。我会尽快学会重庆话，这样才能和村民更好地沟通，更好地交流。

（重庆电视台2012年12月7日）

记者感言

报道采用真实记录的报道形式，尽可能地还原现场，让宣讲十八大精神的报道变得鲜活生动。村官在基层怎样结合十八大精神开展工作、怎样给村民们宣讲？不是简单地开会或作报告，而是通过具体的行动让村民们感知、体会。整组报道没有任何摆拍，记者将村官全天的工作情况看似零碎地记录下来，再综合编辑报道，轻松、自然、真实。

在海拔最高的县城看“春晚”

四川日报记者　陈建兵

“快来看、快来看，春节联欢晚会开始了。”2013年2月9日，石渠县城居民丹珍大声招呼家里人看电视，客厅里一台42英寸的液晶电视正在播放春节联欢晚会。“这是我今年才买的电视，以前经常停电，现在电稳定了，电视机不再是摆设，除夕全家人可以安心在家看春节联欢晚会了。”

今年，石渠县许多居民在购置年货时，都会挑选一两件家用电器，这可乐坏了在石渠经营电器的个体工商户范秀许：“这还要托‘新甘石’联网工程的福，以前电不稳定，电器生意不太好做，现在石渠县不缺电了，生意越来越好。”

石渠县城的改变来自“新甘石”电网联网工程。

留守学生之家，山区孩子的精神家园

2012年9月之前，石渠县这个全省面积最大、海拔最高的县只能靠雅砻江上一座小型电站孤网供电，由于电网运行不稳定，冬秋季经常停电，看电视成了奢侈的事，过年时也冷冷清清。但今年春节却发生了翻天覆地的变化，不仅街上亮起了路灯，许多商铺到现在还在经营，“比起以前热闹多了，也更有年味了。”石渠县居民达嘎说，以前到了这时，街上几乎看不见商铺开门，很不方便。

2011年11月，四川省委、省政府与国家电网公司共同启动“十二五”四川藏区电网项目，总投资192.5亿元，旨在彻底改变藏区电网发展滞后的局面。2012年新甘石联网工程被确定为四川电网“一号工程”。总投资32.15亿元的新甘石联网工程于2012年3月20日在甘孜州康定、石渠、甘孜三地同时开工，当年9月19日正式投入使用。

艰辛的付出只为早日通电

“这改变了我们的工作方式。”石渠县虾扎乡乡长阿松说，以前一到冬季就没有电，工作人员写简报、工作总结时都只能到县城去，今后在乡上就可以完成工作任务。“我们终于告别点酥油

通电后彝家老人灿烂的笑脸

灯照明、烧牛粪团取暖的历史了。”尼呷镇村民嘎泽说，现在我们不仅用上了电炉，还可以看电视、用微波炉，生活比以前方便、现代多了。

新甘石联网工程不仅给石渠县的农牧民生活带来了巨大改变，也推动着这些地区经济的跨越发展，电让家里暖起来、电让城市亮起来、电让产业多样化。石渠县城更加热闹起来，越来越具有城市气息，以前冬季停电，春节期间很多居民都到外地过年，现在很多人都选择留下来。

海拔3400米的甘孜州藏北高原的“中枢”甘孜县,是通往新龙、白玉、色达、石渠等县的咽喉，货物转运全从这里进出,今年春节前,“新甘石”联网工程的落地，也让这里的农牧民群众感受到了更加“亮堂”、温暖的新年。

（2013年2月11日《四川日报》）

总编点评

一篇好的新闻报道，除了新闻事实以外，还应有一个善动脑筋、肯负责任、不怕苦累的记者，这实质直接对应着“走、转、改”这三个字。作者深入四川条件最艰苦的石渠县进行新闻采访，对藏区发展输入了正能量。

《在海拔最高的县城看“春晚”》就是驻站记者坚守基层“十年磨剑”的最好体现，稿件一如万花筒般给我们展示出了川西高原那片条件最为艰苦地区因为电力设施建设而带来的巨大民生变化。而与党报一些类似的民生题材稿件写作相比，此稿全文字里行间尽述民生实在感受，将“话筒”还给民众同时，让“话筒”发出了让读者更加信服的群众语言，这是“走转改”的直接表现方式。

与此同时，稿件还不断深挖和延展的报道视觉，以新闻事实在稿件里的画面递进，浸透出党对藏区发展的倾注倾力，反映好了党政工作大局，稿件背后的新闻的党性要求和党报记者的责任意识、大局意识已经不言而喻，而这应是“走转改”的直接价值体现。

走在基层，走入生活，走出真情，走到老百姓的心里，这些要求和目的可以理解为民生将是“走转改”的主题曲，这篇作品告诉我们，党报记者要想弹好这首曲，则须牢记自身肩负的“舆论引导”之责，讲大局、讲服务、讲技巧，只有这样，我们才能在宏观视野下进行更加透彻的微观挖掘，才能用基层这些最微小的细胞、血管里的细微变化来触摸好前进中国的脉搏。

行进“小康中国” 寻访“幸福样本”

四川人民广播电台记者 陈 军 李小霞 向显焱等

今天我们来到了都江堰幸福镇，走近这里的父老乡亲，寻找他们的幸福样本。

历经50多年的变迁，今天繁华兴旺、拥有11万常住人口的幸福镇，如今百姓看病就医，有了一种崭新的体验——家庭医生上门服务。那么，这家庭医生到底怎么回事儿?

【记者】我现在在幸福镇公立卫生院综合科的二号病房里面，医生王壮正在为今年68岁的万婆婆装上吸氧设备。万婆婆选择了王壮医生作为自己的家庭医生。那么现在就请王医生来给我们讲一讲，家庭医生都会为我们的社区百姓提供哪些贴心的服务。

【医生 王壮】以前我们医院医生就是坐堂医生，这种形式以前

新闻频率幸福镇"走转改"采访队伍与幸福镇居民

很多病人不配合我们的工作。通过我们现在主动走出去，去给病人做一些免费体检，做一些健康知识讲座，现在就提高了病人的意识。

【万婆婆】有一天晚上，我病得太恼火了！我说我要来看病。结果我来了王医生都已经在这儿等我了，我都感动到流泪了。所以我选择了王医生！

可以说，探索中国特色的"家庭医生"和社区首诊制度，已经成为医改"探路"中的全新一幕。

其实今天的幸福镇，是一个浴火新生的小镇。我听说都江堰市灾后重建中"万亩征地拆迁"，幸福镇就占了4500多亩。如果老百姓征地征得不情愿，那幸福镇的"幸福"就要大打折扣了。

所以说在幸福镇，"还权于民"的一项崭新制度设计——院落议事会就推行得非常的火热！

【记者】我现在就正在新联社区举办的就2012年城市社区公共服务和社会管理专项资金如何合理使用的议事会现场。据了解，由于社区里有些老前辈们有着乐器的功底，所以多数乡亲们想把这笔资金拿来买二胡、手风琴。一位婆婆就告诉我说：现在资金呢，就是说我们可以自己做主咯，不是说领导说用在哪里就哪里了。

专项资金的使用也必须坚持公开透明，没有得到群众的最终决定，社区的领导们也不敢擅自主张资金的使用方向。新联社区书记李天明就说到："这是居民自己说了算。总之，我们一定把这笔资金用到居民最有益、最需要的地方。"

2009年年底，开业仅1年多的都江堰金都村镇银行行长李玉辉，壮着胆子将一笔巨款借给了都江堰荷花池片区的受灾乡亲，而乡亲们与银行交易的"抵押物"，叫做"未来权属"。时隔3年，李玉辉与荷花池乡亲们的信义之约，结局是欢喜还是怨气？

【记者】现在是走进荷花池片区的鑫龙苑小区。陈大爷家住在3楼。咱们进屋拜访一下。这房子看着挺大的，当年灾后修这新房，资金啊各方面都挺难的吧？

【陈昌明】我们在金都银行贷的款。我向银行贷了30万，当时我两年的光景就还完了。

【记者】这钱是怎么凑齐的？

【陈昌明】修这房子还没修完我就开始卖了，我就还了10万。还有个铺面租出去，慢慢把贷款还完。

【记者】听说您可以3年之内还清的，就是这个还贷期限还是比较宽裕的？

【陈昌明】嗯，可以3年。这个人，你肯定还是要守信用嘛！不能耍手段。我们这儿包括原来有个吃低保的，拿到铺面的钱就赶快去还了。

【记者】您感觉现在贷款也还清了，现在这日子过得怎么样？

【陈昌明】现在我说老实话，我对这个生活满足的很！到60岁我就拿得到社保了，我就把我老伴带出去旅游下！

我们在村社院落中发现的新闻现场，是幸福镇乡亲们原生态的幸福合影；也可以说是中国社会向着全面小康"奔跑"的一个特写镜头！

是呀！有人把小康称作“中国式幸福”，相信中国每位百姓都对“小康生活”有一份特别的期待。我们把这些期待乘以13亿，就是一部恢弘的“小康中国梦”。

（四川人民广播电台2012年12月29日）

总编点评

2012年12月中旬，新闻频率10余名记者赴都江堰幸福镇展开近半月“走基层”采访，并由此孵出新闻创意——深度挖掘基层镜像“幸福镇：幸福着愈来愈近的中国梦”。

2012年12月29日，新闻频率在幸福镇莲花社区举行了一场声临其境、声入人心的“坝坝新闻直播”，当天掀起全镇干部群众的参与热潮、收听热潮。在“坝坝新闻直播”积累大量现场、一手素材的基础上，新闻频率进一步提炼升华主题，浓缩精华新闻要素，在当天黄金时段推出新闻专题《行进“小康中国” 寻访“幸福样本”》，专题紧扣十八大舆论主旋律，将奋进全面小康的中国梦作为核心主题，先声夺人抢占新闻立意高点；并凸显出接地气、聚人气的“走转改”情怀，新闻性、可听性、感染力俱佳。

凤凰涅槃·威宁之治

贵州人民广播电台记者　肖凯林　邹　虹　黄　蓓
王　玺　王庆江

走进威宁县财政局局长李正超的办公室，他正忙着打电话。大约30平方米的办公室干净整洁；办公桌上放着一盆兰花以及《解放思想大讨论》读本；书柜里整齐地放着《中国成语典故》等书籍。李正超说，3年前时任威宁县委办公室主任，对这样的工作环境，仅仅只是一种奢望。

【李正超】（上访群众）早上8点过来，就一直围在我办公室门口。包括上卫生间。到晚上11点了，家里面就煮了一碗粉来给我吃。老百姓就说，你们当官的吃，我们也要吃。我说走吧走吧，我请大家吃。但是他们又不去，怕我一出去就跑了。困了3天吧，3天都是这样。

这样的状况并不是个案，而是一种常态。李正超说，当时的干部一年到头只干三件事：计生、维稳和安全，再无精力和心思去谋划发展。

大量的信访源于矛盾的沉积。

2010年年初，新上任的威宁县委书记杨兴友率先当起“信访局长”，一个月的时间，他的足迹遍布威宁县35个乡镇，行程超过8000公里。

【杨兴友】当官就不要装，要用心去做。把群众的事当家事，把群众的信当家书，要把群众始终当作是自己的弟兄叔侄。不把老百姓的诉求解决，那你就一天解脱不出来。我去接访的时候，每天都有150多人。

到2011年，威宁县142件信访积案已经成功化解117件。

然而，化解群众矛盾，只是解决威宁问题的冰山一角。威宁的过去，是一幅幅痛心的画面：2007年，新发乡教师威逼引诱16岁以下学生幼女到六盘水市卖淫，世人震惊；2009年，县委书记被绑架，举国皆知……昔日的威宁，怎一个“乱”字了得！

面对严峻的治安问题，杨兴友认为：治政要先治安。

【杨兴友】对歪风邪气你不打击，丢脸的是你共产党、是你人民政府。要敢于去干。正气不上，邪气就上。

远望方觉风浪小，凌空乃知海波平。2010年，威宁县掀起社会秩序大整顿风暴，先后打掉23个黑恶势力犯罪团伙，抓捕涉黑涉恶犯罪嫌疑人148人；当年年底成功摘掉治安黄牌，群众安全感由2009年的70.98%大幅提升到87.9%，从全省排名倒数第三位上升到第48位。

贫困不是威宁永久的标签；无奈更不是威宁人的本质常态。李正超说，威宁的问题归根结底是发展的问题，这些问题必须靠发展来解决。

【李正超】很多问题要通过发展来解决的，你不发展很多东西就解决不了。

民生要在发展中解决。发展，让威宁县实现由乱到治的涅槃。

以“煤”为生曾经是东风镇不少村民的生活状态。20世纪90年代，两千多个非法小煤窑让这片土地变得千疮百孔。由于煤矿事故频发，曾导致三任县长、多名镇党委书记引咎辞职，当地群众曾戏言：“威宁县长上任的时候是毕节市委说了算，什么时候卸任是东风人民说了算！”

虽是戏言，却真切地反映出东风镇的尴尬境地。如何让恶梦变成美梦？东风镇先后引入九家大型煤炭企业和煤炭加工企业，规范煤炭行业生产。同时调整农业产业结构，发展特色农业，培育了养鸽、养鱼、花卉园艺等基地，农民有了更多的致富渠道。镇党委书记王维志说，因煤而兴，却由煤而乱的东风镇，正在用一种新的姿态展现在世人眼前。

【王维志】以不信东风换不回的决心，改换东风臭名远扬的名声。

（贵州人民广播电台2012年12月1日）

记者感言

思想笃古不变，必然走向衰亡；唯有创新求进，才能兴旺发达。三年时间，威宁县华丽蜕变的内生动力在哪里？记者以为：是思想的转变。

从干部李正超的身上，我们看到当地干部从自我满足的陶醉中警醒过来，从不思进取的萎靡中振奋起来，从畏难发愁的悲观中解脱出来。从商人周如许的境遇，感受到政府部门从回避问题到直面问题，从掩饰问题到真正解决问题的转变。从农民曾耀的行为中，我们感受到当地群众“穷而思变”的迫切心情，感悟到人心思定、人心思安的良好愿景；从威宁县委书记杨兴友“乌蒙天险何所惧，换天改地骨铮铮”的豪迈誓言中，感悟到不等不靠，向贫困宣战，向愚昧抗争的雄心壮志。

有志者，千方百计战天斗地。威宁之兴，源于思想之变！

摆榜12年

——农科专家徐先悍

贵州电视台记者　尹　平　田义夫　向永峰

【村民　王仕华】在家没？这家也是全家都出去打工了的。

【徐先悍】你看，连着三家都出去了。

【王仕华】连起的多咯，我们这里2/3都出去了。现在一般都是一家全部出去，一个人出去打工赚不到钱。种“滇杂31”收成是好，但是地太少就不赚钱，一家人吃用样样都要花钱买。打工也一样，但是不用喂牛马，轻松多。

【徐先悍】哟，你这几年是不是也出去打工啦？

【村民】是啊，出去两年咯。

种地费力不挣钱，打工辛苦来钱快，村民王仕华向徐先悍道出了乡亲们纷纷选择外出打工最实在的理由。田真的不值得种了吗？可是当徐先悍走进王仕华家时，他却看到另一幅景象，心情也终于好了起来。

【徐先悍】你家今年收成可以哦！今年种了多少亩地？

【王仕华】我家有10多亩，有些是流转的。人家都出去打工了，我才好流转土地，越多人出去我就越好种地。

【记者】你今年收成多少？

【王仕华】我家今年收了万把斤谷子。“滇杂31”卖的价钱要高点，两块多一斤，卖米就能赚两万多。

王仕华是种田好手，他把外出务工人家闲置的土地都流转了过来，靠种粮食一样赚了钱，修了新房，这让老徐很高兴。而且在村里像王仕华这样的农户还有不少。

【村民】我也只是暂时出去打工，把娃娃结婚的钱赚到了就回来。

【徐先悍】还是回来种地？

【村民】肯定要种啊！这个才是农民的根本嘛。

可是村里撂荒的土地还有不少，光靠少部分种植能手流转耕种还是不行。怎么样把农民留下来，让土地继续产生效益？徐老还是去找乡党委书记李明要答案。

【徐先悍】书记啊，你看这些撂荒的土地，都长荒草了，怎么办啊？

【摆榜乡党委书记　李明】徐老师，土地是老百姓自己的，他们想种什么或者种不种，我们都不好干涉。现在撂荒的绝大部分还只是广种薄收的那种地。但是你放心，我们不会不管！一种方法是通过流转集中土地，同时我们要种经果林和景观苗木，和我们的工业园区、7万亩大草场还有风电项目连起来，打造观光农业景观带，让更多的农民在其中致富。

听李书记说投资农业观光旅游项目的广东客商正在附近草场上做前期考

察，徐老提出要去见见他们。

【广东客商】你好，你好！

【徐先悍】你好！

站在地形图前，老徐认真地和客商讨论起了项目方案，并提出了自己的疑问。

【徐先悍】我是摆榜的荣誉乡民，我有个问题，你们在这里搞观光旅游，会不会对环境和土壤有什么破坏？

【广东客商】你放心，我们是在美国上市的环保公司，所有项目都是超前做环保规划……

【徐先悍】那土地问题呢？

【广东客商】我们不占用土地，都是用的山林荒坡，也就是类似你看到的这片草场。

【徐先悍】我希望能做就做得比以前还要生态，还要绿色。这是我的名片，我对这里的一草一木都很熟悉，有需要咨询我免费帮忙。

【广东客商】一定一定，谢谢！

在返回的路上，徐老对记者说，看到乡亲们务工的收入不错，流转土地以后还能有王仕华这样的大户坚持种粮食，这让他心里踏实了不少，而且乡里结合工业和旅游业发展观光工业的思路他也很赞成。

【徐先悍】是的，让农民全都种田不现实，但土地要因地制宜。

徐老说，自己老了，也许再过几年就干不动了，他现在最期盼的就是乡亲们既能过上好日子，又能坚守住和土地的感情。

【徐先悍】粮食安全是国家稳定的根源。是要通过工业发展去赚钱，这与农业并不矛盾。如果粮食全靠外国进口，等真正需要的那一天，恐怕10美元一斤人家都不卖给你，所以我还是要坚持。

【记者】您坚持了这么多年，条件这么艰苦，值吗？

【徐先悍】能够让这么多人吃饱饭，看见他们大丰收，这就是我最大的幸福。

（贵州电视台2012年12月27日）

总编点评

十八大报道是个宏大的选题，然而宏大之中若无具体则是空洞的。如何在这样的主题下，做出生动鲜活的报道，需要见人、见事、见精神。《摆榜12年——农科专家徐先悍》正是这样的新闻报道。

报道充满各种细节，细节的有序集合以“见事”。一个灯泡的尴尬，记者没有删除，这个细节是农村的真实；一束麦穗引出老徐的一席感慨，“比打麻将清一色自摸还高兴”，虽然提到麻将这个俗物，记者也照实播出，这个细节显现了真情感。这篇报道中不着一字，却处处见精神，从报道主体徐先悍的一言一行，从村民的一言一语，无不让人见识一位兢兢业业、乐观率性的基层农业工作者勤勉奉献的精神。

与300余群众围坐村前广场上
秦书记边寨宣讲十八大精神

春城晚报记者　张剑翔　张　明　唐　薇　刘自学

各位父老乡亲，到北京参加了十八大的有几位同志，请举手……

十八大会议结束以后，听了传达的，请举手……

听了广播，看了电视，上了网，读了报纸，了解了十八大精神的，请举手……

24日下午，南汀河畔，边陲小城耿马县秀丽的傣族村寨贺海村里，热闹非凡。

党的十八大刚刚结束，省委书记、省人大常委会主任秦光荣就深入到我省边疆民族地区，进边寨住傣家，和乡亲们一起学习、宣传、贯彻十八大精神。省委常委、省委秘书长曹建方，省委常委、省委组织部部长刘维佳一行陪同宣讲，并分别走访农户。

在耿马县孟定镇贺海村十八大精神宣讲点，柚木树下、金色缅寺前，秦光荣与300多位各族群众围坐在村前广场上，用平实的百姓语言，开始了宣讲活动。

下午5点
宣讲内容：参加十八大、学习十八大精神的体会

要点：让老百姓的腰包尽快鼓起来，让老百姓的衣食住行用条件越来越好、家庭财产越来越多，让老百姓过上幸福美好的生活。

打歌广场上，身着民族服装的村民们笑容洋溢。“到贺海村来，一是想了解一下学习十八大精神，大家有些什么心得和体会；二是听听乡亲们对贯彻十八大精神，想干什么、怎么干的想法，第三个就是了解大家觉得各级领导干部做得怎么样，有什么要求。”热烈的掌声中，秦光荣开门见山地谈起这次宣讲的目的。

心得
秦书记用了“六个好”

“刚刚结束的党的十八大，形成了一个好报告，选举了一个好班子，坚持了一条好道路，确立了一个好理论，描绘了一个好前景，推进了一个好工程。”秦光荣用“六个好”来概括十八大的主要精神。他说，这是一次高举旗帜的大会、继往开来的大会、团结奋进的大会、充满活力的大会，只要我们按

照十八大确定的路线、方针、政策扎扎实实地抓好贯彻落实，我们的明天就一定会更加美好。

来自沧源县的十八大代表陈凤仙站起来，激动地大声说：“乡亲们，你们委托我带到北京的心声，十八大报告上已经有了明确的答案。我们老百姓所想、所思、所盼的一些东西，党中央都听到了，都想到了，而且正在着力实现。”

“十八大报告提出，民生事业要向边疆、贫困、少数民族地区倾斜，还提出了要全面建成小康社会，就是说，我们不能只有一部分人富裕，而是大家都要富起来。”来自镇康县的毕世华代表接过话筒说，“在关注民生这块上，中央为我们考虑得很清楚、很明白、很周到。”

“陈凤仙、毕世华两位代表的话生动、实在、深刻，比我讲得还要好。”秦光荣的插话引来一阵笑声。

贯彻
要努力实现“八个大”

“十八大精神学得好不好，贯彻得好不好，关键看我们能否与本地区、本部门实际结合起来，能否把工作做好。”他接着说，对于边疆民族地区来说，贯彻好十八大精神，就要努力实现“八个大”，即经济发展要大跨越，临沧市要大力发展产业，加快边境经济合作区建设；人民生活要大提高，特别是做好城乡居民增收这篇文章；基础设施要大改善，加大对水、电、路等基础设施的投入；民生事业要大进步，把党的温暖送到每一个村寨、每一户人家；民族文化要大繁荣，进一步保护和弘扬好民族文化，发展文化产业；生态建设要大推进，走出一条发展与保护并重的新道路，让我们的天更蓝、水更清、空气更好；各族人民要大团结，努力建设全国民族团结进步、边疆繁荣稳定的示范区；基层组织要大加强,把边疆民族地区的基层组织建设得更加坚强牢固。

未来
让百姓过上幸福美好生活

“如何学习贯彻十八大精神，我们也想听听大家的看法，哪一位先说？”秦光荣把讨论引向深入。

大家七嘴八舌地打开了话匣子。谈起农村的新变化，傣族群众玉亩说，以前交通不方便，自家种的香蕉、蔬菜价格上不去，每年只有两万元收成。自从去年振清二级公路通了以后，好多商贩主动来地里收购，成本降低，价格却提高了。“现在我种着15亩橡胶、6亩蔬菜，去年收入9万块钱，在寨子里还只能算中等水平。村里八成以上的农户都盖了新房子，等一下请您去看看我们寨子，挺漂亮的。”玉亩发出邀请。

秦光荣笑着回应：“有一句俗语叫‘要致富、多修路’，我们要继续加快公路、铁路建设，实现州市高速路、县县二级路、县乡柏油路、村村硬化路的目标，让老百姓出行更方便。”

谈到基层的困难和问题，佤族干部尹国光直言，高寒山区的少数民族生产生活条件还很落后，坝区群众家庭年纯收入多数在5万元以上，但山区家庭年纯收入1万元以下的家庭还很多；坝区50%的群众都盖起了小洋楼，但山区能盖得起的只有10%。他建议，省委、省政府进一步加大对山区基础设施、少数民族群众子女教育等方面的扶持力度，鼓励山区群众外出务工、学会经商、开阔眼界。

谈到未来的发展，贺海村支书岩龙说，“我们今后要下好‘五子棋’——抓票子，算好增收账；盖房子，建设特色民居；育孩子，抓好小娃的教育；结对子，干部帮助困难群众共同致富；树旗子，开展创先争优流动红旗评选，不断增强党组织的凝聚力、战斗力和共产党员的先锋模范作用。”

“你的这‘五子’说得好啊！我相信贺海村把这‘五子’落实好，一定会有更大的进步。”秦光荣一边记录，一边赞许地说。

合上本子，秦光荣说，“今天大家说的话，和中央、省里想到一块了。今后，我们将以学习贯彻十八大精神为动力，采取更多措施，让老百姓的腰包尽快鼓起来，让老百姓的衣食住行用条件越来越好、家庭财产越来越多，让老百姓过上幸福美好的生活。”

霞光透过宽大的柚木树叶洒进广场，不知不觉中，两个小时过去了，大家仍意犹未尽。

（2012年11月26日《春城晚报》）

记者感言

十八大刚刚结束后，关于云南省委、省政府领导深入基层真抓实干的采访通知，每天发到报社的数量在大大增多，记者们感叹：秦书记、李省长的脚步太快了，几乎一天赶赴一个地方，一天推进一个大工程。或许，这两位云南领军人，或许在十八大会程中就已决定，要争分夺秒地把十八大春风送到云岭大地每一寸地方，呵护它早日开出地区发展、人民增收的小康之花。

从北京回昆明不到5天，秦光荣书记又深入边寨宣讲十八大精神。春城晚报总编辑也带队主力记者赶赴临沧，连续4天采写出这组报道。在各媒体报道中，从鲜活性、深入性上都独树一帜。

在贺海村宣讲十八大精神时，秦书记最关心的问题就是村民收入如何，有啥困难需要党和政府来帮助？从首都北京到边陲孟定，大约是4000多公里，十八大的春风随着秦书记深入边寨宣讲、夜宿农家而迅速吹到了这里，吹进了当地傣族、佤族、景颇族等各族群众心中。

纳西小院歌声飞

云南电视台记者　李娟娟　方　晶

清晨，当我们来到寨后上村，温暖的阳光洒满纳西小院，一阵阵歌声随风而来。

（纳西语）“唱支山歌给党听，我把党来比母亲……”

一曲唱罢，村民们你一言我一语跟我们聊了起来。

【记者】日子更好过了吧，这几年？

【村民】是的，好过了。

【村民】现在不愁吃，不愁穿，物质生活极大地丰富。

【村民】现在党的政策好，党对我们的民生问题，从小到老都非常关心。

【村民】我们感谢共产党，用歌声来表达我们的心情，唱支山歌给党听。

如今的寨后上村，多次获得全国文明村镇、云南省文明村镇称号，村民生活水平蒸蒸日上，大家更加关注党的政策。

【村民】多学习非常重要，这样提高了我们生活的质量，大家思想也感到愉快，生活非常充实。

【村民】我们天天来（学习）。

带领村民们演唱的是寨后上村党支部副书记和学贤。党的十八大召开后，寨后上村党支部邀请专家学者到村里宣讲十八大精神。74岁的和学贤还用纳西话自编快板书，通俗生动地向纳西族群众宣传。

(纳西语唱）“围过来聚过来，来学习非常重要的十八大精神，要学懂弄懂，变自己行动。用纳西话唱，一是亲切，二是领会更为深刻。”

党的十八大报告中提出，以保障和改善民生为重点加强社会建设，多谋民生之利，多解民生之忧，努力让人民过上更好的生活。这些都说到了寨后上村群众的心坎上。

“老也乐，少也乐，全村民众都欢乐。十八大精神学习后，全村民众更欢乐！”

（云南电视台2012年12月18日）

总编点评

《纳西小院歌声飞》是一篇以小见大、扣人心扉的佳作。

党的十八大胜利召开后，让人民群众及时了解十八大精神，是全国各地的一项重点工作。丽江市运用少数民族群众喜闻乐见的方式，生动宣传十八大精神，起到了良好的示范带动作用。记者在赴丽江进行“走基层”采访时，本着当好听众的“眼睛”和“耳朵”的理念，踏踏实实走访基层社区，采制了这篇极具感染力的特写。记者没有以枯燥的文字来堆砌报道，而是实地踏访，亲身感受，用生动传神的音响把听众带到了新闻现场。

这篇新闻特写主题重大、时效性强、音响生动、文字简洁，具有极强的镜头感。稿件播出后，受到听众和有关部门的好评。

“拐杖书记”宣讲记

西藏日报记者　马　静　李文健

2012年12月2日下午，沐浴着初冬的暖阳，记者一行穿过泽当市区，沿着泽错公路行车20分钟，来到白面具藏戏的发源地——昌珠镇扎西曲登居委会。

在居委会新修的藏戏排练中心广场上，记者正巧碰到了拄着拐杖的乃东县县委书记周耕，他正带着乃东县党的十八大精神宣讲团成员和老百姓围坐在一起，用通俗易懂的语言进行着宣讲。

随行的宣讲团成员、乃东县委常委、宣传部部长罗宏鹏说，周耕书记2012年年初从内地回来后，就感到身体不适，但他仍然为了工作四处奔波，直到9月份严重的关节炎发作，造成膝盖积水，手术后靠拄拐才能行走。

“今天我带着县里的宣讲团来到咱们扎西曲登居委会，主要是和大家一起学习党的十八大精神，一起探讨今后怎样把咱们村建设得更加美好，看看还有什么困难和问题需要解决？大家有什么就说什么，不要拘束。”周耕书记的话一下子拉近了和群众的距离。

“党的十八大报告提出，我们今后要在学有所教、劳有所得、病有所医、老有所养、住有所居上持续取得新进展，努力让咱老百姓过上更好的生活。”周耕拄着拐杖，亲切地和居民们说道。

听完周书记的话，现场的群众细数着近年来居委会发生的一点一滴的喜人变化。村民普布格桑对记者说，之前在电视上观看了党的十八大开幕盛况，今天又听了周书记的现场宣讲，心里更敞亮了，对党的十八大精神有了更深的认识，对未来也充满了期盼和信心。普布格桑感言，自己打心眼里感谢党，也相信党的十八大能给老百姓带来更多福音。

“党中央、国务院对西藏的关心和支持，大家有目共睹，安居工程让家家户户住上了宽敞漂亮的新房，看病有医保，上学有‘三包’，我们的日子一天比一天好。书记不顾自己的身体，来给我们讲解党的十八大精神，我很感动。我要好好学习报告精神，把党的优惠政策进一步传递到乡亲们当中。”居委会书记次仁信心满满地告诉记者。

“周书记，听驻村队员讲党的十八大报告要加大对民族地区、边疆地区的扶持力度，是真的吗？”一旁的扎西顿珠提着嗓门问。

“就是，现在党和政府特别重视我们少数民族地区的发展，所以我们一定要利用好政策，发展好生产，多想点致富办法，让我们生活得更好。”周耕书记的话铿锵有力，激励着在场的每一位居民。

“党的十八大报告提出要在2020年全面建成小康社会，并不遗余力地改善民生，这些话真是说到了老百姓的心坎上。”驻村干部尼珍也接话说。

“周书记啦，十八大报告有没有讲孩子上学的事？”村民洛桑抱着3岁的小孙子坚参关切地询问。

“十八大报告上写着，大力促进教育公平，合理配置教育资源，重点向农村、边远、贫困、民族地区倾斜。”周耕拿起拐杖，笑着走到他面前说。“你就放心吧，你孙子以后受的教育只会越来越好。”

……

这样一问一答，不知不觉，时间已到下午6点多，天气渐冷，但丝毫没有影响大家学习党的十八大精神的积极性，广场上不时发出阵阵掌声，大家尽情畅想着未来美好的生活，笑容洋溢在每个人的脸上。

（2012年12月9日《西藏日报》）

记者感言

稿件见报后，在社会上引起强烈反响。党的十八大是我们党奋斗历程中又一次承前启后、继往开来的重要会议，学习好、宣传好、贯彻好党的十八大精神，关系党和国家工作全局，关系中国特色社会主义事业长远发展。宣讲好党的十八大精神意义重大，《“拐杖书记”宣讲记》发表后，当地党委、政府对乃东县委书记周耕带病坚持宣讲，采取灵活多样的宣讲方式给予高度评价，许多领导干部自觉主动投身到党的十八大精神宣讲热潮中，山南地区迅速掀起学习党的十八大精神高潮，十八大精神在短短的时间内家喻户晓。全区上下也精心做好宣讲工作，抓好多层次宣讲活动，推动党的十八大精神进企业、进农村、进社区、进机关、进校园。

十八大精神暖民心
古城老区掀起学习热潮
——拉萨市城关区启动“千名干部进万户宣讲党的十八大精神”活动

西藏电视台记者　叶　娟　达　次

在拉萨市夺底乡政府大院的活动现场，高悬的彩球、鲜艳的条幅，丰富的文化展板，衬托出浓厚的氛围，宣讲队员信心满怀地接过鲜艳的队旗，正式启动“千名干部进万户宣讲党的十八大精神”活动，以实际行动将城关区“一围绕　五促进”活动引向深入。

【拉萨市城关区党的十八大精神宣讲员　次仁拉姆】我代表宣讲团，接受领导的旗帜，感到非常的骄傲。我们开展此项活动的目的在于，在广大的基层干部、群众中宣传十八大精神、城关区的各项惠民政策。

根据内容丰富的宣传学习资料，宣讲员在夺底乡开始了首场报告，从十八大报告内容解读，到城关区经济社会发展新貌、老城区改造、各项惠民政策等，报告深入浅出的讲解，深深地吸引着四邻八村的农牧民群众。在宣讲的同时，宣讲团还采取送文化、送科技、送卫生、送法律、送资金、送信息、送项目、送技能、送岗位等多种措施，面对面帮助群众解决实际难题，受到群众的热烈欢迎。

【拉萨市城关区两岛卫生所医生　旁世煦】我们送医送药到现场，最主要是对群众进行健康教育，另外送点药，并且免费发放糖尿病、高血压的限盐勺和资料。

【拉萨市城关区夺底乡达日中康村　平措】今天在这既有十八大精神宣讲，又有文艺演出、免费就医等非常好的活动。我个人也有信心主动持续地学习好十八大精神。

宣讲会上，《正气之歌》、《欢乐拉萨》、《西藏人民齐欢唱》等一首首催人奋进的歌曲不时引发现场观众的共鸣，老年文艺队精彩的舞蹈更是博得了阵阵掌声。来自城关区机关、社区、文艺团体的演员们为村民们带来了丰富的精神盛宴，同时也把十八大精神用最迅速、最直接、最通俗的方式带到了农家小院。

【拉萨市城关区老年文艺队队长　拥珍】全国上下都在学习十八大精神，我作为退休干部不仅要学，还要用文艺来献上精神。虽然我已经69岁，但我觉得通过这种方式表达我们的心情，确实是老有所为老有所乐。

【拉萨市城关区夺底乡洛欧村村民　格桑平措】为了更好地宣传十八大精神，光我们城关区就有千名干部入万户宣讲，真是令人振奋，我们一定要紧密团结在以习近平总书记为核心的党中央周围，为国家的繁荣昌盛努力奋斗。

城关区作为拉萨市的人流、物流、信息流中心，目前，已经发展到区属4个乡、6个街道办事处，辖区内居住着藏族、汉族、回族等37个民族群众，城关区的蓬勃发展，深刻地见证着民族团结与老城区的新变迁。结合社区居委会的特点，城关区的宣讲员们准备了切合老城区实际的宣讲材料和各种资料展板，走进一个个古老的居民大院，把十八大精神宣传给每一位社区居民。

【拉萨市城关区八廓街帕拉大院居民　赤列】报告说，要把十八大的精神落实在老城区的改造、发展以及带领大伙奔小康上面，我心里感到非常的高兴。

（西藏电视台2012年12月19日）

总编点评

该报道采访范围广、面多，大量运用了电视现场声和同期采访，报道形式生动活泼、群众喜闻乐见。记者深入拉萨市城关区的乡村农区、八廓街传统的古老大院，结合“五下乡”在农区开展宣传活动，结合民族团结在老城区开展宣讲活动等等，报道了城关区在宣传党的十八大精神中的好做法、新经验，集中生动反映了拉萨市城关区各族干部群众深入宣传学习党的十八大精神的良好精神风貌，以及把十八大精神切实贯彻落到实处的各项举措与决心。报道内容丰富多彩，受到社会各界的一致好评，为十八大精神在西藏历史最悠久的古城老区的宣传贯彻落实营造了良好的舆论氛围。

建设“美丽陕西”释放三秦正能量

陕西日报记者　陈　艳　王永峰　乔佳妮　张　梅

十八大以来，“美丽中国”一词便承载着人民的希冀与期盼，成为各级政府的奋斗目标和行动纲领。今年全国两会上，省委书记赵正永做客中央人民广播电台中国之声两会特别节目时表示，对于陕西，只有先“美丽陕西”，最后才能“美丽中国”。“所以我们把生态文明建设放在发展的优先位置，在现有的生态存量当中我们注重改造，在增量当中我们要力争做到最优。”

方向和目标已然确立，那么，美丽陕西该选择什么样的实现路径？近日，记者采访了省环保厅、省林业厅、省国土资源厅的负责人以及陕西省环境保护专家，让我们听听他们的声音。

“八百里秦川尘土飞扬”曾是过去人们形容陕西的形象写照。如今，经过坚持不懈的环境综合治理，三秦大地天更蓝、水更清了。在省环保厅厅长王成文看来，环保部门应责无旁贷地成为生态文明建设的先行者、实践者、探索者。“要通过实施重点减排工程、拆除燃煤锅炉、提高油品等级、淘汰黄标车、加强建筑扬尘管理等综合性措施，并及时发布监测数据。”据悉，下一步环保部门将重点围绕大气环境质量改善、一河两江污染防治（渭河和汉丹江）、四项主要污染物减排和农村环境连片整治四个方面开展工作，特别是以西安为中心的大气环境治理。到今年年底，关中“五市一区”PM10平均浓度下降6.5%，设区城市集中式饮用水源地水质达标率保持在98%以上，6条主要河流综合污染指数平均同比下降1%，汉、丹江出境水质分别保持在Ⅱ、Ⅲ类标准等。

陕西省绿色版图的不断扩张，退耕还林功不可没。目前，陕西省森林覆盖率已由2004年的37.26%提高到41.42%，生态状况实现了由“整体恶化、局部好转”向“总体好转、局部良性循环”的历史性转变。在美丽陕西的探索中，陕西林业也在实现着由数量扩张型向质量效益型林业的转型跨越。据省林业厅厅长李三原介绍，今后5年，陕西林业将突出生态林业、民生林业两大主题，大力推进林业生态美“3·10”重大工程，加快关中大地园林化、陕北高原大绿化、陕南山地森林化进程。到2017年，陕西森林覆盖率稳定在45%以上，蓄积量突破4.7亿立方米，森林碳储量达到27.47亿吨二氧化碳，森林碳汇达到3500万吨/年，林业总产值超过1200亿元，森林资产价值超过4.8万亿元。届时，也许你会惊讶地发现关中变成了中国园林区，陕北成为中国新林区，陕南成为中国重要水源涵养区和生物多样性示范区。

美丽陕西还要留足美丽空间。目前，陕西省矿产资源保有储量居全国前三位的达28种，却也面临着工业发展急需的主要矿种保有储量严重不足，资源利用率不高等问题。可喜的是，十八大报告为我们指明了破解方法，就是要通过优化国土空间开发格局，促进生产空间集约高效、生活空间宜居适度、生态空间山清水秀。省国土资源厅厅长王卫华表示，今后在土地开发利用，矿产资源开采整合过程中，都要树立环保优先的意识，把符合生态文明要求、不造成污染作为资源开发的先决条件，彻底改变先挖后治的问题。下一步，省国土资源厅将重点查处以探代采、无证勘查开采、变相倒卖矿权以及超层越界开采、破坏资源、污染环境等违法违规案件，加大对矿产资源开发采空塌陷区治理，争取年内大中型矿山占比提高1%，创建标准化矿山5处等。

科技，是陕西更美丽的技术支撑。针对大气污染问题，日前，陕西省整合有关高校、科研院所的科研力量，由科技厅设立科技专项，启动了“关中地区大气细颗粒物污染特征与防治关键技术研究及示范”项目。此项目将针对大气污染主要源的燃煤锅炉、水泥行业、机动车开展多项技术攻关。据陕西省环境科学院规划所所长陈洁介绍，近期陕西省将组织实施一批生态环境建设示范工程，支持生态环境质量改善，提高人民生活环境质量。同时她也呼吁，要不断加大相关研究领域的资金投入，充分调动科技资源，优先研究、开发和推广节能减排产品和工艺，不要等污染了才去治理。

（2013年3月21日《陕西日报》）

记者感言

2013年全国两会上，“美丽中国”不仅成为与会代表们热议深思的焦点，也是大众百姓期待关注的热点。“美丽中国”需要“美丽陕西”的支撑，实现“美丽陕西”是所有三秦百姓的共同愿望。“三强一富一美”已为“美丽陕西”绘就了美好蓝图，陕西将超越和摒弃粗放型的发展方式和不合理的消费模式，加速走向节能、循环、低碳的新发展方式。

《建设“美丽陕西”释放三秦正能量》从环保、林业、国土以及科技等部门负责人对美丽陕西的认识入手，针对发展现状阐述未来几年我省关于生态文明建设的新思路和新举措，将“美丽陕西”由概念落到实处。如此，不仅鼓舞了全省上下建设“美丽陕西”的信心，同时，这些新思路和新举措也将对各领域各产业产生巨大的导向作用。

延安：推进治沟造地工程
良田增加生态更美

陕西电视台记者　史　霄　钱金库

十八大报告提出要大力推进生态文明建设，优化国土空间开发格局。延安市通过“治沟造地”工程的实施，不仅为农业生产开拓出更多良田沃土，也让生态环境得到更好保护。

【记者】这里是延安市延川县梁家河沟，大家可以看到我身后的土地是非常的平整，梁家河沟从2010年开始进行治沟造地，到目前为止已经造出良田810多亩。

种庄稼不用上山爬坡，新型农机可以方便地使用，新造出来的沟坝地不仅让农民耕作更加方便，粮食产量也大幅提高。

【延川县文安驿镇梁家河村村民　梁新荣】以前也就是种个七八亩地，一亩能产个500来公斤，今年是新造的地，种了八亩，地膜（玉米）一亩地能达到800公斤。

延安全市共有沟道6万多条，沟壑面积占到土地面积的42%，农耕用地紧缺的问题制约着农业发展和农民增收。从2010年开始，延安市启动了治沟造地工程，选择沟道进行推平治理，同时修建排洪灌溉渠道，绿化坡面保护生态和防止水土流失。政府造好沟地，再用来换取农民手里的坡地，再把换来的坡地进行绿化。

【延安市宝塔区水务局副局长　张光庆】山下造一亩地，山上可以退三亩的坡耕地，减轻了农民的（劳动）强度和负担。

两年来，通过“治沟造地”工程的实施，延安已造出8.3万亩良田，退耕还林20多万亩，实现“林果上山，米粮下川”的预期目标，农民收入也得到稳步提高。眼下，按照党的十八大提出的新要求，延安市将坚持增加耕地与保护植被并重，进一步加大投入，全面推进“治沟造地”工程，实现耕地质量数量“双增长”。

【延安市国土资源局副局长、治沟造地办公室主任　张强】我们延安通过治沟造地，未来十年要建设100万亩的高标准农田，农民人均可以增加沟坝地一亩，（全市）可以增加粮食产量4亿斤。

（陕西电视台2013年1月2日）

总编点评

这篇报道是党的十八大闭幕不久，陕西省委宣传部组织省内主要新闻媒体赴各地市集中采访过程中采制的一篇，在《陕西新闻联播》

“十八大精神在三秦”栏目中播出。报道紧扣十八大精神，通过记者深入基层一线的采访，反映了延安市开展治沟造地这项工程，不仅为当地农业生产开拓良田、增加农民收入，而且也让当地的生态环境得到保护的经验。报道选典新颖准确，采访内容有理有据，通过最基层老百姓的感受，反映了治沟造地实施以来最真实的变化。这条报道，记者还特别注意运用讲故事的表达，突出了走基层、转作风、改文风的要求，在平实的讲述中表现了基层党委政府对十八大精神的学习贯彻，也体现了十八大精神带给基层群众的实惠。

宏伟蓝图催人奋进

甘肃日报记者　朱　婕

2012年12月6日上午，兰州市委东三楼会议室气氛热烈。甘肃省委宣讲团党的十八大精神首场报告会在这里举行。

主讲人是省委宣讲团成员、省委宣传部副部长、省社科院院长范鹏。范鹏是我省著名的理论专家。报告会上，范鹏从七个方面深入浅出地对十八大报告中提出的新思想、新观点、新论断作了全面阐述，并结合甘肃、兰州的实际，对全面建成小康社会的奋斗目标和战略任务进行了系统解读。报告主题鲜明，重点突出，内容丰富，赢得了与会听众的热烈掌声。

台上讲得投入，台下听得认真。不知不觉，两个小时过去了。“报告会对十八大主题、内涵、意义进行了深刻阐述，对我们很有启发。”报告会结束后，大家纷纷表示，范鹏同志所做的报告主线清晰、论述深刻，既有很高的理论性，又有很强的指导性，使大家对党的十八大精神有了更为准确、系统和深刻的了解与把握。今后，将结合各自工作，进一步把思想和行动统一到十八大精神上来，努力为建设幸福美丽新兰州做出积极的贡献。

“我们如何实现收入翻番的目标？”“要建设智慧兰州，具体概念是什么？”“在十八大精神的指引下，兰州怎样更好地推动文化大发展大繁荣？”意犹未尽的听众走上前来围住范鹏，提出了各自关心的问题。大家争先恐后地提问，范鹏一一解答，并就这些问题现场与大家展开讨论。

兰州市七里河区讲师团团长孙玉芳说，“范鹏同志在辅导报告中不仅系统介绍了十八大提出的新观点、新思想，更结合省情实际进行了深入浅出的讲解，对于我们深刻理解十八大精神、进一步开展十八大精神的宣讲活动具有很好的指导作用。”

兰州市委党校副校长李一文用“深受鼓舞”四个字表达自己的感受，她说，回去后要仔细整理刚刚记下的笔记，进一步认真研读十八大报告，学习好、领会好、贯彻好十八大精神，用十八大精神指导今后的工作。

（2012年12月7日《甘肃日报》）

记者感言

2012年12月6日上午，甘肃省委宣讲团党的十八大精神首场报告会在兰州举行。作为我省著名的理论专家，省委宣讲团成员、省委宣传部副部长、省社科院院长范鹏结合大家所关心的现实问题，对十八大报告中提出的新思想、新观点、新论断作了深入浅出的解读，“收入翻番、智慧兰州……”，这些令人耳目一新的提法，牢牢吸引了在场听众，让来自兰州市机关、企业、学校、社区的广大党员干部精神振奋。尤其在报告会后的互动环节，范鹏对全面建成小康社会的奋斗目标和战略任务的透彻阐释，让大家在思想交流中凝心聚力，在蓝图展望中奋发进取。

春风化雨，润物无声。这场报告会帮助兰州市广大干部群众更加深刻理解十八大精神，增强了贯彻落实大会精神的自觉性、坚定性。

新舟曲　新家园　新希望

甘肃电视台记者　王　玮　马　源

舟曲县，依偎在白龙江畔，素有“藏乡江南”之美誉。2010年8月8日，一场特大山洪泥石流灾害，使舟曲变成破碎的“悲伤之舟”。在党中央、国务院的亲切关怀下，在甘肃省委省政府的坚强领导下，在全国人民的爱心帮扶下，特别是在贯彻落实党的十八大精神的鼓舞下，参与重建的省、州、县2万多名建设者，科学重建，团结协作，攻坚克难，圆满完成了国务院和省委、省政府确定的目标任务，目前，舟曲灾后重建工程建设已进入最后收尾冲刺阶段。

（舟曲县峰迭新区小学六年级二班的朗朗读书声）

这朗朗的读书声来自舟曲县峰迭新区小学，宽敞明亮的教室，设计美观的教学大楼，布局科学合理的校园，完全可以和发达城市的学校相媲美。

在舟曲老城区罗家峪翠峰家园小区，城关镇东街村村民王小选喜迁新居，正在打理客厅的他满怀欣喜。

【舟曲县城关镇东街村村民 王小选】国家给我们修这么好的房子，我真正地满意，我们也没有住过这样的房子，就是国家给我们鼓了大劲，修这个房子确实心头也满意，也高兴，确实我也感谢党。

在翠峰家园小区，省舟曲灾后重建前方协调指导小组负责人正在协调解决居民用电用水的保障问题，为保障居民开始正常的生活做最后的准备。

站在南山俯瞰舟曲县城，罗家峪、三眼峪的两条泥石流治理工程排导渠犹如两条巨龙呵护着舟曲县城；彩虹桥上人来车往，显示着舟曲县城的繁华；白龙江如白练穿舟曲县城而过，翠峰家园错落有致，设计新颖，成为舟曲县城的地标建筑。

舟曲老城区、峰迭新区、兰州新区秦王川转移安置区三大重建区域，已是焕然一新，一个新舟曲已悄然矗立在白龙江畔。

党的十八大后，广大干部群众以时不我待的紧迫感积极投身灾后重建的最后阶段，从中央到地方，一系列旨在贯彻落实十八大精神的政策措施密集出台，舟曲抢险救灾工作乘势而上，加快了灾后重建的步伐。

省委书记、省人大常委会主任王三运、省委副书记、省长刘伟平多次赴重建现场检查指导工作。省、州前方协调指导机构常驻舟曲县，参与重建的各单位和甘南藏族自治州、舟曲县坚决贯彻国家和我省的各项决策部署，靠实工作责任，狠抓工作落实，全力推进舟曲灾后重建。

在灾后重建过程中，中组部将舟曲确定为定点扶贫县。中组部干部宋健、周立众和江苏省宜兴市副市长储红飙来到舟曲挂职工作，实施中组部舟曲扶贫计划。

两年来，舟曲重建工作圆满完成了党中央、国务院和省委、省政府确定的年度任务，目前，灾后重建工程建设已进入最后收尾冲刺阶段。

【省舟曲灾后重建前方协调指导小组常务副组长　任燕顺】在15个建设单位的共同努力下，现在已经有108个项目完成，其中省上15个单位中有8个援建、自建、代建单位已经全面完成任务，还有7个建设单位现在正在施工，舟曲灾后重建截至现在已经完成占规划投资的91%。

舟曲灾后重建取得的重大成绩，再次彰显了省委、省政府以人为本、民生优先的执政理念和顺应自然、尊重科学的求实精神。舟曲灾后恢复重建，是我省战胜自然灾后的又一伟大创举！

党中央、国务院的亲切关怀和政策、资金支持，国家部委的全力帮助指导，是舟曲灾后重建全面实施的根本。省委、省政府的坚强领导和科学决策，是舟曲灾后重建决战决胜的保证。以人为本、科学重建，是舟曲灾后重建的核心理念。对口援建、多元参与，是舟曲灾后重建的关键之举。监督检查和考核考评工作的有效跟进，是舟曲灾后重建的基本保障。灾区干部群众的共同努力和社会各界的积极参与，是舟曲灾后重建的决定力量。

行走在舟曲，随处可以听到感恩的话语，处处能够看见舟曲的新景象，听到声声的祝福，这些都传递着舟曲新生的希望。

（甘肃电视台2013年1月9日）

记者感言

寒暑转瞬即逝，每当我们回顾从2010年8月8日开始到舟曲重建至今近3年的时光，我和我的同事们都不会忘记舟曲那“凤凰涅槃”、浴火重生的日日夜夜。在这场波澜壮阔的灾后重建的历程中，每天在废墟上穿行、在忙碌中度过，难忘晴天一身土、雨天一身泥的日子；难忘从废墟上站立起来的舟曲人民；难忘条件简陋、苦中作乐的生活；难忘华灯初上、音乐响起、舟曲广场上共舞锅庄的身影。如今，一座更加美丽的泉城又在废墟上重新崛起，舟曲各族人民又回归了祥和、宁静的生活，这其中凝聚着多少人的汗水和心血啊。这里的每一个镜头，都是历史的见证，是我们新闻工作者第一时间在现场冒着危险记录下来的瞬间。当我们扛着摄像机奔跑在现场时，我们切身感受到的是党和政府对人民生命财产的高度负责、是全国军民万众一心、大灾不惧、矢志不渝、攻坚克难的钢铁意志。

达玉日秀村的梦想

青海日报记者　莫自才

初春的金银滩草原，暖暖的阳光，暖暖的春风，期待泛青的草原不断地延伸，一直连到远方朦胧的山脉。星星点点的牛羊、屋舍、经幡点缀在草原中，一派和美、宁静的气象。

2013年3月13日，走进草原，走进海晏县青海湖乡达玉日秀村，暖暖的藏家，暖暖的风情，体会到的是一种别样的美丽、幸福，一种别样的喜悦、精神。

一

达玉日秀，是一个纯牧业村，位于海晏县西海镇西北部，距县城仅15公里，315国道穿村而过，以藏族为主的161户539人以及他们饲养的2.2万多头（只）牛羊，生活在总面积28万亩的广袤草原上。

49岁，精明能干的吉合生木是达玉日秀村委会主任，他家是我们采访的第一站。6间收拾得干干净净的游牧民定居房，与周围的村卫生室、几家牧户构成了一道小小的风景。房前屋后，是远山、草原、牛羊构成的草原风光，院里屋内，是轿车、烧炕、荣誉证书组成的幸福生活。

谈到达玉日秀的变化，吉合生木感慨颇多。他说，10多年前，隶属于同宝牧场的村民过的是游牧生活，没有固定的住房，羊群走到哪儿，家就搬到哪儿。1998年，牛羊、牧场双承包时，最好的人家人均只有30只羊、9头半牛，不少牧户成了无畜户。那时的交通也不方便，去州上县上靠骑马，从夏窝子到州上，路途不远，却要花费两个多小时。

青海湖乡乡长才星加介绍说，2008年，原同宝牧场三个大队划归海晏县青海湖乡管辖后，达玉日秀村的发展迈上了快车道。依托315国道穿村而过的优势，依托国家诸多项目建设，积极发展以畜牧业为主、旅游服务业为辅的多元化经济增长点，不断加大基础设施建设力度，形成了经济社会持续发展，群众生活日新月异的良好局面。目前，达玉日秀及全乡100%的牧户在冬春草场已实现了“定居、围栏草场、人畜饮水、棚圈、饲草料基地、通电、通路”等“七配套”。

对此，吉合生木说，政策好了，藏族群众就有盼头、有奔头了，多年来，大家一门心思发家致富，现在村里有70多辆轿车，30多户在州上买了楼房。想吃点炒菜、面片什么的，开上车一会时间就到了州上、县上。

据了解，到2012年年底，全村生产总值为673.33万元，牧民人均收入为11396.1元，这个收入是10年前的5倍。

二

金银滩、315国道、广袤草场，为达玉日秀村发展提供了源源不断的动力。

在金宏农畜产品专业合作社养殖小区里，主要股东、负责人、35岁的才布谈，抑不住内心的喜悦。他说，这个小区是去年由9户牧户入股建成的，统一管理，按股分红。小区基础设施建设投入40万元，其中30万元是国家项目补助的。大家用羊入股90万元，他有30万的股份。

现在小区有10栋大棚，每栋大棚120平方米，今年已育肥1000只羊，卖出了600多只，少说也有6万元的收入。因为刚刚开始搞，经验不足，羊死亡的多，要不收入会更多。

看上去憨厚的公保除了在养殖小区有2万元的股份，家里四口人，还有300多只羊、100多头牛，由于家里有1600亩丰茂的草场，这几年每年都有10多万元的收入。

在达玉日秀村，值得一提的还有绿野养殖繁育专业合作社生态养鸡场。这是一个扶贫整村推进项目，有8栋大棚，每栋大棚也是120平方米。这些鸡在偌大的草场上放养，冬天喂饲料，夏天吃虫子，成长快、味道鲜，销往兰州、西宁等地，深受顾客喜爱。

青海湖乡党委副书记殷显实介绍，2011年4月绿野养殖繁育专业合作社生态养鸡场正式挂牌。2012年，这个养殖场共出栏7万多只鸡，每只鸡仅利润50元，粗略一算，有350多万元的收入，现在他们已经给鸡注册了"金柴银胡"商标。

殷显实说，去年达玉日秀村被确定为高原现代生态畜牧业示范村，累计投入资金1041.4万元落实了880亩的饲草饲料基地，成功组建了16群4800只的白藏羊核心群及7群700头的牦牛核心群。目前，全乡核心白藏羊群40群1.2万只，牦牛核心群17群2100头，实现了优良种畜由外面引进向外面调配的转变。养殖业的发展，带动了开发风干牦牛肉干、“方便糌粑”、牦牛酸奶、曲拉、酥油等特色畜产品10余种。

三

高原之上，最美的是山的雄壮、云的光影。草原之间，最美的是牧草丰茂，牛羊如云。藏族群众心中，最美的是对更加美好生活的向往。

在采访中，青海湖乡乡长才星加、党委副书记殷显实，达玉日秀村干部群众吉合生木、昂毛措、才布谈、公保、西毛措、堪太姐力……每个人的心中，都有一个个美好的梦。

团结稳定是福，分裂动乱是祸。希望藏区和谐稳定、长治久安，只有这样，各族群众才会有安全感、满意度，才能确保建设新青海、创造新生活、共同奔小康。

授人以鱼，更要授人以渔。群众发家致富、打工挣钱，缺的还是手艺，希望整合、利用现有教育、培训资源，开展不同形式、档次的技能培训，将“三培双带”活动和“阳光工程”、“星火计划”及农牧民“素质工程”有效结合起来，带动增收创收。

借鉴推广“支部+协会”、“企业+基地+农户”等发展模式，通过支部引导，党员、能人牵头，围绕产业建协会，引领农牧民闯市场、奔小康。

依托青海湖、原子城等区位优势继续加大广大群众投入乡村旅游的引导力度，吸引更多省内外游客，到达玉日秀度假、旅游，骑马。

扩大牛羊育肥贩运、特色养殖业、农畜产品初深加工和出售规模，实现畜牧业增产和群众增收的目的。

……

达玉日秀人的梦有很多很多：更好的教育、更满意的收入、更可靠的社会保障、更高水平的医疗卫生服务、更舒适的居住条件、更优美的环境……我们相信，他们的梦一定会实现，一定能早日实现。

（2013年3月14日《青海日报》）

记者感言

达玉日秀，是一个美丽的名字。人们说，达玉是部落的名称，曾是环青海湖八个著名部落之一，日秀是山名，达玉日秀常常解释为吉祥、富裕的神山，也解释为山清水秀、牧草丰茂、牛羊肥壮。在我看来，达玉日秀更是一个美丽心灵与永恒阳光相伴，寄托着藏族群众热爱家乡、渴望幸福、追逐梦想的名字。

达玉日秀是青海藏区发展的一个缩影。由于有了国家的大力支持，青海藏区进入了历史上发展速度最快、发展质量最好、城乡面貌变化最大、人民群众得到实惠最多的时期。发展令人振奋，振奋带来激情，让我实现了当天采访，当天写稿，次日见报，用文字记录广大藏区人心思定、共图发展的生动图画，建设新青海、创造新生活、全面奔小康的迫切渴望。

“绿壳鸡蛋”孵化农民小康路

青海电视台记者　陈新云　谢　荣　李玉泉
许　璇　何启振

十八大报告中提出，国家要加大对农村和中西部地区的扶持力度，支持这些地区加快改革开放、增强发展能力、改善人民生活。位于我省东部农业区的乐都县，借助县域经济的优势，开展“一村一品”，搞起了特色种养殖业，让农民逐步脱贫致富，也使他们对建成小康社会充满信心。

在乐都县高庙镇柳家湾村木瓜、杨桃、玉米等作物的种植大棚里，从南方引进的特色果蔬长势喜人。

【记者】你心目当中的小康生活是什么样的呀？

【乐都县高庙镇柳家湾村村民　王复泽】我心目中的小康生活就是家里有一个舒适的住房，儿女有稳定的工作，再就是搞点特色的种植和养殖，能增加我的收入，手头上有宽裕的经济，这就是我心目中的小康生活。

大多数农户都有一个共同的心愿，就是在政府的帮扶下能通过特色种养殖让自己的腰包鼓起来，日子好起来。

走进乐都兴农购物广场，记者注意到如今已有很多特色农产品进入到超市销售，下营藏族乡的“绿壳鸡蛋”已成为百姓的消费新宠。一枚普通鸡蛋还不足8角钱，一个“绿壳鸡蛋”能卖到2元钱。

下营藏族乡地处一条南北走向、偏远干旱的山沟里，平均海拔2560米，是一个纯脑山区，也是出了名的贫困乡。在祝家村我们找到了养殖户祝明甲。

【记者】你好，打扰一下，捡鸡蛋呢，今年的收成怎么样？

【祝明甲】还可以。

祝明甲一家四口人，过去仅靠种小麦、土豆等传统农作物，一年人均纯收入只有三四千元，现在政府的帮扶下盖上了鸡舍，养起了绿壳蛋鸡。目前收入已达到10多万元。

【记者】你这个什么时候开始养的啊？

【祝明甲】今年5月份。

【记者】那现在养的这个规模和产量怎么样啊？

【祝明甲】规模是1500只，产量每天700枚左右。

【记者】那么年收入能达到多少？

【祝明甲】按一枚鸡蛋1.5元的话，一年算下来24万元。

【记者】现在像这个规模你是不是已经都满足了呢？

【祝明甲】不满足，现在超市的鸡蛋都供不上，想扩大规模。

【记者】那么现在扩大规模的难点在哪里？

【祝明甲】主要就是资金上。

【记者】资金难的问题？嗯，局长，你看像他这种情况，咱们农牧部门是怎样帮助农户来解决这个资金难的问题呢？

【张玉忠】咱们农牧局作为农户养殖的管理部门，应该从申报项目开始支持，通过申报项目扩大规模，然后有效增加产量带动（农民）增收。

【记者】对，像这样一个养殖户从申报项目到资金落实大概需要多长时间？

【张玉忠】大概就是5个月左右吧。

【记者】5个月左右的时间就可以落实到位？

【张玉忠】对对对。

有了这样的支持，祝明甲的信心更足了。现在每天都会有不少超市和他取得联系，祝明甲每两天就要到超市送货。

【记者】我看你这个绿壳鸡蛋销得非常好，这上面好像没有一个注册的商标？

【祝明甲】我们现在也在积极地申报，下一步把商标打上去，再一个扩大规模，把产量提高。

【记者】如果这个商标注册好了，产量规模也上去了，那你觉得离小康生活还远吗？

【祝明甲】再不远了，鸡蛋卖了，产量多了，变成钱了，实现小康生活就时间不长了。

【记者】对对对，那有信心吗？

【祝明甲】有信心。

如今，在下营藏族乡，陆续有200多户人家也开始饲养绿壳蛋鸡，在当地政府看来，不仅要让农民实实在在把钱装进自己的口袋，长上一对致富的翅膀，还要做更多的事情。

【乐都县下营藏族乡党委书记　杨哇玛】下一步我们从农牧部门、扶贫部门还有供销部门争取项目资金，扶持老百姓建成具有防疫功能的现代化鸡舍，让大户带动小户，让他们共同奔小康。

（青海电视台2013年2月25日）

记者感言

青海是地处高原地区的西部省份，也是一个民族地区、欠发达地区，如何实现到2020年与全国同步全面建成小康社会？带着这一系列的问题，记者与各地宣传部联系选题，最终在众多的选题中，价格不菲、销售走俏的“绿壳鸡蛋”引起了记者的注意，在深入学习十八大精神的时期，记者走进乐都县下营藏族乡，与农民群众聊家常、谈向往、说小康。采访中，记者不仅看到了特色养殖给农民生活带来的可喜变化，也感受到了在十八大精神鼓舞下，农民群众对小康生活的向往和憧憬，以及改变现实生活面貌的新愿景、新动力，更目睹了各级政府帮助农民开辟增收的新渠道，与农民群众面对面、手拉手共同奔走小康路的生动场景。

百岁回族老人郝梅英喜迎第十个蛇年

宁夏日报记者　沙　新　魏邦荣　马晓芳

昨天，记者迎着夜色走进吴忠市利通区东塔寺乡石佛寺村百岁老人郝梅英家中，灯光下，儿孙绕膝、六世同堂的喜乐如一幅温暖的画卷迎面铺展。再翻过几页日历，郝梅英将步入108岁，迎来自己的本命年，也是她一生中的第十个蛇年。

宽敞的大炕上，70岁的儿媳马淑芳和43岁的孙媳杨艳英坐在郝梅英两侧，一个给老人喂橘子，一个用纸巾给老人擦着嘴角。“奶奶眼睛和脑子都清亮得很，能叫得全每个人的名字。”杨艳英说完，笑呵呵地爬到郝梅英耳边问了一句：“奶奶，你兜里有钱吗？”“还有一千块，是政府两天前发的过节费。”郝梅英说着，掀起大襟盘口罩衣，从贴身口袋里摸出一个层层包裹、已经完全褪色的手帕，上面还

"锁"着一根别针。

老人的举动引来儿孙们一阵哈哈大笑，不知是哪个孙媳妇拿来一根缝被子的钢针和一卷线，老人就着灯光缓缓地穿针引线。

"母亲出生于1905年，民国18年时从同心逃难到吴忠，并在现在的利通区东塔寺乡扎下了根，卖过炭、擀过面糖，吃尽了苦头。改革开放后搞养殖和畜牧业，日子才开始好转。"二儿子马俊生说，母亲100岁时还是家里的"管事"和"账房"，105岁时每日5次礼拜1次不落。

"旧社会的日子天天活在苦里头，米汤加糠还得往稀和，8个娃总是吃不饱，穿的衣服都是片片布。"忆起往昔，郝梅英声音哽咽。"妈，你现在不是很幸福嘛。"三儿子马俊岐缓缓拍着母亲的背。"是啊，苦日子都熬过去了，现在吃得好，喝得好，心也畅快，俺是享尽新中国的福了。"郝梅英伸出手指，给记者掰算起了自己的幸福：8个儿女都健在，全家232口人家业、学业、事业各有所成；自己除了耳背其他无虞，每月有350元的高龄津贴，逢年过节还有慰问金；家里培养出了6个大学生……

郝梅英一日四餐吃得很少，爱侍弄花草，100岁时还养着100多盆花，夏天怕花晒着，一盆盆从南墙边搬到背阴的北墙边，冬天再搬进屋里。"去年，奶奶去医院检查身体，医生不相信她已经100多岁，说她的血跟年轻人似的，健康得很。"孙子马少华说。

（2013年2月7日《宁夏日报》）

记者感言

吴忠市利通区回族百岁老人郝梅英一家，是在党的民族自治政策滋润下和谐生活的典范。采访当天，我们来到郝梅英家已是晚7时多，记者和其一家人围坐在一起，听他们谈论生活，听老人讲述新旧社会翻天覆地的变化，温馨和谐的画面令人动容。记者连夜赶稿，以动情之笔讲述了郝梅英一家的生活变化，及老人在党的民族政策护佑下长寿无虞的美好生活。稿件见报后，新华网、人民网、搜狐等多家网站转载，央视等媒体相继前往采访。

宁夏从高排放向碳交易先进省区转变

宁夏电视台记者 杨治宏 张 勇

宁夏从高排放向碳交易先进省区转变，目前已经成功交易了750万吨，为企业创汇5300多万欧元。

这家公司就是不被人熟知的宁夏清洁发展机制环保服务中心，买廷勇是这家公司的高级项目经理，他正在按照国际通用的减排标准，测算宁夏银新能源红寺堡风电项目每年减少的二氧化碳排放量。

【宁夏清洁发展机制环保服务中心 买廷勇】它的首个监测期是2011年2月11日到2012年的9月30日，这个监测期的减排量是4.5万吨左右。

目前，这一项目已经通过了联合国气候组织的首次核查，如果成功交易，每年减排的4.5万吨二氧化碳量，将获得国际碳交易70万欧元。合人民币500多万元。

企业通过技术改造，减少的二氧化碳排放量能获得国际交易，这源于1997年在日本京都召开的《气候框架公约》，为各国的二氧化碳排放量规定了标准。为了应对气候变暖，二氧化碳排放量超标的发达国家企业，必须向发展中国家少排放的企业购买碳排放指标。正是看中了国际碳交易市场的先机，宁夏清洁发展机制环保服务中心于2003年10月在银川注册成立，是国内最早专注于气候变化与碳减排技术研发并提供技术服务的机构之一。

【宁夏清洁发展机制环保服务中心低碳技术研究部主任 黎小宝】联合国制定了很多联合标准，只有符合了标准的减排量，我们才能够被认可为经核证的减排量，这之间转换的工作是由我们专业咨询机构来做，转化了之后经核证的减排量，可以交易。一般情况下项目是有个国际买家，这个买家在联合国有个账户，如果联合国把经核证的排放量认可了之后，批准了之后，就会划到买家的账户，买家收到经核证的减排量之后会在约定的时间内，一个月左右，会直接把钱打到国内企业的卖家账户里。

2006年建设的贺兰山风电场减排项目，是宁夏清洁发展机制环保服务中心的第一笔得意之作，当时，这个国内最大的风电项目，投资近10亿，光靠卖电收入，并不能保证这个项目的正常盈利水平。

经宁夏清洁发展机制环保服务中心测算，这个项目每年减排量达17万吨，项目通过联合国认证的独立第三方审查，最终被认定位为合格的碳交易项目。最多可获得21年碳减排交易收益，现在，贺兰山风电场已经成功交易了近90万吨减排量。

【贺兰山风电场运行检修维护部副主任 周伟】我们通过减排量和CDM这个项目，然后得到的效益，来再次发展新能源项目，这是个良性循环，也给我们自己带来了效益，也通过新能源的不断发展，对自治区区内环境和土地的保护取得了一定的成绩。

通过调整能源结构和节能减排、再加上宁夏清洁发展机制环保服务中心等部门的努力，我区现在被联合国批准的CDM项目数量在全国排第九，达到了103个，估算年减排量达到了960万吨，目前已经成功交易了750万吨，如果全部交易以后，按国家发改委规定的8欧元底价计算，每年减排收益可达7600万欧元，合6亿多元人民币。

（宁夏电视台2013年1月5日）

记者感言

应对全球气候变暖是目前最引人瞩目的议题，作为一个以煤炭资源为基础的工业省区，宁夏的高排放一直是国家发改委关注的重点。近年来，宁夏在工业技术改造的同时，一些环保先行者开始了国际碳交易的尝试，在一定程度上改变了我区的发展方式。这个真实的新闻故事让人看到了宁夏人的勇敢尝试。也让我们明白一句话，记者脚上的泥土有多少，就能挖掘到多少感人的新闻故事。

察布查尔：民生访谈听民声

新疆日报社记者　石　锋

“我叫蒋清，就是个卖菜的。”话音刚落，现场哄堂大笑。蒋清有些不好意思，但马上用特有的大嗓门压住笑声：“我这辈子没想过要上电视，但是叫我来，我就说实话。”笑声又起。

2012年12月5日16时，察布查尔锡伯自治县举办民生电视访谈，10位来自各行业的基层百姓被邀请到访谈现场。他们中有打馕的、卖菜的、建筑工、环卫工、司机等。

“我中午1点多正在市场上卖菜，他们过来找我说要我参加一个访谈，我还不知道要上电视。没有准备，就只能想到啥说啥。”访谈结束后蒋清告诉记者。

访谈现场，蒋清讲了自己的故事：她在察布查尔卖了很多年菜。

两年前，她和同伴们搭起棚子卖菜，冬天太冷，人受不了，菜也冻坏了，只有扔掉。2011年，县里给他们盖了一批板房，让他们在房里卖菜。现在菜不受冻，人也舒坦了。

“我就是一个普通老百姓，想法很简单，政府为我们做的这件事实实在在，解决了大问题，对我们来说是天大的事，我真心要说句感谢的话。”蒋清说得很动情。

访谈中，蒋清也向现场一位物价局的同志“发难”：“有件事我有点想不通，今天有机会我就问一问。我开的‘清清蔬菜店’价格很公道，有些买菜的说我这儿的菜甚至比平价蔬菜直销点的还便宜。我想问，为什么我申请平价蔬菜直销点就申请不上？”

物价局的同志可能也没有想到她会问这样的问题，停顿了一会，然后回答说：“主动申请平价蔬菜直销点是好事情。我们下去了解一下情况，会尽快给你一个明确答复。”

“我们确实没有准备，中午接通知到这里来参加访谈，来了才知道要搞电视直播。以前也没有见过这种场面，只好硬着头皮上。尽管说的是自己工作范围的事，但还是有些紧张。”县爱国卫生运动委员会办公室副主任孔建华对记者说。

参与访谈的环卫工人吐逊古丽也给孔建华出了“题目”：“我们环卫工人早出晚归，冬天在外面待的时间很长，能否在合适的地方设上休息室，让我们有个歇歇脚喝口水的地方？”

吐逊古丽说，自己也是中午1点多接到参加访谈的电话通知的，然后几个姐妹凑到一起，要她把建议带到访谈现场来。

“整个现场看起来略微有点乱，嘉宾也有些紧张，但是特别真实。这样的话题，老百姓爱听；这样的节目，老百姓爱看。”现场观众李萍笑着说，两个小时访谈，她一点都没有走神。

民生访谈的推动者、伊犁哈萨克自治州党委常委、察布查尔锡伯自治县县委书记王奕文说："之所以想以这种突然的方式搞民生访谈，就是想听到老百姓真实的声音，了解老百姓真实的想法。一定要是原生态的，没有过滤，没有掩饰，没有加工。"

王奕文还说："十八大报告充满了民生情怀，我们想试着用这种方式倾听百姓呼声，哪怕是刺耳的声音。用这种方式，联系最基层的百姓，寻找更多踏踏实实改善民生的路径。"

据了解，这次原生态访谈只是个开端，该县还将陆续推出类似的访谈。

（2012年12月10日《新疆日报》）

总编点评

通讯《察布查尔：民生访谈听民声》是在十八大召开后不久，新疆日报精心策划的大型主题采访活动的代表之作。文章主题凸显了"基层重要，民生优先"的执政理念。民生问题容易写出具体的项目，或民生项目对群众带来的实惠。可本文一反常态，从听取民声入手，再现了察布查尔锡伯自治县一场别开生面的民生电视访谈，文中既有县委领导和相关部门听取民声的虚心和真切态度，又有来自不同群体的人活灵活现的问话，写出了普通居民的心声，体现了基层干部学习贯彻十八大、践行转变作风、服务群众的具体举措。

小小卫生院里的新变化

新疆人民广播电台　石　松
阿克苏人民广播电台　李　璞

躺在病床上，农民吐逊古丽·尼沙一边打着点滴，一边安静地睡着，直到打完点滴才被护士叫醒，这已经是她胃溃疡反复发作，第3次住院了。这次住院5天，吐逊古丽只需要缴纳80块钱现金。她说，如果没有“新农合”，这院她是住不起的。

【吐逊·古丽·尼沙】以前没有农合本的时候，一次住院费差不多1000多块钱。现在参加了以后，现在每次住院费不超过80块钱，好处挺多的。

住院花费需要1000多，实际支付80块钱，这种费用的降低，既有新农合制度给予农民的惠民补贴，也和医疗机构实行药品零差价密不可分。

【温宿县佳木镇卫生院院长　张学辉】我们实行零差率以来呢，取消了药品加价的15%，以西咪替丁为例，一支是2毫升，2毛1，以前我们要在2毛1的基础上加15%，实行零差率以来，把这15%取消了，这个15%由政府对我们卫生院进行一个补贴。

2012年，温宿县向门诊量较大的乡镇卫生院配备了CT等检查仪器，同时通过加快医生、护士等专业技术人员的培训力度，提高乡镇基层卫生医疗机构的服务水平。温宿县佳木镇卫生院院长张学辉告诉记者，如今，信任卫生院、到卫生院来看病的群众也越来越多了。

【张学辉】随着我们基础建设以及就医就诊环境的改善，现在农牧民群众对我们卫生院越来越信任，越来越放心，也愿意到我们卫生院，以前门诊病人量大概在1.2万左右，现在这个增加每年在20%—30%。

温宿县县委书记赵黎表示，还将继续加快基层医疗卫生机构建设，提供更优质的公共服务。

【赵黎】对群众看病就医这样的民生工程，一定要加大经费的投入，改善看病就医的环境，为他们提供更好的社会公共服务。

（新疆人民广播电台2012年12月10日）

记者感言

在我国农村尤其是偏远地区的农民，因病致贫、因病返贫的现象导致许多家庭陷入生活窘境。如何降低农牧民就医成本，保障群众身体健康是各级党委政府一直在努力的目标。十八大召开后，新疆在实施“新农合”的基础上，继续实施医疗卫生改革，对乡镇卫生院实施药品零差价，极大地缓解和减轻了农牧民看病贵的压力，乡镇卫生院医疗服务水平提高后，越来越多的农牧民信任乡镇卫生院，乡镇卫生院医患关系更加和谐。记者通过《学习贯彻十八大——幸福新疆行》采访活动，报道了一位农民的就医费用的变化，用“花费1000元”只需“个人缴纳80元”的数字对比，以及医务人员对药品价格的分析，翔实地报道了乡镇卫生院的新变化带给群众的实惠。

两个翻番目标能否如期实现？

兵团日报记者　李秀萍　马钧禹

党的十八大报告提出，到2020年，全国国内生产总值和城乡居民人均收入将比2010年翻一番。

日前召开的兵团党委六届十一次全委（扩大）会议提出：到2015年率先实现国内生产总值和人均收入比2010年翻一番，到2018年率先在西北地区全面建成小康社会；到2020年，力争实现国内生产总值和人均收入比2010年翻两番，力争兵团经济总量占自治区的比重提高到20%。

要实现“两个率先、两个力争”目标，关键在于国内生产总值和人均收入“翻一番”和“翻两番”能否实现。有专家分析，如果兵团顺利实现上述目标，那么到2018年，兵团率先在西北地区全面建成小康社会和兵团经济总量占自治区的比重提高到20%都不是问题。

两个目标能否如期实现？兵团统计局分析，近年，兵团经济发展速度不断加快，兵团生产总值“十五”期间年均增长11.3%，“十一五”期间年均增长12.9%，2011年为16%，2012年预计为18%。据此，兵团经济若“十二五”后3年按照16%增速测算，“十三五”按照15%的增速测算，到2015年兵团生产总值可实现翻一番（按可比价计算，下同），到2020年兵团生产总值可实现翻两番。

人均收入分兵团城镇居民人均可支配收入和农牧工家庭人均纯收入。

兵团城镇居民人均可支配收入2010年为14559元，按照“十二五”规划，城镇居民人均可支配收入年均增长14%计算，2015年可基本实现翻一番，2020年可实现翻两番。

兵团农牧工家庭人均纯收入2010年为8782元。2005—2010年，农牧工家庭人均纯收入年均增长16.4%。按年均增长16.5%计算，2015年可实现翻一番，2020年可实现翻两番。

新疆“十二五”规划生产总值增速为10%，但从新疆的发展态势看，2011年增长12%，2012年预计为12%，到2020年新疆生产总值年均若按照12%的增速测算，兵团生产总值年均要达到15%以上，到2020年兵团经济总量可完成占自治区生产总值20%的目标任务;若自治区后5年生产总值年均增长13%，兵团年均增长须达到16%以上，可确保兵团到2020年占自治区生产总值20%的目标任务。也就是说，兵团经济总量要确保占新疆20%的目标，生产总值增长速度要高于自治区3个百分点。

虽然兵团生产总值、人均生产总值、城镇居民可支配收入、农牧工家庭人均纯收入到2015年基本可实现翻番目标，到2020年基本可实现翻两番目标，兵团生产总值年均增速只要高于新疆3个百分点，到2020年即可实现生产总值占新疆生产总值20%的目标。但是，要实现这些目标不是一蹴而就，要面临许多问题和压力。

在生产总值方面——

第一，兵团经济属于投资拉动型，一旦投资不能保持高速增长，将对快速增长的兵团经济带来较大影响。

第二，尽管“十一五”时期，兵团工业年均增长速度达21.9%，2011年为28.6%，实现了突破性进展。但是，在这一时期，带动力较强的大多为传统产业和高耗能产业。

第三，兵团产业结构有待进一步优化。尽管“十一五”时期兵团产业结构实现了较大调整，预计2012年工业提高两个百分点，达到32∶40∶28，但三次产业结构不够合理，抵御风险的能力不足。

在收入增长方面，难点主要是增加农牧工家庭人均纯收入。职工家庭增收渠道单一、农资及涉农服务价格上涨较快、职工整体素质较低是农牧工家庭人均纯收入难以增加的主要原因。

兵团采取哪些举措才能实现两个翻番？兵团发改委负责人认为，要加快构建以城镇化为载体、新型工业化为支撑、农业现代化为基础、服务业长足发展的现代产业体系，促进“农业经济”向“工商经济”转变。

（2013年2月5日《兵团日报》）

记者感言

党的十八大报告提出，到2020年全国国内生产总值和城乡居民人均收入将比2010年翻一番。地处西北边陲的兵团能否与全国同步翻番？在兵团人有所疑问时，兵团党委六届十一次全委（扩大）会议响亮地提出“两个翻番”的目标，并提出率先在西北地区建成小康社会。作者深刻分析了兵团在发展中面临的带动力减弱、实现工业化面临的环境压力等问题，并向有关部门求证采取哪些措施才能实现“两个翻番”。该作品分析透彻、论点鲜明、主题突出。

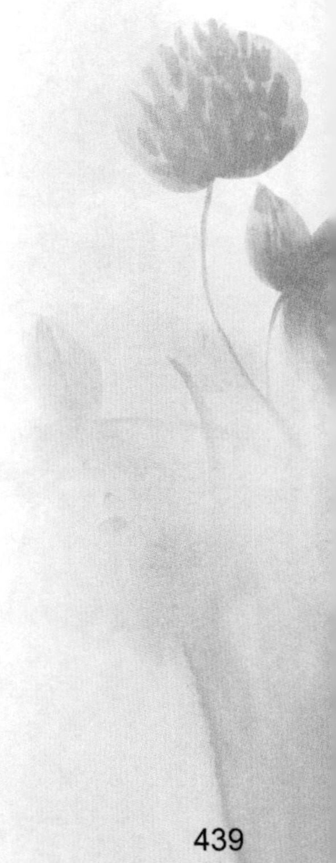